Le milliardaire inaccessible

L'OBSESSION DU MILLIARDAIRE
Mason

J. S. SCOTT

Ce livre est dédié à toutes mes lectrices et tous mes lecteurs qui aiment mes héroïnes atypiques. Merci de toujours m'encourager à continuer. Cette histoire est pour vous. :)

Jan

Sommaire

Prologue 1
Chapitre 1 7
Chapitre 2 18
Chapitre 3 28
Chapitre 4 38
Chapitre 5 48
Chapitre 6 57
Chapitre 7 69
Chapitre 8 77
Chapitre 9 87
Chapitre 10 93
Chapitre 11 100
Chapitre 12 108
Chapitre 13 116
Chapitre 14 124
Chapitre 15 131
Chapitre 16 139

Chapitre 17 145
Chapitre 18 153
Chapitre 19 160
Chapitre 20 166
Chapitre 21 171
Chapitre 22 177
Chapitre 23 184
Chapitre 24 194
Chapitre 25 202
Épilogue 210

Prologue

Laura

Il y a un an...

J'avais bu beaucoup trop de champagne et mangé beaucoup trop de gâteau, mais je n'étais pas sûre de l'ordre dans lequel j'avais consommé tout cela.

D'abord une montagne de gâteau, *puis* une tonne de champagne ?

Ou bien ai-je commencé par le champagne avant de me remplir l'estomac de gâteau ?

Bon sang ! Je n'aurais jamais dû venir à cette fête de fiançailles !

Mon estomac manifestant actuellement son mécontentement, je sortis pour prendre l'air.

Habituellement, je ne buvais jamais autant d'alcool. J'avais une limite d'un seul verre et je veillais à m'y tenir. Mais aujourd'hui, j'étais malheureusement beaucoup trop préoccupée.

Inspire.
Expire.
Inspire.
Expire.

Bon Dieu, je ne voulais certainement pas me donner en spectacle sur la terrasse d'un appartement à plusieurs millions de dollars appartenant à un multimilliardaire.

— Mais qu'est-ce que tu fais ? demanda une voix profonde depuis un coin de la terrasse.

Et merde ! Je ne suis pas seule sur la terrasse !

— Je respire, répondis-je froidement.

Je n'avais vraiment pas besoin de compagnie alors que j'étais sur le point de vomir.

Je me décidai néanmoins à tourner la tête vers cette *voix inconnue* puisque les lumières de Seattle en contrebas me donnaient un peu le vertige.

Je fus alors surprise de constater qu'il s'agissait de Mason Lawson. Si surprise que je dus même réprimer un cri de stupeur.

Pourquoi *lui* ? Le frère cadet de Mason, Jett, était l'hôte de cette fête et le propriétaire de cet énorme appartement sur toit.

Ma mémoire me jouait parfois des tours, mais je n'avais certainement pas oublié Mason après l'avoir vu lors d'une soirée caritative. Nous ne nous étions pourtant pas parlé, mais cela ne m'avait pas empêché d'admirer son physique.

Et ce soir, il était tout aussi séduisant.

— Nous respirons tout le temps, grommela-t-il. Ce n'est pas nécessaire de le faire consciemment. Et tu respirais très bruyamment.

— Est-ce que je t'ai dérangé ?

— Non.

— Est-ce que ma présence t'incommode ?

— Non.

— Dans ce cas, pourquoi veux-tu que j'arrête ? demandai-je. J'avais probablement l'air d'une idiote, mais dans mon cerveau imprégné d'alcool, cela n'avait pas d'importance.

— Je me demandais simplement pourquoi tu respirais si fort. Je ne t'ai pas demandé d'arrêter.

— J'ai mangé trop de gâteau et bu trop de champagne. Ce qui ne m'arrive presque jamais.

— Alors pourquoi est-ce arrivé ce soir ? demanda-t-il d'un air contrarié.

Ou peut-être que Mason avait *toujours* l'air contrarié. Je ne savais pas vraiment quel était son comportement habituel.

Néanmoins, sa question était pertinente. *Pourquoi* ai-je trop bu et trop mangé ce soir ? En plus du gâteau, je me souvenais maintenant avoir également avalé quelques pâtisseries supplémentaires.

— Je crois que j'essayais d'échapper à mes propres pensées, avouai-je sans me soucier de ce que je disais et à qui je le disais.

— À quoi pensais-tu ? demanda-t-il comme s'il interrogeait le témoin d'un crime.

Bon Dieu ! Était-il toujours aussi...intense ?

— Je veux avoir un bébé, lui révélai-je bien volontiers tant j'étais désinhibée par l'alcool. Je commence à me faire vieille et personne ne semble vraiment vouloir de moi *et* d'un bébé. À vrai dire, je ne doute pas qu'un homme accepterait de m'épouser, ne serait-ce que pour mon statut de mannequin international. Ou pour mon argent. Quand on gagne beaucoup d'argent, il est parfois difficile de savoir si les gens sont sincères. Est-ce que tu comprends ce que je veux dire ? Et j'ai l'impression que les mecs bien ne veulent jamais être avec moi, divaguai-je sans parvenir à me taire.

Mason se mit à rire, un éclat de rire maladroit qui me donna l'impression qu'il n'avait probablement pas l'habitude de rire.

— Quel âge as-tu ? exigea-t-il de savoir.

— Trente-trois ans. Mon horloge biologique tourne, et je veux être assez jeune pour jouer avec mes propres enfants. Si j'ai des enfants un jour. Au pluriel. Bien que je serais déjà très heureuse d'en avoir un seul. Mais je dois dire qu'être fille unique n'est pas toujours facile, continuai-je.

En effet, personne ne le savait mieux que moi.

— Dans ce cas, comment envisages-tu d'avoir un enfant s'il n'y a pas d'homme dans ta vie ? demanda-t-il d'un air perplexe.

— Les femmes n'ont plus besoin des hommes pour ça, ris-je en lui donnant une tape sur le bras. Du moins, nous n'avons plus besoin d'un heureux élu. Nous avons besoin d'un donneur de sperme. Alors je suppose que nous avons encore un peu besoin d'eux. Je n'ai pas besoin d'un homme à domicile. J'ai simplement besoin de son sperme.

— Es-tu en train de me dire que tu veux avoir un enfant par insémination artificielle ? demanda-t-il.

Je lui répondis par un hochement de tête si vigoureux que j'en eus le vertige.

— Ouais. Mon ovule, son sperme, le tout sans jamais avoir à rencontrer de mec. C'est le meilleur des deux mondes.

— Mais cet enfant va grandir, et il aura peut-être un jour le souhait d'en savoir davantage sur son père, n'est-ce pas ? souligna-t-il d'un ton neutre.

— Je lui donnerai autant d'amour que deux parents, argumentai-je.

En réalité, il avait parfaitement raison et ce sujet me posait problème, raison pour laquelle j'essayais de ne pas trop y penser le temps de cette fête.

— Tu as le temps. Tu es une très belle femme avec une excellente situation professionnelle. Tu finiras par trouver quelqu'un avec qui concrétiser ce projet de façon traditionnelle, dit-il d'une voix glaciale.

— Es-tu toujours aussi grincheux ? demandai-je.

— Es-tu toujours aussi bavarde ? répliqua-t-il.

— À vrai dire, non, je ne le suis pas. Je crois que je suis un peu saoule. Je ferais mieux de rentrer chez moi.

— Est-ce que tu te souviens de ton adresse ? demanda-t-il sèchement.

— Bien sûr que oui. Tu n'as pas besoin d'être désagréable avec moi juste parce que je veux un enfant. De nombreuses femmes le font tous les jours.

— Je croyais pourtant être aimable, dit-il avec hésitation. C'est même moi qui ai engagé la conversation.

S'il pense être aimable, alors je ne voudrais pas le voir de mauvaise humeur.

— Dans ce cas, merci pour la conversation, dis-je avant de lui tourner le dos pour quitter la terrasse.

— Attends ! ordonna-t-il en m'attrapant par le bras. Je n'essayais sincèrement pas d'être désagréable.

Je me tournai vers lui.

— Ce n'est pas grave. Je ne te connais pas et j'ai probablement l'air d'une folle alcoolique.

— Est-ce que tu essaies vraiment d'avoir un enfant ? demanda-t-il comme s'il souhaitait poursuivre son interrogatoire.

— Oui. J'ai toujours voulu fonder une famille, dis-je.

Je sentis alors les larmes me monter aux yeux, mais puisque j'étais complètement saoule, je n'essayai même pas de les contenir.

Mason posa ses énormes mains sur mes épaules.

— Tu trouveras quelqu'un. Laisse-toi un peu de temps. Bon sang, j'ai trente-quatre ans et je n'ai encore jamais songé à avoir des enfants. Ni à me marier, d'ailleurs.

— Tu es un homme. Tu as jusqu'à ta mort pour avoir des enfants. Ce n'est pas mon cas. L'horloge tourne.

— L'horloge ne tourne pas si vite, affirma-t-il d'un ton presque colérique.

Je commençais à croire que Mason Lawson ne savait sincèrement pas interagir normalement avec ses semblables. Mais il avait au moins le mérite de m'écouter.

De surcroît, il était beau comme un Dieu. Ses cheveux étaient noirs, mais ses yeux étaient d'un gris lumineux, ce qui le rendait sacrément sexy.

— Crois-moi, l'horloge tourne très vite, dis-je sans parvenir à dissimuler mes difficultés d'élocution. Elle tourne assez vite pour que j'envisage une insémination artificielle. J'aurai trente-quatre ans dans quelques mois.

— As-tu déjà songé à demander à un homme de ton entourage ? Quelqu'un qui pourrait au moins te donner ses antécédents médicaux et familiaux. Un homme que l'enfant serait libre de rencontrer s'il décide de le faire un jour, dit-il.

Sa voix était toujours aussi glaciale et ses yeux étaient rivés sur mon visage.

— Oh mon Dieu, non. Je ne connais aucun homme qui accepterait une chose pareille.

— J'en connais peut-être un, lâcha-t-il.

— Qui ?

Je mourrais d'envie d'entendre sa réponse, et j'étais à peu près sûre qu'il s'agissait de lui-même. Mais avant qu'il n'ait le temps de répondre, je m'évanouis dans ses bras.

Laura

Un an plus tard...

—Est-ce que tu es enceinte maintenant ?

Je roulai des yeux en entendant la voix rocailleuse de Mason Lawson à l'autre bout du fil. Comme d'habitude, il semblait grognon, mais il s'agissait pourtant de son intonation *normale*.

Avant même de prendre mon téléphone portable en main et de décrocher, je savais qu'il s'agissait de lui.

Il était dix-huit heures, un dimanche soir. Je recevais cet appel depuis un an.

Chaque dimanche.

À dix-huit heures tapantes.

Mason était incroyablement fiable, à la seconde près.

—Je ne suis pas allée à la clinique cette semaine, non, l'informai-je en poussant un soupir comme je le faisais chaque semaine. Comment sais-tu que je suis chez moi quand tu m'appelles tous les dimanches ?

— Bien, commenta-t-il en prenant acte du fait que je n'avais pas opté pour une insémination artificielle au cours de la semaine précédant son appel hebdomadaire. Et pour répondre à ta question, reprit-il, je sais que tu es dans le bureau de ton domicile chaque dimanche parce que tu as une addiction au travail. Sachant que la plupart des gens font des trucs en famille le dimanche et que la plupart des entreprises sont fermées, c'est le meilleur moment pour travailler en paix.

— Tu en sais quelque chose, ris-je. Toi aussi tu es dans ton bureau en ce moment même, n'est-ce pas ?

— Bien sûr, répondit-il. Le dimanche est le jour où je suis le plus productif.

Je roulai à nouveau des yeux, même s'il ne pouvait pas me voir. Je travaillais peut-être beaucoup, mais j'étais loin d'être obsédée par mon métier comme Mason l'était par le sien.

Cela dit, je n'étais pas à la tête de l'une des plus grandes entreprises du monde, et je n'étais pas milliardaire.

Cet appel *hebdomadaire* était vraiment absurde.

Le fait que je continue à lui répondre l'était plus encore. Je devais trouver une solution pour mettre un terme à cette folie.

— Pouvons-nous convenir que, si je me fais inséminer, alors je t'appellerai moi-même pour t'en informer ?

— Non, répondit-il d'un ton bourru.

— Pourquoi ?

— Parce que j'ai le sentiment que si je continue à te dire qu'il s'agit d'une très mauvaise idée, alors tu finiras par y renoncer.

Je me redressai vivement sur ma chaise de bureau tout en tapotant vigoureusement sur mon carnet à croquis avec mon crayon à papier.

Le tambourinement de mon crayon s'intensifiait proportionnellement à mon agacement

Honnêtement, j'étais plus énervée contre moi-même que contre lui. *Pourquoi diable suis-je si soulagée que Mason insiste pour continuer à m'appeler ?*

Est-ce que j'aime tant cette torture dominicale ?

— Et si je ne décroche pas mon téléphone ? demandai-je avec mécontentement.

— Je suis toujours prêt à laisser un message détaillé, répondit-il calmement.

Je ne suis pas étonnée !

Mason était toujours prêt à *tout*. Cet homme était comme un robot incapable de faire un faux pas.

Je m'efforçai enfin de poser mon crayon sur mon carnet à croquis afin de ne pas altérer mon nouveau design.

Au cours de l'année qui venait de s'écouler, Mason et moi avions développé une amitié très étrange. Une amitié très prudente. Ou peut-être serait-il plus juste de dire que nous étions de simples *connaissances*.

Il convient de noter que Mason Lawson n'était pas du genre à être un ami avec qui s'amuser. Il n'avait certainement pas le temps...ou l'envie...de faire autre chose que travailler.

Il était plutôt du genre brusque.

Très agaçant.

Et excessivement autoritaire. À vrai dire, il était si exigeant et il avait une telle mainmise sur son environnement que personne ne lui refusait quoi que ce soit, à moins qu'il ne s'agisse d'un membre de sa propre famille.

Et étrangement, je faisais également partie des rares personnes capables de lui dire *non*.

Mon cheminement vers ma réussite professionnelle fut si long et difficile qu'il était hors de question que je change quoi que ce soit dans ma façon d'être face à un mec. Mason était si persistant avec ses appels hebdomadaires que, à ce stade, j'ignorais ses demandes et je lui disais ce qu'il voulait entendre.

Je m'attendais peut-être à ce qu'il abandonne et cesse enfin de me contacter.

Mais ce n'était pas le cas.

Je devais au moins lui reconnaître une ténacité infaillible.

Il ne me contactait jamais en dehors de cet horaire habituel...

Dix-huit heures.

Le dimanche.

Une véritable horloge humaine.

Certes, il nous arrivait parfois de nous croiser, mais je ne parvenais toujours pas à le voir comme un ami.

Le frère cadet de Mason, Carter, a épousé ma meilleure amie, il y a environ neuf mois. Nous étions donc bien obligés de nous fréquenter de temps en temps.

Aujourd'hui, nous n'étions plus qu'à six jours du mariage de son frère Jett, et puisque je suis devenue amie avec la fiancée de Jett, Ruby, Mason et moi nous étions beaucoup vus pour les préparatifs de la cérémonie. Je serai demoiselle d'honneur pour Ruby, et il sera garçon d'honneur pour Jett. En de telles circonstances, il était donc difficile de *ne pas* fréquenter Mason. Comme Jett et Ruby avaient attendu longtemps pour se marier, des activités de mariage étaient organisées chaque semaine depuis plusieurs semaines. Jett souhaitait que sa future épouse ait une expérience complète, et j'étais à peu près sûre que le nombre d'événements planifiés dépassait largement les attentes de Ruby.

En d'autres termes, Jett faisait tout ce qui était en son pouvoir pour donner à sa fiancée le mariage de ses rêves. Je trouverais cela adorable si je n'étais pas obligée de voir Mason si souvent.

Fort heureusement, ses frères n'étaient désormais plus célibataires, et ses sœurs étaient déjà mariées.

Dieu merci, nous devrions cesser de nous croiser si souvent une fois le mariage de Ruby et Jett terminé.

Peut-être qu'il arrêtera alors de m'appeler tous les dimanches pour me demander si je suis enceinte.

J'avais envie de me cacher dans un trou et de ne plus jamais en sortir chaque fois que je pensais à la raison pour laquelle Mason était au courant de mon projet d'enfant. Et pourquoi il savait que j'envisageais une insémination artificielle. Bêtement, je lui avais tout avoué dans un état d'ébriété lors de la fête de fiançailles de Jett et Ruby, il y a un an de cela. Je *méritais* donc peut-être de subir ses brefs appels téléphoniques chaque semaine.

— Je vais bientôt avoir trente-cinq ans, répondis-je enfin laconiquement. Sachant que les hommes ne se bousculent pas pour m'épouser et avoir un enfant avec moi, il est fort probable que je réponde un jour *oui* à tes interrogations concernant une éventuelle insémination artificielle.

Je ne voyais aucun inconvénient à me passer d'un homme, mais je voulais bel et bien avoir un ou plusieurs enfants. Je ne manquais pas d'argent. J'étais donc tout à fait capable de donner à un enfant tout ce dont il aurait besoin, et plus encore. Ma longue carrière de mannequin plus-size m'a donné l'indépendance financière dont je jouissais aujourd'hui, et mon entreprise de prêt-à-porter était actuellement en plein essor.

Dernièrement, ma nouvelle gamme de vêtements est l'une des choses qui m'a empêchée de me concentrer sur mon projet de maternité.

Brynn a investi dans *Perfect Harmony* pratiquement dès la création de l'entreprise. Elle est également créatrice de sacs à main avec sa propre entreprise, désormais très prospère. C'est toujours la personne que je contacte quand je me sens dépassée par le succès de *Perfect Harmony*.

Son mari, Carter Lawson, a également investi dans mon entreprise. Mason a ensuite emboîté le pas – pour des raisons qui m'échappaient encore – avec un investissement encore plus important. Les ventes ont explosé lorsque j'ai ouvert la boutique en ligne, il y a dix mois environ.

Avec Brynn, grâce à notre popularité dans le mannequinat, nous utilisions nos réseaux sociaux très suivis pour promouvoir nos marques respectives. Mais je savais aussi que sans l'argent investi par Carter et Mason, je n'aurais jamais connu une telle réussite.

Au-delà de l'argent, leur expertise m'était également d'une aide précieuse. Cette expertise, je l'ai reçue sous la forme de conseils de la part de tous les responsables marketing travaillants pour *Lawson Technologies*, ce qui constituait un facteur important dans l'envol de *Perfect Harmony*.

Mon seul regret dans ce processus venait donc d'avoir dû mettre de côté mon projet d'enfant afin de gérer ce qui était devenu une grande entreprise au cours des dix derniers mois.

La famille Lawson m'avait beaucoup aidée à développer mon entreprise et à embaucher les bonnes personnes pour encadrer la distribution de mes produits. L'expédition se faisait depuis un grand entrepôt, et la boutique en ligne était désormais parfaitement fonctionnelle après avoir connu quelques problèmes de jeunesse. En plus de tout cela, j'effectuais encore quelques missions de mannequinat pour certains de mes plus gros clients. Mon emploi du temps était donc complètement fou.

Je commençais enfin à retrouver un rythme réaliste qui me permettait de passer davantage de temps à mon domicile pour créer de nouveaux vêtements. Maintenant que l'entreprise fonctionnait comme une machine bien huilée, il n'y avait plus autant d'incidents à gérer qu'avant.

En réalité, ces dernières semaines, j'avais même trouvé le temps de penser à...

— Ne fais pas ça, répondit finalement Mason d'une voix menaçante, comme s'il pouvait lire dans mes pensées.

— Arrête de dire ça, me défendis-je.

Je subissais déjà cette petite voix dans ma tête qui me mettait en garde concernant tous les inconvénients d'une insémination artificielle avec le sperme d'un donneur anonyme. Je n'avais donc pas besoin que Mason me le répète chaque semaine.

— Tu sais que j'ai raison, répondit-il avec suffisance.

À ce stade, je regrettais de ne pas pouvoir glisser ma main dans mon téléphone pour gifler son beau visage.

— Absolument pas, dis-je avec agacement. Si je te laissais faire, je pense que nous aurions toujours cette conversation quand j'aurai quatre-vingts ans. Pourquoi diable est-ce que tu te soucies tant de ce que je fais de ma vie ? On se connaît à peine.

Je lui posais cette question tous les dimanches.

Et comme d'habitude, Mason ne me répondit pas. *Tous. Les. Dimanches.*

— Je ne voudrais pas que tu regrettes cette décision, répondit-il sèchement.

— Cette décision ne te concerne pas. Oui, je comprends bien qu'un enfant pourrait un jour me poser des questions sur son père, et je n'aurais pas toutes les réponses à ces questions. Et même si je les avais, rien ne garantit la véracité des informations fournies par le donneur de sperme. Je suis bien au courant de tout cela. Je n'ai pas besoin que tu continues à me répéter tous les inconvénients d'une telle décision.

Je *devrais* probablement lui dire la vérité concernant ce que j'avais déjà décidé de faire. Je ne voyais pas vraiment ce qui m'en empêchait.

Peut-être parce que cela ne le concerne pas ?

Ou peut-être parce que j'aime ce petit instant de torture dominical ?

— Est-ce que tout va bien, Laura ? demanda-t-il.

— Oui. Pourquoi ? demandai-je. Il s'agissait d'une question étrange et inhabituelle venant de Mason. Notre appel du dimanche était généralement bref et axé autour d'un seul et même sujet : mon éventuelle décision de concevoir un enfant par insémination artificielle.

Sa question concernant mon bien-être était donc...anormale.

— Je sais que le lancement de ta boutique en ligne était très agité. Tu semblais un peu fatiguée à la fête de pré-mariage vendredi soir, expliqua-t-il. Est-ce que tout cela devient un peu trop intense ? Est-ce que tu as besoin d'aide ?

— Non. Tout va bien. Carter et toi m'avez déjà suffisamment aidée. La situation commence à se stabiliser. Pour te dire la vérité, j'ai enfin retrouvé le temps de songer à la possibilité de devenir maman, répondis-je.

Face à la bienveillance de Mason, je décidai d'être honnête avec lui.

À l'autre bout du fil, je l'entendis pousser un soupir exaspéré, ce qui ne lui ressemblait pas du tout. La plupart du temps, il gardait ses émotions pour lui.

— Je ne comprends pas pourquoi il n'y a aucun homme pour t'emmener au lit tous les soirs afin de t'aider à obtenir ce que tu désires.

— Je suis désolée de te décevoir mais le prince charmant n'a jamais pointé le bout de son nez, ris-je.

— Doit-il obligatoirement être un prince charmant ? demanda-t-il d'une voix rauque. Ne peut-il pas s'agir d'un mec ordinaire ?

Mason ne s'était encore *jamais* montré aussi franc. Habituellement, il me rappelait simplement de ne pas entreprendre quelque chose que je risquerais de regretter, puis il raccrochait. Ainsi, j'étais si étonnée par sa question que j'hésitai un instant avant de lui répondre.

— Ça ne me dérangerait pas, avouai-je. À vrai dire, je préférerais que ce soit un mec ordinaire. L'histoire du prince charmant est une légende. Je n'ai encore jamais trouvé un homme qui voulait simplement de...*moi*. Et *peut-être* d'une famille. Je n'attire que les hommes malhonnêtes. Je suis un mannequin plus-size qui a beaucoup d'argent et une petite renommée. Pour l'instant, je n'ai trouvé que des hommes qui s'intéressaient davantage à ces deux derniers points plutôt qu'à la femme qui se trouvait devant eux.

— Dans ce cas, tu ne cherches pas au bon endroit, commenta-t-il. Tu es une très belle femme, Laura. Tu es intelligente. Tu es soucieuse des autres. Qu'est-ce qu'un homme pourrait demander de plus ? Il doit y avoir un million de mecs qui rêveraient de te mettre enceinte.

Même si j'avais les larmes aux yeux, je dus réprimer un éclat de rire.

— Un seul, le corrigeai-je. Je ne veux qu'un seul mec.
Le bon.

— Quels sont tes critères ? demanda-t-il d'une voix profonde qui me fit frémir.

— Pour quoi ? demandai-je avec un froncement de sourcils.

Je ne comprenais pas vraiment ce qu'il me demandait.

— Quels sont les critères pour être l'homme de tes désirs ?

Je soupirai, sidérée par la conversation que j'étais en train d'avoir avec Mason.

— Il doit être vivant, répondis-je.

— Je m'en doute, commenta-t-il sèchement.

— Il doit avoir un travail à temps plein. N'importe quel travail. Je me fiche de son salaire. Je veux juste quelqu'un qui a ses propres revenus et qui ne s'attend pas à ce que je le porte complètement financièrement.

— C'est compréhensible.

— S'il sait cuisiner ou s'il est prêt à faire la lessive et le ménage, alors c'est un plus, songeai-je en commençant à me prendre au jeu.

— Et s'il a les moyens de te débarrasser de ces tâches en embauchant quelqu'un ?

— C'est encore mieux, répondis-je avec un hochement de tête même si Mason ne pouvait pas me voir. Cela voudrait dire qu'il a un *très* bon métier qui le passionne probablement.

— Quoi d'autre ? insista-t-il d'un ton bourru.

Je me mordillai les lèvres dans mon hésitation. *Dois-je vraiment vider mon sac à Mason ?* J'aurais facilement pu trouver autre chose à dire pour lui faire plaisir, mais pour d'obscures raisons, la vérité me glissa des lèvres.

— Il doit être attiré par moi, dis-je précipitamment.

— C'est le cas de la majeure partie de la population masculine mondiale, mariée ou non, rit-il.

Mon cœur manqua un battement. *Mason croyait-il sincèrement que tous les hommes du monde me trouveraient attirante ?*

— Non, pas du tout, le corrigeai-je. Mason, je suis plus grande que la plupart des hommes. Et je ne dis pas ça pour me dévaloriser. Je suis réaliste. Je ne suis pas un simple mannequin à la silhouette élancée. Je suis une femme très grande, avec une ossature lourde et bien en chair. J'ai une silhouette trop imposante pour la plupart des hommes habitués aux publicités grand public. Je me suis battue pour la diversité des corps pendant la majeure partie de ma carrière, mais ce n'est pas une bataille facile. Les hommes, et parfois même les femmes, n'ont aucune envie de voir mon corps dans des publicités qui étaient autrefois dominées par des femmes excessivement minces. Du moment que je travaille pour une entreprise visant une clientèle plus corpulente, personne ne se plaint. Mais sitôt que je sors de ce secteur si spécifique, alors je me fais chasser par des gens qui ne veulent pas que les choses changent.

— Tu es magnifique, Laura. Si un homme n'a pas une érection chaque fois qu'il te regarde, alors quelque chose ne tourne pas rond chez lui, répondit-il.

Je roulai des yeux.

— Dans ce cas, quelque chose ne tourne pas rond chez la plupart des hommes.

Je m'efforçais de garder un ton léger et détaché, mais j'étais très perturbée d'entendre Mason parler de sexe. Il ne l'avait encore jamais fait.

— Ces critères sont assez simples, remarqua-t-il. Même moi je serais qualifié pour être *cet* homme, ajouta-t-il après un bref instant d'hésitation.

Est-ce qu'il plaisante ?

Bon Dieu, Mason Lawson était probablement le fantasme de toutes les femmes.

Il était richissime.

Il avait beaucoup de pouvoir dans le monde des affaires.

Il dirigeait l'une des plus grandes entreprises au monde.

Il était sûr de lui, audacieux et assez beau pour me faire frémir chaque fois que je le voyais.

Certes, il était aussi très autoritaire, mais ce trait de caractère ne m'intimidait pas du tout. C'était un aspect de sa personnalité que j'avais appris à ignorer - la plupart du temps.

Étrangement, quelque chose me disait que Mason était beaucoup plus complexe que cela, si bien que je mourrais secrètement d'envie d'en savoir plus sur lui.

Aucun être humain ne pouvait être une machine cent pour cent du temps. Je savais donc qu'il y avait une personnalité ainsi que des émotions derrière sa façade professionnelle.

Malheureusement, même Brynn ne savait pas ce qui se passait dans la tête de Mason, et elle était pourtant mariée au frère de Mason.

Je pris une grande inspiration.

— Oui, tu serais certainement un bon candidat, dis-je simplement sans m'attarder sur le fait que ce qu'il venait de dire n'était pas une simple observation.

Un homme comme Mason peut avoir n'importe quelle femme, et les hommes dans son genre ne choisissent généralement pas une femme de ma corpulence.

Comme je venais de le dire, j'étais simplement réaliste.

— On se voit vendredi soir, dit-il en retrouvant son ton le plus formel.

Je fus presque soulagée de retrouver le Mason auquel j'étais habituée.

On se voit vendredi ?

Il me fallut quelques secondes pour me souvenir que je verrai bel et bien Mason au dîner de répétition du mariage de Jett et Ruby.

— Bonne nuit, Mason.

J'attendis qu'il raccroche.

— Bonne nuit, Laura, dit-il d'un ton indéchiffrable.

Il raccrocha et je pris conscience que, pour la première fois, Mason avait terminé son appel en me souhaitant une bonne nuit plutôt que de se contenter de raccrocher comme il le faisait habituellement.

Sans m'attarder sur son comportement inhabituel, je posai le téléphone sur mon bureau, puis je me remis au travail.

Laura

— Mason n'était pas comme d'habitude hier soir, dis-je à Brynn le lendemain matin alors que nous nous étions retrouvées dans un nouveau café pour le petit-déjeuner.

L'étrange conversation que j'avais eue avec lui me préoccupait depuis la veille. Pourtant, j'avais bien essayé de ne pas y penser. Cela n'avait probablement pas de signification particulière. Mais Mason était bel et bien différent hier, et je ne comprenais pas pourquoi cela me déconcertait tant.

Je pris une bouchée de mon omelette végétarienne tout en regardant Brynn lever les yeux au ciel d'un air exaspéré.

— Ne te méprends pas, j'adore Mason, commença-t-elle à dire prudemment. Mais lui arrive-t-il *parfois* d'être normal ? Ce mec est comme un robot. Je me demande même s'il est humain.

Je posai ma fourchette pour prendre ma tasse de café.

— Je ne sais pas, dis-je pensivement. Il ne me pose habituellement aucune question. Il se contente d'émettre des requêtes. Mais hier soir, il m'a demandé quel genre d'homme j'aimerais rencontrer.

Brynn toussa subitement comme si elle s'étouffait avec sa nourriture, puis elle s'empara de son verre d'eau.

Dans le restaurant, personne ne remarqua sa quinte de toux. Il n'y avait pas beaucoup de monde, mais puisque c'était l'heure du petit déjeuner, tous les clients se dépêchaient de manger pour arriver au travail à l'heure.

Avec Brynn, nous nous étions assises dans un coin tranquille de la salle afin de pouvoir bavarder.

— Est-ce que ça va ?

Brynn prit plusieurs gorgées d'eau avant de me répondre :

— Ça va. Mais tu as bien failli me tuer. Est-ce que tu es sérieuse ? Mason t'a vraiment demandé ça lors de son appel du dimanche soir ? Je croyais que vos conversations ne duraient jamais plus de deux minutes et qu'il se montrait toujours très autoritaire.

— C'est habituellement le cas, répondis-je avec un hochement de tête. Normalement, il me dit de ne pas opter pour l'insémination artificielle, puis il raccroche. Mais hier soir, son attitude était très différente. Il m'a parlé un peu plus longtemps et m'a posé tout un tas de questions très étranges. Du moins, des questions étranges venant de Mason. D'habitude, il me demande seulement si je suis enceinte.

— Que lui as-tu répondu ?

— Je lui ai dit que j'aimerais un homme qui travaille, qui respire et qui est attiré par moi, répondis-je avec un petit sourire amusé.

— Il voulait savoir si son profil correspondait à tes critères, observa Brynn avec un sourire satisfait. J'ai toujours su qu'il avait un faible pour toi.

Oh Bon Dieu. Nous y voilà. Cela faisait longtemps que Brynn essayait de me persuader que Mason s'intéressait à moi. Elle était catégorique. Comme s'il était parfaitement possible qu'une chose pareille se produise.

— Mason ne manifeste aucun intérêt pour moi, niai-je. Il est juste du genre à croire qu'il sait ce qui est le mieux pour tout le monde.

— Ce n'est pas ce qui le motive à t'appeler tous les dimanches. Laura, il a toujours été très attiré par toi. Pourquoi diable refuses-tu de me croire ?

— Mason n'est pas attiré par moi, ricanai-je avant de prendre une gorgée de mon café. Il est juste *préoccupé* parce que son frère est marié à ma meilleure amie.

Brynn plissa le nez, ce qui lui donna un air encore plus adorable.

— Mason ne perd jamais son temps avec quelqu'un qui ne l'intéresse pas, dit-elle d'une voix traînante. Il te contacte une fois par semaine. Certes, ses appels sont de courte durée, mais je pense qu'il t'appelle par crainte que tu ne tombes enceinte d'un autre homme que *lui*.

Mes yeux s'écarquillèrent et je restai bouche bée.

— Il n'a *aucune* envie d'être le père de cet enfant, dis-je fermement. Brynn, c'est de la folie.

— Je croyais pourtant qu'il te l'avait clairement dit lors de la fête de fiançailles de Jett et Ruby, argumenta-t-elle.

— J'ai dit que je *croyais* l'avoir entendu me dire cela. J'étais complètement saoule, Brynn. Tu sais que je ne tiens pas bien l'alcool. Honnêtement, je n'ai pas beaucoup de souvenirs de cette nuit-là. J'ai probablement imaginé cette histoire. Bon Dieu, j'ai tellement honte de cette soirée. Je ne sais toujours pas comment je suis rentrée chez moi.

Brynn me regarda d'un air interrogateur.

— Mason ne t'a pas parlé de cette soirée ? Jamais ?

Je secouai la tête.

— Jamais. Pas une seule fois. Mis à part le fait qu'il me rappelle tous les dimanches avoir écouté mes divagations le soir de cette fête – avant que je ne m'évanouisse, apparemment.

Un frisson me traversa le corps. J'étais vraiment mortifiée de m'être donnée en spectacle. Ce jour-là, j'étais bouleversée après avoir commencé à songer à toutes les raisons pour lesquelles avoir un bébé avec un père inconnu pouvait être problématique.

Sans oublier que tout le processus médical me paraissait très froid.

C'était impersonnel, comme n'importe quelle transaction commerciale.

Je n'étais pas vraiment du genre romantique, mais concevoir un enfant en choisissant un donneur de sperme dans un catalogue me semblait très...triste.

Ainsi, quand je me suis retrouvée à cette fête de fiançailles, je me suis sentie...seule. J'étais pourtant heureuse pour Jett et Ruby, mais cette célébration m'a rappelé que je n'ai jamais réussi à trouver un homme qui était fou de moi. C'est pourquoi j'ai décidé de recourir à l'insémination artificielle. *Toute seule.*

Bon sang, je n'ai même jamais eu de petit ami digne de ce nom, et l'idée d'un mariage ne faisait même pas partie de mes rêves les plus fous.

— Je crois bien que c'est *Mason* qui t'a ramenée chez toi, répondit Brynn.

— Je ne crois pas, répliquai-je. Je pense qu'il me l'aurait dit.

Brynn cessa de me taquiner et retrouva son sérieux.

— Il était avec toi ce soir-là, Laura. Les frères Lawson ont peut-être des défauts, mais ils ne laisseraient jamais une femme seule. Je peux t'affirmer qu'il t'a raccompagnée chez toi.

— Alors pourquoi ne m'en a-t-il pas parlé ? Il est clair que *quelqu'un* m'a ramenée chez moi. J'ai dû prendre un Uber pour aller récupérer ma voiture chez Jett le lendemain matin. Mais ce n'était pas Mason.

Je devais continuer à me persuader que mon bon samaritain n'était pas Mason Lawson. Sans quoi je serais bien trop embarrassée.

Brynn haussa un sourcil.

— Est-ce que quelqu'un d'autre a dit t'avoir raccompagnée chez toi ?

— Non.

— Dans ce cas, le dossier est clos. Si quelqu'un d'autre l'avait fait, tu serais au courant, insista Brynn.

En effet, j'avais bien songé au fait que personne d'autre ne s'était manifesté à ce sujet. Mais il s'agissait peut-être de quelqu'un que je ne connaissais pas très bien. Ou peut-être que la personne concernée n'a pas voulu me mettre dans l'embarras.

— J'ai toujours espéré qu'il s'agissait d'une femme puisque ce *quelqu'un* m'a débarrassée de la robe que je portais ce soir-là, dis-je. Honnêtement, il aurait probablement fallu plus d'une seule femme puisque je ne suis pas exactement un poids plume.

— Pourquoi ne poses-tu pas simplement la question à Mason ? demanda-t-elle avec curiosité.

C'était une bonne question à laquelle je n'avais pas vraiment de réponse.

— Je crois que je n'ai pas vraiment envie de savoir, avouai-je difficilement. Je n'ai pas vraiment envie d'imaginer que Mason m'a déshabillée.

Brynn m'adressa un regard interrogateur.

— Laura, tu as posé en maillot de bain pour ton travail. Des millions d'hommes t'ont vu en petite tenue. Qu'est-ce que ça change si un mec de plus te voit comme ça ? Tu n'es pas du genre timide.

En réalité, Brynn se trompait. Je faisais peut-être bonne figure dans l'exercice de mon métier, mais dans ma vie privée, j'étais accablée par mes complexes.

Je me forçais tout le temps à être plus audacieuse, à sortir de ma zone de confort. Je le faisais pour toutes les femmes qui n'avaient pas la taille de guêpe que les magazines voulaient nous vendre. Néanmoins, cela n'avait rien de facile pour moi.

— Je ne connais pas ces hommes personnellement, répondis-je simplement. Et tu sais bien que j'ai subi une sacrée campagne de harcèlement sur les réseaux sociaux pour cette série de photos.

— Tu es pourtant absolument magnifique sur ces photos, déclara Brynn sur la défensive.

Je levai la main, comme pour lui signifier qu'elle n'avait pas besoin de me défendre.

— Je n'ai pas honte d'avoir fait cette série de photos, et je ne prête plus attention aux trolls des réseaux sociaux. Ma routine d'exercices me permet d'être en forme et en bonne santé. Je suis juste un peu mal à l'aise à l'idée qu'un inconnu me déshabille alors que je suis inconsciente.

Je me montrais parfaitement honnête avec Brynn. Je ne pouvais pas changer mon patrimoine génétique. J'étais plus grande que la plupart des hommes et je me sentais en bien meilleure santé quand il y avait un peu de viande sur mes os. Et à vrai dire, j'avais fière allure sur les photos car il était impossible de voir à quel point je suis grande et massive en réalité.

Cependant, je ne pouvais pas lui dire que j'avais parfois le sentiment d'être le Géant Vert – sans la peau de couleur verte.

Brynn était également grande pour une femme, mais je faisais tout de même quelques centimètres de plus qu'elle, et sa silhouette était délicate. Contrairement à la mienne.

Brynn fronça les sourcils.

— Je pense que tu devrais poser la question à Mason, juste pour t'assurer que rien de mauvais ne se soit produit cette nuit-là.

— Si c'est le cas, alors je ne m'en souviens pas. En tout cas, je ne suis pas tombée enceinte et je n'ai pas contracté de MST. Même s'il n'y avait aucun signe d'agression sexuelle, j'ai tout de même rendu visite à mon médecin pour veiller à ce que rien de bizarre ne me soit arrivé.

Mais il y avait ce trou noir...

J'étais déconcertée par cette perte totale de mémoire concernant les événements survenus cette nuit-là.

Le fait de ne pas savoir ce qui s'est passé pendant cette période d'absence me frustrait profondément.

Quelqu'un m'a ramenée chez moi, saine et sauve.

Quelqu'un a utilisé son propre véhicule pour m'y conduire.

Quelqu'un a, d'une manière ou d'une autre, porté mon corps massif jusqu'à mon appartement.

Quelqu'un a retiré la plupart de mes vêtements et m'a mise au lit avant de s'en aller.

C'était sensiblement effrayant de ne pas avoir la moindre idée de *qui* il pouvait bien s'agir.

— Pose-lui la question, insista Brynn. Au moins, tu seras fixée.

— Pourquoi pas. Je dois le voir cette semaine au dîner de répétition, dis-je.

Toute cette conversation me fit prendre conscience que j'avais vraiment *besoin* de savoir ce qui s'est passé, même si cela m'obligeait à poser des questions gênantes.

— Généralement, nos conversations sont si courtes que je n'ai pas l'occasion de lui demander quoi que ce soit.

— Jusqu'à hier soir, n'est-ce pas ? Qu'a-t-il dit d'autre ? demanda-t-elle.

Je posai ma fourchette dans mon assiette vide.

— Il m'a dit correspondre au profil de mon homme idéal. Ce qui ne veut *pas* dire pour autant qu'il veut coucher avec moi. Je pense qu'il essayait de souligner que mes standards en matière d'hommes sont assez généralistes. Selon lui, je suis irrésistible aux yeux de tous les hommes du monde.

— Il a raison, commenta obstinément Brynn. Elle s'appuya contre le dossier de sa banquette et croisa les bras.

Je haussai un sourcil en prenant une gorgée de café.

— Oh, vraiment ? Dans ce cas, explique-moi pourquoi tous les petits amis que j'ai eus étaient de parfaits abrutis ?

— Parce que tu n'as jamais rien exigé de plus, répondit-elle sans hésiter. Ils étaient égoïstes. Aucun d'eux ne se souciait de toi. Chacun d'eux voulait quelque chose de toi. Prenons Justin, par exemple. Il était tellement égocentrique qu'il était incapable de s'intéresser aux autres.

Je grimaçai intérieurement. Cela faisait plus de deux ans que je n'étais plus avec Justin, et depuis cette relation, je n'ai pas ressenti l'envie de rencontrer un autre homme. L'expérience fut catastrophique.

Brynn avait raison. Justin était un enfoiré orgueilleux et égocentré. En tant que modèle masculin, il affichait une perfection physique. Néanmoins, sa carrière n'a jamais vraiment décollé. Il attendait seulement de moi que je l'aide à décrocher de nouveaux contrats.

— Il n'avait pas beaucoup de profondeur, convins-je.

Brynn secoua la tête.

— Ce n'était pas le seul problème. Il se servait de toi. Tu mérites quelqu'un qui se soucie de toi, Laura. Je me demande parfois si tu crois sincèrement mériter mieux.

Ce dernier commentaire m'incita à réfléchir.

Mon ex m'a toujours donné le sentiment d'être une moins que rien, même s'il voulait mon aide. Ce fut la même histoire avec tous les hommes que j'ai connus, même avant que je ne rentre dans la catégorie des mannequins plus-size.

— Hé, au moins je ne suis jamais restée très longtemps avec ces ordures, dis-je avec un faux enthousiasme.

Toutes les relations amoureuses que j'ai connues dans ma vie ont été brèves et insignifiantes.

Brynn ajusta sa posture et posa ses coudes sur la table.

— Tu as besoin de quelqu'un qui saura prendre soin de toi pour toujours. Quelqu'un qui se souciera davantage de toi que de lui-même, déclara-t-elle avec beaucoup de sérieux.

— Le prince charmant n'a jamais pointé le bout de son nez, répondis-je avec mélancolie.

— Mason n'est certainement pas un prince charmant, mais je pense que tu devrais lui donner une chance, Laura. Au moins, tu sauras qu'il n'en a pas après ton argent ou ta célébrité, précisa Brynn. Il se passe quelque chose entre vous. Même Carter est de cet avis. Ce n'est pas pour rien que Mason t'appelle chaque semaine. Ce n'est pas pour rien qu'il te regarde comme il le fait chaque fois qu'il te voit en personne.

— Comment me regarde-t-il ?

Les lèvres de Brynn esquissèrent un sourire malicieux.

— Comme s'il te déshabillait dans sa tête.

— Il n'est *pas* attiré par moi, grommelai-je. En tout cas, je n'avais jamais remarqué un seul regard lubrique de sa part et encore moins m'étant adressé.

— Mason Lawson est beau comme un Dieu en plus d'être très intelligent. Et Dieu sait que rien ne l'arrête quand il s'est fixé un objectif. Il me téléphone une fois par semaine depuis un an, Brynn. Il y a longtemps qu'il m'aurait invitée à dîner si je l'intéressais vraiment, tu ne crois pas ?

— Pas nécessairement, répondit-elle pensivement. Selon Carter, Mason a passé les dix dernières années à travailler. Il n'a pas eu de petite amie depuis ses années à la fac. Il n'a donc probablement pas du tout l'habitude de s'adresser à une femme qui lui plaît, et je dirais même qu'il est timide. Mason ne doit pas être très sûr de lui en matière de séduction.

Je faillis recracher le café que j'avais dans la bouche. Je m'empressai donc de l'avaler avant d'éclater de rire.

— Mason ? Tu parles bien de ce même Mason qui commande tout le monde ?

Brynn grimaça.

— Bon, d'accord, il n'est peut-être pas timide quand il s'agit de son travail. Mason n'est pas un coureur de jupons, Laura. Et selon Carter, il n'en a jamais été un.

— Aucune femme ne dirait non à Mason, dis-je après avoir cessé de rire. Il a tout pour lui. Du moins si je fais abstraction de sa fâcheuse habitude de me dire quoi faire de ma vie. Mais je crois qu'il le fait parce que personne n'a encore osé lui dire d'arrêter.

— Personne n'ose lui dire d'arrêter parce qu'il s'adresse principalement à ses employés. En ce qui te concerne, tu es belle, talentueuse et intelligente. À toi non plus aucun homme ne te dirait non. Bon Dieu, tu es Laura Hastings, mannequin et créatrice d'une entreprise prospère. N'importe quel homme serait à tes pieds.

— Tout cela ne suffit vraisemblablement pas à trouver le bon, dis-je sur le ton de l'humour. Et bien que j'apprécie ta certitude, Mason Lawson ne s'intéresse pas vraiment à moi, alors oublions cette idée folle.

Contrairement à ce que croyait ma meilleure amie, je ne pensais pas que des hommes bien mourraient d'envie d'avoir une relation amoureuse avec moi.

Au fond, je pensais peut-être vraiment ne pas mériter autre chose que ce que j'ai déjà connu. Je travaillais quotidiennement sur mon estime personnelle. J'essayais de ne pas laisser mon abandon d'enfance me donner l'impression que je ne méritais pas mieux, même si je n'y parvenais pas toujours.

— Nous verrons, répondit Brynn. Est-ce que tu seras accompagnée au dîner de répétition ?

— Non.

— Alors tu dois déjà savoir que tu vas probablement te retrouver assise à côté de Mason, à moins qu'il ne vienne avec quelqu'un.

Je fus agacée de constater que ma poitrine se serrait à l'idée que Mason vienne à ce dîner avec une accompagnatrice.

— Est-ce qu'il envisage de venir avec quelqu'un ? demandai-je en essayant de ne pas paraître jalouse.

Parce que je ne l'étais pas. J'étais juste...curieuse.

Brynn m'adressa un sourire amusé.

— Pas à ma connaissance. Admets-le, il te plaît et tu n'as aucune envie de voir une autre femme à son bras.

Je roulai des yeux.

— S'il décide de venir accompagné, ça ne me regarde pas, dis-je d'un ton beaucoup plus calme que je ne l'étais vraiment.

Bon sang ! Même si Mason venait à ce dîner entouré d'une douzaine de femmes, je ne devrais même pas y faire attention.

— Je suis sûre que ça ne te plairait pas, dit Brynn avec assurance.

Je lui lançai le regard le plus nonchalant possible.

— Mason et moi ne sommes que de simples connaissances.

— Hé, ne sois pas sur la défensive. C'est à moi que tu parles, dit Brynn d'un air sensiblement blessé.

Je fus immédiatement contrite. Je m'adressais habituellement à Brynn comme si elle était ma propre sœur, mais Mason constituait un sujet difficile à aborder pour moi.

— Bon, d'accord, voilà la vérité, dis-je avec résignation. Mason me plaît. Mais ce n'est clairement pas réciproque. Il est donc inutile de parler de lui.

— Peut-être qu'il y a...

— Ça suffit ! l'interrompis-je en la foudroyant du regard.

Brynn se mit à rire et me fit un clin d'œil avant de changer de sujet.

Ainsi, je fus reconnaissante qu'elle me parle de son entreprise plutôt que de me cuisiner à propos de Mason.

Ce serait totalement irrationnel de ma part d'imaginer que les beaux yeux gris de Mason puissent se poser sur moi avec ne serait-ce qu'un semblant de désir.

Il était donc inutile de fantasmer un tel scénario.

Ou d'imaginer quelle serait ma réaction si cela venait à se produire.

Chapitre 3

Laura

Le vendredi, la répétition du mariage se déroula sans encombre. Néanmoins, le dîner fut une toute autre affaire.

En arrivant au petit restaurant en bord de mer que Jett avait entièrement privatisé pour la soirée, je fus surprise de constater que nous n'étions pas tous assis à une seule grande table.

Il y avait beaucoup trop d'invités pour que cela soit possible.

Fidèles à la tradition, Ruby et Jett avaient apparemment invité tous leurs amis ainsi que l'intégralité de leurs familles. *Et pourquoi pas ?* Jett ne manquait certainement pas d'espace. Il n'y avait pas un seul client dans le restaurant.

Il ne s'agit vraiment pas d'un dîner intime en petit comité avec les proches des mariés.

Cela ne me dérangeait pas particulièrement. Je n'étais pas vraiment du genre timide à l'idée de socialiser avec beaucoup de gens. Mon métier m'amenait régulièrement à prendre part à des événements où me mêler aux autres était inévitable.

Je m'avançai au centre du restaurant.

Le lieu n'était pas vraiment bondé, mais les nombreux invités traînaient du côté du bar pour prendre un verre avant de regagner leur table. D'autres étaient déjà assis.

Je me dirigeai moi-même lentement en direction du bar tout en prenant le temps de regarder les plans de tables.

— Laura ! retentit la voix de Brynn.

Elle se tenait à l'autre bout de la salle, d'où elle me fit un signe de la main avant de se précipiter vers moi.

Ma meilleure amie était absolument magnifique dans sa robe de cocktail bleu marine. Brynn était toujours magnifique, comme si cela ne lui demandait pas le moindre effort. Néanmoins, nous avions appris les ficelles du mannequinat ensemble, je savais donc que son apparence était en réalité très soignée.

Quoi qu'il en soit, elle était d'une beauté incroyable même lorsqu'elle ne portait pas de maquillage et qu'elle était vêtue de ses vieux vêtements du dimanche. *Moi ?* Pas vraiment.

— Ta place est là-bas, dit-elle avec enthousiasme en me prenant par la main pour me guider vers une petite table.

Je devins méfiante en découvrant qu'il s'agissait d'une table pour deux.

— Ai-je vraiment besoin de regarder le plan de table pour savoir qui est assis en face de moi ?

Brynn m'adressa un large sourire avant de s'emparer de la petite carte posée à côté de l'une des deux assiettes.

Je baissai les yeux sur le seul mot imprimé sur le papier : *Mason.*

— Brynn, grognai-je. Est-ce que tu l'as fait exprès ?

— Bien sûr que non, répondit-elle en feignant l'indignation. C'est juste que vous êtes tous les deux ici non accompagnés.

Je la regardai attentivement pour essayer de déterminer si tout cela était innocent.

Ça ne l'est pas.

Je connaissais Brynn presque mieux que je ne me connaissais moi-même.

— Tu l'as fait exprès, n'est-ce pas ? l'accusai-je.

— J'ai peut-être *précisé* à Ruby que vous veniez tous les deux seuls.

— Et *elle* nous a donc mis ensemble, tous les deux, à la même table, observai-je avec un soupir.

— Tu n'as pas envie d'être à la même table que Mason ?

— Ça n'a pas vraiment d'importance, dis-je avec un haussement d'épaules. Je n'ai simplement pas envie d'être poussée vers Mason parce que je suis seule. Il fait partie de la famille. Mason est le frère du marié. Il devrait être assis près de Jett et Carter.

— À vrai dire, retentit une voix de baryton dans mon dos, j'ai demandé à Jett de veiller à ce que nous soyons assis ensemble. Ce n'était pas seulement l'idée de Ruby.

Mon cœur manqua un battement lorsque je me tournai vers Mason, qui se tenait juste derrière moi.

Je fus incapable de ne *pas* le dévorer du regard. Il était absolument irrésistible dans son costume sur mesure gris, rehaussé par une cravate grise et bordeaux.

Mason avait beau avoir l'habitude de porter un costume, il semblait néanmoins vouloir se débarrasser de ces vêtements qui gênaient les mouvements de son corps athlétique.

— Tu n'es donc pas vraiment *poussée* vers moi, conclut-il.

Je jetai un coup d'œil à Brynn, qui s'éloignait lentement de la situation.

Traîtresse !

— Merci, dis-je en levant les yeux vers lui. C'est juste un peu... gênant.

Étonnamment, je dus regarder un peu vers le haut afin de voir son visage, même avec mes talons de cinq centimètres, ce qui était rarissime pour moi. Mason était grand. *Très grand.* Il était bâti comme un bulldozer, avec des épaules si larges qu'il semblait pouvoir faire face à tous les problèmes du monde.

Il était massif, pourtant il ne semblait pas transporter une once de gras superflu.

Mason était tout en muscle.

Sa présence physique était intimidante, mais pas désagréable ; du moins pas pour une femme aussi grande et corpulente que moi.

À côté de lui, je me sentais presque menue, ce qui en disait long.

Il s'avança vers la table et tira ma chaise.

— Assieds-toi, dit-il.

Je me mordis les lèvres pour ne pas sourire. J'étais surprise qu'il se montre galant en tirant ma chaise, mais il resta fidèle à lui-même en aboyant un ordre comme si j'étais son employée.

Néanmoins, je m'exécutai.

La bienveillance de son geste l'emporta sur sa rudesse.

Il s'assit ensuite sur sa propre chaise face à moi, puis il posa quelque chose à côté de mon assiette en grommelant :

— Ma candidature. Je postule officiellement.

Mon regard se figea un instant sur l'enveloppe en papier kraft. — Je ne comprends pas, lui dis-je.

Mason prit nonchalamment le menu du restaurant entre ses mains afin de l'examiner, puis il répondit calmement :

— Mon profil correspond à ce que tu recherches. J'ai un très bon travail et, de toute évidence, je suis vivant. Rien ne m'empêche donc d'être ton homme. Certes, je ne suis pas un prince charmant, mais je suis à peu certain de pouvoir te mettre enceinte. En tout cas, je suis plus que disposé à essayer jusqu'à ce que j'y parvienne.

Mon souffle se coupa en comprenant précisément ce dont il parlait.

— Cette blague est de très mauvais goût, dis-je sèchement. Et ça ne me fait pas rire du tout.

Mason faisait partie des rares personnes à savoir que je voulais un enfant, j'étais donc blessée qu'il décide d'en rire.

— Ce n'est pas une blague du tout. Est-ce que j'ai l'air de rire ? demanda-t-il en quittant le menu des yeux pour porter toute son attention sur moi.

Une chaleur incendiaire et presque insoutenable s'empara de mon corps lorsque nos regards se rencontrèrent. Mason était vraisemblablement parfaitement sérieux. À en juger par la façon dont il me regardait, je commençais même à croire qu'il préférerait me dévorer plutôt que de manger son dîner ce soir.

C'est absurde ! Mason Lawson ne veut rien d'intime avec moi. Ce n'est pas possible.

Cependant, je voyais bien qu'il ne se moquait pas de moi. Il était bel et bien sérieux.

— Non. Je suppose que ce n'est donc pas une blague. Mais c'est un peu…bizarre, dis-je en essayant de me calmer pour faire redescendre ma fréquence cardiaque.

Mason haussa les épaules.

— Ne regardes-tu pas l'histoire d'un homme, ses attributs, ses caractéristiques physiques, son éducation et toutes ces autres choses pour savoir s'il ferait un bon géniteur ?

— En effet, reconnus-je avant de m'emparer du verre d'eau glacée posé à côté de mon assiette.

J'avais besoin de quelque chose pour faire descendre l'énorme boule qui obstruait désormais ma gorge.

— J'ai horreur de ça, dis-je après avoir avalé quelques gorgées d'eau.

— Pourquoi ? me questionna-t-il d'un ton rauque. Ça fait partie du processus, n'est-ce pas ?

Je ne savais pas trop comment expliquer à un homme comme Mason ce que je ressentais au cours de ce processus.

Il était terre-à-terre. Pragmatique. Flegmatique. La *raison* était aux commandes de sa vie.

Il ne comprendrait probablement pas à quel point je me suis sentie seule à la clinique le jour de mon rendez-vous initial.

À mon tour, je baissai les yeux sur le menu du restaurant afin de ne pas avoir à le regarder.

— J'ai l'impression de préparer l'achat d'une voiture. Ou de passer commande dans un fast-food. J'ai l'impression que le processus *devrait* être différent. Un bébé est un être humain. C'est une nouvelle vie en cours de conception.

Oui, je me doutais bien que le fait d'avoir un bébé par insémination artificielle serait une expérience impersonnelle. Et j'étais prête à l'accepter. C'est du moins ce que je croyais *avant* de me rendre à la clinique. Pour une femme célibataire, tout ce processus manquait d'intimité et de joie. Peut-être que tout cela ne sera plus qu'un lointain souvenir sans importance quand j'aurai mon enfant. Je pourrais enfin donner tout mon amour à ce bébé. En attendant, trouver un donneur de cette façon était sacrément difficile. Cette déception m'avait poussé à boire plus que de raison lors de la fête de fiançailles de Jett et Ruby.

— Alors choisis-moi. Au moins tu me connais, répondit-il. Je suis prêt à être ton fast-food.

Je faillis m'étouffer avec mon eau en riant.

Mason venait d'avoir recours à l'humour, même s'il l'avait fait sans esquisser le moindre sourire.

Je le regardai tandis qu'il se remettait à examiner son menu. Mason semblait imperturbable, à l'exception d'une petite contraction musculaire répétitive au niveau de sa mâchoire.

Il est nerveux. Et il est totalement sérieux. Cet homme me propose bel et bien d'être le père de l'enfant que je veux tant.

Pendant quelques secondes, je m'autorisai à imaginer ce que ce serait que d'avoir un enfant avec *Mason Lawson*.

Toutefois, je m'empressai de mettre un terme à ces rêveries.

J'étais plus attirée par Mason que je ne l'avais jamais été par un homme de toute ma vie. Mis à part ses appels téléphoniques du dimanche, j'aimais ce que je savais de lui. Il avait beau être du genre autoritaire, je sentais bien qu'il n'avait aucune intention malveillante. Mason était le patron et il ne savait tout simplement pas comment se comporter autrement.

La serveuse vint à notre table pour prendre notre commande de boissons. Je n'avais pas prévu de consommer d'alcool compte tenu de mon historique avec Mason, mais je demandai tout de même un verre de vin blanc. J'en avais besoin.

Mason demanda un scotch avec des glaçons, puis la serveuse nous laissa à nouveau seuls.

Je pris une grande inspiration.

— Mason, tu es milliardaire. Tu diriges l'une des plus grandes entreprises du monde. Pourquoi diable voudrais-tu avoir un enfant avec une femme que tu connais à peine ?

Pour lui, cela comportait de nombreux risques. Je n'avais pas l'intention de lui causer des problèmes, mais je ne comprenais pas pourquoi un homme comme lui était si disposé à se mettre dans une position de vulnérabilité.

Cela n'a aucun sens. Mason est un homme d'affaires accompli. Pourquoi me propose-t-il une chose pareille ?

— Je ne veux pas avoir un enfant avec une *inconnue*. Je veux un enfant avec *toi*. Nous aurons l'occasion d'apprendre à mieux nous connaître, gronda-t-il.

— Comment ? demandai-je avec stupeur. Tu veux un enfant toi aussi ? Avec moi ? C'est insensé.

Mason secoua la tête.

— C'est parfaitement sensé, Laura. Tu vas bientôt avoir trente-cinq ans, et j'en aurai bientôt trente-six. Nous sommes tous les deux totalement absorbés par nos vies professionnelles. Il n'y a pas l'ombre d'une rencontre amoureuse à l'horizon, pour aucun de nous deux. Voilà pourquoi je te propose un accord réaliste.

Cela ne répondait pas vraiment à ma question concernant son éventuel désir de paternité, mais à en juger par ce qu'il me disait, je compris qu'il en avait tout autant envie que moi. Sinon, pourquoi me proposerait-il de me mettre enceinte ? Pourquoi ne m'en a-t-il jamais parlé ?

— Alors tu as décidé d'être mon donneur de sperme ?

Il secoua la tête.

— Pas in vitro. Pas dans un cadre médical. Mais plutôt par voie naturelle. Tu souhaites une expérience plus intime et personnelle, je peux te l'offrir.

Je déglutis difficilement en comprenant qu'il parlait de sexe. *Beaucoup de sexe*, s'il prévoyait de me mettre enceinte.

Je m'en voulus de trouver cette idée particulièrement attrayante.

— Et si toi ou moi rencontrons quelqu'un d'autre ? demandai-je tandis que mon pauvre cerveau essayait encore d'assimiler ce que me proposait Mason.

— Ce n'est pas arrivé jusqu'à présent, songea-t-il. Je n'ai pas l'intention de rencontrer quelqu'un d'autre. Et je pense que toi non plus puisque tu as l'intention de porter le bébé d'un inconnu. Il n'y a pas de prince charmant, n'est-ce pas ? Alors pourquoi ne pas faire appel à moi ?

J'étais sans voix.

Certes, je m'étais résignée à vivre sans homme. Je ne cherchais même plus à en rencontrer un, et mon projet de maternité confirmerait ce choix de célibat pendant très longtemps. Cet enfant serait tout mon univers.

Mason Lawson me propose de me donner l'enfant que j'ai toujours voulu.

Incroyable.

Je devrais sauter sur une telle opportunité, mais j'en étais incapable.

Notre conversation actuelle était si surréaliste que j'avais l'impression d'être dans un état second. Je ne comprenais même pas pourquoi il me proposait une chose pareille.

Avait-il pitié de moi ?

Non. Mason n'est pas devenu l'homme d'affaires qu'il est aujourd'hui avec un cœur sensible. Cette proposition devait être motivée par autre chose.

Encore une fois, le fait qu'il veuille lui aussi avoir un enfant me paraissait être la seule explication rationnelle.

— C'est hors de question, lui dis-je finalement. Mason, je ne sais même pas si nous pouvons nous entendre. C'est la première fois que nous avons une vraie conversation. Avoir un enfant n'est pas un partenariat commercial. Nous risquons tout aussi bien de finir par nous détester. Par nous déchirer pour un enfant innocent. Tu as raison concernant le prince charmant. C'est un mensonge. Et je ne cherche même plus à rencontrer un homme. Mais avoir un bébé est un engagement à vie. Tu risquerais de rencontrer quelqu'un...

— Non, m'interrompit-il. Je te l'ai déjà dit.

Je commençais à avoir le vertige. Le simple fait d'avoir cette conversation avec Mason Lawson me semblait totalement dingue.

— Ce serait une catastrophe, dis-je.

Mason posa le menu sur la table pour me regarder, m'accordant ainsi toute son attention.

Mon cœur s'emballa face à son regard d'acier.

Je ne pouvais plus détourner le regard.

Je ne pouvais plus respirer.

Je ne pouvais plus penser.

J'étais complètement capturée. Une part de moi-même voulait partir en courant, mais tout le reste de mon corps et de mon esprit n'avait aucune envie de fuir.

Mason haussa un sourcil.

— Tu voulais qu'un homme te désire, dit-il d'une voix rauque tout en me dévorant du regard. Je peux te promettre qu'aucun homme ne te désirera jamais plus que moi, Laura. Je suis *complètement* qualifié.

Oh Bon Dieu !

Je déglutis difficilement, stupéfaite par la profondeur du désir que je pouvais clairement voir dans son regard tourbillonnant.

— Je...je...je ne peux pas, dis-je avec beaucoup de difficulté tout en secouant la tête.

À vrai dire, prononcer ces quatre petits mots fut probablement la chose la plus difficile que j'ai jamais faite.

— Parce que *je* ne t'attire pas ? demanda-t-il avec un froncement de sourcils.

Mon estomac se noua en croyant percevoir une légère inflexion de déception dans le ton de sa voix.

Est-ce que je me fais des idées ?

— Tu m'attires, dis-je précipitamment afin de ne pas le laisser croire qu'il s'agissait de la raison de mon rejet.

Pour être parfaitement honnêtement, je mourrais d'envie de me déshabiller puis de me jeter sur lui pour lui arracher ses vêtements aussi.

Le désir de toucher chaque centimètre carré de sa peau chaude était si dévorant que mes mains en tremblaient.

Je souhaitais faire l'expérience d'un homme qui voulait sincèrement de...moi. C'était le cas de Mason. C'était parfaitement clair. Son désir était dévoilé, son regard complètement charnel.

— Alors le problème ne vient pas d'un manque d'attirance à mon égard ? demanda-t-il d'une voix si sensuelle que mes jambes aussi se mirent à trembler.

Je secouai la tête et me mordis les lèvres. Une chaleur humide m'inonda entre les cuisses, si bien que je dus croiser les jambes tant c'était inconfortable.

— Non, absolument pas.

Mason serait le fantasme de n'importe quelle femme. C'était du moins le cas pour moi. Et voilà qu'il me proposait du sexe en illimité ? Il s'agissait d'une offre irrésistible pour *n'importe quelle* femme.

Surtout pour moi.

— Bien. Alors tout le reste ira de soi, répondit-il d'un air satisfait.

Pour la toute première fois depuis ma rencontre avec Mason Lawson, il m'adressa un grand sourire.

Son expression masculine et sévère habituelle se métamorphosa alors en quelque chose de très différent de l'air sinistre que j'avais l'habitude de voir sur son beau visage.

Il avait l'air...soulagé.

Plus heureux.

Bien plus humain que je ne l'avais jamais vu.

Là encore, j'eus l'impression que Mason avait tellement plus de choses à offrir sous cette carapace. Je découvrais une partie de lui que les gens avaient rarement l'occasion de voir.

À ce moment-là, lorsqu'il accepta enfin de révéler autre chose que son attitude je-sais-tout habituelle, je compris que j'étais complètement foutue.

Laura

À ma grande surprise, le dîner en sa compagnie était très agréable. Mason avait enfin cessé de me parler du papa de mon futur enfant, non sans me demander de jeter un œil à son dossier.

Après avoir accepté avec réticence, nous avons enfin pu passer à autre chose.

Dieu merci !

Même si je n'avais pas l'intention d'accepter sa folle proposition, j'avais vraiment besoin de mettre fin à ce sujet de conversation. *Immédiatement.*

Cette discussion ne pouvait plus durer.

De surcroît, j'allais tôt ou tard devoir mettre certaines choses au clair avec Mason, mais le dîner de répétition de Jett et Ruby n'était ni le lieu ni le moment de le faire.

Ainsi, je pus enfin me détendre en entamant des sujets de conversation plus généraux pour apprendre à mieux le connaître.

Mason et moi étions tous les deux des globe-trotters. Je voyageais beaucoup en tant que mannequin, et il faisait le tour du monde pour ses affaires, nous avons donc eu un échange intéressant sur nos voyages respectifs ainsi que sur les diverses cultures du monde entier, le tout au cours de l'apéritif.

Lorsque l'entrée fut servie, nous avons parlé de nos actions pour des œuvres caritatives, ce qui m'a permis d'apprendre que nous étions tous les deux animés par les mêmes causes.

Au moment du dessert, je décidai de m'abstenir.

— Rien pour moi.

— Tu plaisantes ? fit Mason avec un froncement de sourcils. Tu regardes ce carrot cake comme si tu souhaitais avoir une relation intime avec lui.

Je lui adressai un sourire.

— Oh j'en ai *envie*. Cela ne veut pas dire que je dois *céder*.

Mason s'empara d'une part de carrot cake qu'il posa devant moi, puis il prit une part de tarte à la banane pour lui.

— Merci, dit-il à la serveuse qui poussa son chariot à desserts jusqu'à la table suivante.

— Je ne peux pas manger ça, Mason, dis-je en salivant devant la pâtisserie. J'ai déjà bu un verre de vin et j'ai beaucoup trop mangé pendant le repas.

— Tu ne peux pas être rassasiée. Tu as à peine mangé, répondit-il.

— J'ai bien assez mangé, ris-je. Beaucoup plus que d'habitude. Je suis un régime alimentaire assez strict auquel je me tiens la plupart du temps. Et ce soir, je me suis déjà sacrément laissée aller.

— Tu es magnifique. Mange ton gâteau, grogna-t-il.

Je regardai alors Mason attaquer sa tarte sans une once de remords.

De toute évidence, il adorait manger, et son corps massif nécessitait certainement un apport calorique très important.

— Je dois tout de même rentrer dans les vêtements des marques que je représente, dis-je avec exaspération. Les sucreries sont des calories gaspillées. J'ai beau être un mannequin plus-size, cela ne veut pas dire que je peux faire n'importe quoi. Le sucre se dépose directement sur mes hanches.

— Tes hanches sont parfaites. Laura, es-tu en train de me dire que tu penses être grosse ? demanda-t-il d'un air très mécontent.

— Non. Pas vraiment, répondis-je prudemment. Mais il y a bien une raison pour laquelle je ne suis pas un mannequin ordinaire. Je ne rentre pas dans tous les vêtements.

Mason haussa les épaules.

— Dans ce cas, pourquoi ne font-ils pas des vêtements qui vont aux mannequins plutôt que l'inverse ? Cette part de gâteau ne serait alors plus un problème. Bon sang, ce n'est pas un problème de toute façon. Tu es en parfaite santé. Tu as un corps merveilleusement sculptural. Tu n'as aucune raison de te priver de manger.

Je fronçai les sourcils devant la part de gâteau, mais je pris néanmoins ma fourchette en main. *Et pourquoi pas.* Après tout, ce repas constituait une occasion spéciale.

— Malheureusement, l'industrie du mannequinat ne fonctionne pas comme ça. Les mannequins doivent rentrer dans les vêtements. Et on ne peut pas dire que je meure de faim. Du moins, plus maintenant. Je suis juste...prudente.

Mason releva vivement la tête.

— Plus maintenant ?

Je pris une bouchée de mon dessert que je savourai pleinement.

— À l'époque, je me privais de nourriture pour rentrer dans les petites tailles traditionnelles, répondis-je.

Je ne comprenais pas vraiment pourquoi je partageais cela avec Mason, mais je me sentais suffisamment à l'aise pour le faire. Après tout, mon histoire était disponible sur internet.

— J'étais mince. Dangereusement mince. Et pourtant, mon agent et les créateurs de mode me mettaient toujours la pression pour que je perde du poids. J'avalais des pilules amaigrissantes et je ne mangeais même pas assez pour rester en vie. Pour faire court, je me suis affamée au point de perdre mes cheveux. Je m'évanouissais régulièrement et mon corps m'envoyait toutes sortes de signaux.

— Pourquoi diable te faisais-tu subir une chose pareille ? demanda-t-il avec colère.

— Dans mon secteur d'activité, si tu ne rentres pas dans les vêtements que tu dois porter, alors tu ne travailles pas. Brynn et moi étions amies et colocataires, et nous étions dans la même situation.

Nous devions nous priver de nourriture pour enfiler des vêtements anormalement petits. Un soir, nous étions toutes les deux en larmes et à bout de force dans notre appartement à New York. J'avais la peau sur les os, pourtant on m'encourageait encore à perdre du poids. Ce soir-là, Brynn et moi avons pris conscience que nous mettions notre vie en danger et que ce que nous faisions était incroyablement malsain. Ensemble, nous avons donc décidé que nous n'étions pas prêtes à mourir pour être minces. Brynn avait déjà tant de succès dans le métier que ses employeurs ont accepté de la laisser retrouver son poids de forme. Quant à moi, j'ai pris du poids pour devenir un mannequin plus-size.

— Tu mourrais littéralement de faim, commenta Mason d'une voix profonde.

— Si je n'avais pas arrêté, j'en serais probablement morte. Certaines femmes sont naturellement minces et sont donc en bonne santé ainsi. Mais moi, je ressemblais à un squelette ambulant et j'étais toujours sous pression pour continuer à maigrir, expliquai-je avant de reprendre mon souffle. L'industrie du mannequinat cache un monde très sombre. Depuis cette prise de conscience, Brynn et moi travaillons d'arrache-pied pour essayer de pousser l'industrie à montrer une certaine diversité corporelle. Les jeunes femmes qui débutent dans ce métier n'ont pas besoin de subir ce genre d'enfer. D'autant plus que ça n'a rien de réaliste d'un point de vue commercial. Seule une petite partie de la population féminine peut porter une taille trente-deux ou trente-quatre. C'est un mauvais exemple à donner aux jeunes femmes qui aspirent à devenir mannequins. Et sans parler de mannequinat, je ne veux pas qu'une seule jeune femme au monde se sente obligée d'être excessivement mince pour attirer l'attention des hommes.

— Tous les hommes ne trouvent pas cela attirant, marmonna Mason avant d'engloutir son dernier morceau de tarte.

— La plupart d'entre eux, si, lançai-je avant d'avaler un autre morceau de mon gâteau.

— Ce n'est pas mon cas, grogna-t-il en posant sa fourchette dans son assiette vide.

— Pourquoi ? demandai-je avant de pouvoir m'en empêcher. J'étais curieuse. La plupart des milliardaires préfèrent s'afficher aux côtés d'une femme mince et délicate.

Mason laissa tomber sa serviette sur les assiettes vides qu'il avait empilées devant lui.

— J'occupais la position de linebacker quand je jouais au football pendant mes années universitaires, Laura. Au cas où tu ne l'aurais pas remarqué, je suis assez massif. Je ne suis pas très à l'aise en compagnie d'une femme que j'ai peur de blesser simplement en la touchant. Ce genre de femme ne m'attire pas.

D'accord. Voilà qui est étrange.

J'avais déjà vu de nombreux hommes taillés comme Mason qui voulaient tout de même d'une femme aussi menue que possible pour se sentir invincibles.

Je mourrais d'envie d'en savoir davantage. Mais je m'abstins d'insister. Après tout, ses préférences en matière de femmes ne me regardaient pas, n'est-ce pas ?

Que cela pouvait-il bien me faire s'il était attiré par des femmes plus corpulentes et plus rondes ? Ce n'est pas comme si j'avais l'intention de coucher avec lui, bien que l'idée me plaise.

— Ne t'avise plus jamais de te priver de nourriture, dit-il. Tu n'en as vraiment pas besoin, et je me fous de ce que veut l'industrie du mannequinat. Tant que tu te sens bien, peu importe la taille de tes vêtements.

Mon cœur se mit à fondre.

Mon Dieu, que c'était bon d'entendre un homme me dire cela. Certes, je me sentais bien dans ma peau la plupart du temps, mais les hommes que je rencontrais finissaient toujours par me suggérer de perdre du poids. Peut-être parce que tous les hommes que je côtoyais travaillaient dans mon secteur d'activité.

— Je crois que tu es le premier homme qui me dit une chose pareille, souris-je.

— Alors tu fréquentes les mauvais hommes, répliqua-t-il.

— Peut-être, dis-je en essayant de garder un ton léger tandis que mon cœur tambourinait dans ma poitrine.

Notre conversation me paraissait très sensuelle...même si ça ne devrait pas être le cas. Mason me trouvait vraisemblablement sexy telle que j'étais, ce qui était très séduisant.

Malgré la présence de nombreuses femmes magnifiques dans le restaurant, il n'avait pas détourné son attention de moi une seule fois.

Il ne balayait pas la pièce du regard à la recherche de *mieux* ou d'une femme plus mince et plus attirante.

Mason me traitait comme si j'étais la seule femme présente ici ce soir.

Pour moi, c'était incroyablement grisant.

Dans mon métier, j'étais entourée de femmes qui bénéficiaient de beaucoup plus d'attention que moi.

Mais pas actuellement.

Pas ici.

Pas avec Mason.

— Je dois te demander quelque chose, dis-je en luttant pour maîtriser ma respiration haletante.

J'avais besoin de changer de sujet et je ne voyais pas meilleure façon de le faire qu'en lui posant des questions qui me trottaient dans la tête depuis longtemps.

Mason hocha vivement la tête.

— Je t'écoute.

— Que s'est-il passé le soir de la fête de fiançailles de Jett ? demandai-je d'un ton hésitant. Je sais que quelqu'un m'a ramenée chez moi, mais je ne me souviens pas vraiment de ce qui s'est passé après notre conversation sur la terrasse. Est-ce que tu sais qui m'a ramenée chez moi ? La dernière chose dont je me souvienne, c'est de t'avoir dit que je songeais à l'insémination artificielle. Pour tout le reste, c'est le trou noir.

L'étonnement traversa son beau visage lorsqu'il demanda :

— Tu ne te souviens de *rien* d'autre ?

Je secouai la tête.

— Je ne pense pas qu'il soit arrivé quoi que ce soit de mauvais, mais j'ai besoin de savoir ce qui s'est passé précisément.

Mason fronça les sourcils.

— Qu'est-ce qui aurait bien pu se passer, selon toi ?

— Je n'en sais rien, avouai-je. Quand je me suis réveillée le lendemain matin, j'étais chez moi mais je ne sais pas comment je suis rentrée. Je ne bois jamais autant. J'étais contrariée par ma consultation à la clinique ce jour-là. Alors je me suis laissée aller et j'en ai payé les conséquences. Je ne sais même pas si c'est un homme ou une femme qui m'a ramenée chez moi. À mon réveil le lendemain matin, je ne...je ne portais plus ma robe, lâchai-je sans trop savoir si je voulais vraiment révéler ce genre de détail à Mason. .

— Tu veux savoir si quelqu'un a profité de ton ivresse ce soir-là ?

— Oui. Je me sens idiote parce que—

— Tu n'as pas à te sentir idiote, dit-il d'un ton bourru. Il ne s'est rien passé. Je t'ai ramenée chez toi. Il y avait tellement de monde à cette fête de fiançailles que personne n'a vraiment remarqué mon absence. Je t'ai portée jusqu'à la sortie située à l'arrière alors que la plupart des invités étaient de l'autre côté de l'appartement.

J'écarquillai les yeux.

— Il y a une autre sortie ? Dans un appartement ?

— Bien sûr. Généralement, les gens n'utilisent qu'une seule sortie, mais il y a bel et bien deux issues. Je voulais veiller à ce que personne n'ait de potins à raconter.

— Comment as-tu trouvé mon adresse ? demandai-je.

J'étais un peu sous le choc que Mason m'ait bel et bien ramenée chez moi ce soir-là.

Il haussa ses larges épaules.

— Il se trouve que je suis l'un des hommes les plus riches du monde. L'équipe qui assure ma sécurité peut me dégoter n'importe quelle adresse.

Je m'avachis contre le dossier de ma chaise.

— Oh mon Dieu, soufflai-je. Je suis tellement désolée.

— Ne le sois pas, insista-t-il sèchement. Ce genre de chose peut arriver à n'importe qui. Nous avons tous déjà fait quelque chose qui n'était pas très raisonnable. Quoi qu'il en soit, je suis heureux d'avoir été là pour te conduire chez toi.

Je doutais fortement que Mason ait pu un jour dévier de sa ligne de conduite. Et à vrai dire, j'avais même du mal à l'imaginer en état d'ivresse. Il était beaucoup trop attaché à la maîtrise qu'il avait de lui-même et de son environnement.

— Et que s'est-il passé ensuite ?

— Rien. Je t'ai ramenée chez toi.

Il ne m'échappa pas que, pour la première fois ce soir, Mason ne semblait plus vouloir me regarder dans les yeux.

— Je t'ai débarrassée de ta robe, reprit-il. Je me suis dit que tu serais plus à l'aise pour dormir.

Je me mordis les lèvres pour m'empêcher de gémir. *Bon sang !* Pour d'obscures raisons, je ne trouvais rien d'étrange ou d'effrayant dans le fait que Mason m'ait déshabillée parce que j'étais trop ivre pour le faire moi-même. Néanmoins, cela ne m'empêchait pas de me sentir gênée.

Mais qu'est-ce qui m'a pris ce soir-là ?

Malheureusement, je n'avais absolument *pas* songé aux conséquences de cette soirée. Je me suis contentée de boire jusqu'à perdre connaissance, ce qui ne m'était encore jamais arrivé.

— Je suis désolée, marmonnai-je doucement. Tu n'aurais pas dû avoir à faire ça. Mais je suis reconnaissante que rien de mal ne soit arrivé.

— Si j'avais su que tu craignais qu'il te soit arrivé quelque chose de mal, alors je t'en aurais parlé plus tôt. Peu après notre arrivée chez toi, tu m'as parlé. Je suppose que tu ne t'en souviens pas. À ce moment-là, tu étais bien consciente qu'il s'agissait de moi, je pensais donc que tu te souvenais de tout.

— Qu'est-ce que j'ai dit ? demandai-je avec curiosité, pas tout à fait sûre d'avoir envie de savoir ce que j'avais raconté à Mason au beau milieu de mon ivresse.

Il hésita un instant avant de répondre :

— Rien d'important. Mais au moins, je savais que tu avais conscience d'être avec moi, et j'étais rassuré de te savoir chez toi. Si j'avais su que tu ne te souvenais de rien, je t'en aurais parlé bien plus tôt.

— Est-ce que j'ai vomi ? demandai-je, alarmée à l'idée d'avoir pu faire cela devant Mason.

— Non. Avant mon départ, je me suis assuré que tu ne sois pas malade et que tu t'endormes. Je serais resté pour t'aider si tu avais vomi.

Mason eut l'air offensé, comme si me venir en aide était pour lui une évidence.

— Alors tu m'aurais tenu les cheveux pendant que j'avais la tête dans les toilettes ? le taquinai-je.

Il me regarda fixement tout en répondant :

— N'importe qui l'aurait fait, non ?

Non. Certainement pas. La plupart des hommes ne prendraient jamais la peine de faire cela.

De toute évidence, Mason manquait d'expérience. Il n'y a rien de plus romantique qu'un homme qui prend soin de sa dulcinée lorsqu'elle tombe malade.

Personnellement, je n'avais encore jamais connu un homme qui me vouait une telle adoration.

— Non. Tout le monde ne l'aurait pas fait, répondis-je enfin.

— Je l'aurais fait, dit-il.

Mon cœur manqua un battement face à la sincérité manifeste dans son regard.

Un désir intense et soudain me fit frémir. Incapable de me contrôler, je dus détourner le regard.

Je devais cela à mon instinct de survie. Si j'avais l'intention de passer le reste de la soirée avec Mason, alors je devais rester sur mes gardes.

Aussi rude et froid que Mason puisse se montrer, il y avait quelque chose dans la façon dont il répondait à mes questions qui me touchait profondément.

Comme s'il touchait du doigt toutes mes incertitudes, déterminé à les faire disparaître comme par magie.

Savait-il que, au fond, j'avais terriblement besoin d'être acceptée par quelqu'un comme lui ?

Comment pourrait-il bien le savoir ?

Je découvrais réellement Mason, un homme que je ne connaissais pas vraiment avant ce soir.

Brynn avait parfaitement raison de me dire qu'il n'avait rien d'un coureur de jupons.

Si c'était le cas, alors je ne serais pas si intimidée par l'attention totale qu'il m'accordait actuellement.

J'avais désespérément envie de Mason. Il venait d'ouvrir une porte que je pensais fermée depuis longtemps.

Et le désir que je ressentais n'avait aucun lien avec mon envie de maternité.

Il pourrait me faire souffrir. Vraiment beaucoup !

Je ne savais pas d'où me venait cette pensée, mais cette prise de conscience soudaine m'incita à claquer la porte à mes émotions les plus sombres.

Chapitre 5

Mason

Je n'arrive pas à croire qu'elle m'ait viré de mon propre appartement, dit Jett d'un air mécontent alors que nous étions sur ma terrasse. Merci de m'héberger ce soir, Mason. Selon Ruby, si je la vois avant demain à l'église, alors cela risque de nous porter malheur.

J'avalai le reste de ma bière tout en me demandant comment diable cela pourrait bien leur porter malheur.

Mon frère cadet était tellement amoureux de Ruby qu'il serait prêt à traverser l'enfer pour elle, puis il n'hésiterait pas à recommencer si la première fois ne suffisait pas à la rendre heureuse.

— Tu aurais peut-être dû te marier rapidement, comme Carter l'a fait avec Brynn, dis-je.

Jett secoua la tête.

— Ruby était si jeune quand nous nous sommes rencontrés. Et tu connais son histoire. Je ne voulais pas la précipiter. Et ça ne m'a pas tué d'attendre. D'autant plus qu'elle vivait avec moi. Mais je dois bien admettre que je suis plus que prêt à officialiser notre union.

Doux Jésus ! Ruby lui manquait déjà. Jett avait *besoin* d'elle. Depuis toujours. Peut-être que le fait d'attendre pour l'épouser ne l'a pas tué, mais je suis prêt à parier que ce n'était pas une partie de plaisir non plus.

— L'attente sera terminée demain. J'imagine donc que tu n'as aucun doute quant à ce mariage ? demandai-je, sachant très bien que mon petit frère était tout simplement impatient de faire de Ruby son épouse.

— Aucun, répondit-il en me foudroyant du regard.

Il se leva pour se diriger vers le bar situé sur la terrasse pour prendre deux autres bières. En revenant vers moi, Jett me tendit une des deux bouteilles, puis il se laissa à nouveau tomber dans la chaise en face de la mienne.

— Je m'en doutais, lui dis-je. Mais je devais te poser la question. Je suis ton frère aîné.

Comme si Jett avait vraiment besoin d'une sorte de discussion père/fils avant son mariage.

Il n'avait besoin de rien de tel.

Néanmoins, Jett était encore et toujours mon petit frère.

Lors de notre arrivée chez moi, il a allumé un feu dans le brasero situé entre nous, ce que je ne faisais jamais puisque je ne restais jamais assez longtemps chez moi. Et je devais reconnaître que c'était très relaxant. Je pouvais entendre l'eau de la baie Elliott clapoter contre le rivage, situé à quelques mètres de ma terrasse.

Il était rare que l'un de mes frères s'arrête chez moi puisque je n'habitais pas en plein centre-ville. Et à vrai dire, je ne me rendais moi-même presque jamais dans le centre-ville.

Il y a quelques années, j'ai décidé d'acheter une maison plutôt qu'un appartement, juste au bord de l'eau.

Aujourd'hui, je ne rentrais plus chez moi que pour dormir, et parfois je ne dormais pas beaucoup non plus.

Jett m'adressa un sourire.

— Tu n'es pas assez vieux pour être mon père. Et tu sais déjà que je suis sacrément heureux. Après la journée de demain, tu seras le dernier Lawson célibataire. C'est ton tour, mon pote.

Je secouai la tête tout en décapsulant ma bouteille de bière en une flexion rapide du poignet.

— Tu crois vraiment que j'ai envie de me mettre avec *n'importe qui* après avoir vu l'enfer Carter et toi avez traversé ? Non merci.

— Tu sais, ce n'est vraiment pas si terrible, plaisanta Jett. Je dirais même que le fait d'avoir l'amour d'une femme est assez incroyable. Il suffit de dépasser tes instincts d'homme des cavernes.

— Je suis content pour toi et Carter, mais je n'ai pas le temps pour ce genre d'histoire. Cela n'a même jamais fait partie de mes projets ou de mes désirs.

— Et je pense que tu es un menteur, répliqua-t-il. Nous avons embauché plusieurs cadres supérieurs ainsi qu'un PDG afin d'avoir davantage de temps libre après des années à passer notre vie au travail. Lawson Technologies n'est plus une jeune entreprise, Mason. C'est un géant mondial. Tu devrais vraiment songer à prendre du recul et à reprendre ton souffle. Avec Carter on se dit même que tu n'as plus de vie sexuelle.

— En effet. Ma vie sexuelle est à l'arrêt depuis longtemps, répondis-je avec agacement. Voilà un aveu que mon petit frère ne manquerait pas d'utiliser contre moi.

Jett haussa un sourcil.

— Depuis combien de temps ?

— Ça n'a pas d'importance, répondis-je précipitamment. Cela faisait littéralement des années. Un certain nombre d'années. Mais je n'avais pas l'intention de donner ce genre de détail à mon frère.

— Avant de rencontrer Ruby, ma vie sexuelle était aussi à l'arrêt, confessa Jett.

— Tu te remettais encore de tes blessures, soulignai-je.

— C'était une bonne excuse. Honnêtement, je ne voulais plus être avec personne avant de rencontrer Ruby.

— Carter ne s'est pas gêné avant de rencontrer Brynn, grommelai-je. Jett se mit à rire.

— Carter couchait avec tout ce qui bougeait, mais je crois qu'il commençait à se lasser lui aussi, même s'il ne l'admettra probablement jamais. Regarde notre famille, Mason. Même Dani et Harper. Pour nous tous, c'est comme s'il n'existait qu'une seule personne au monde capable de nous faire perdre la tête. Et quand cette rencontre se produit, cette personne devient le centre de notre univers.

— Je suppose que tout le monde finit par être monogame dans notre famille.

— Je ne tromperais jamais Ruby. Pour moi, ce ne serait même pas possible. Je ne pense qu'à elle, tout le temps. Et quand mes pensées ne la concernent pas directement, elle est tout de même là, dans un coin de mon esprit. Elle fait partie de moi.

— Ça n'a pas l'air très agréable, observai-je avec cynisme.

— Au début, ça ne l'est pas, avoua-t-il. Mais ensuite, c'est extraordinaire. Tu devrais essayer.

— Certainement pas, me défendis-je.

Jett me lança un regard désapprobateur.

— Tu vas me faire croire que tu n'es pas du tout obsédé par Laura ? Je sais que tu l'appelles régulièrement. Rien ne reste secret très longtemps dans cette famille.

J'aurais pu le contredire concernant l'impossibilité d'avoir des secrets dans notre famille, mais j'étais plus intéressé par ce qu'il savait à propos de Laura.

— Apparemment, elle n'est pas intéressée, répondis-je en essayant de paraître nonchalant.

À la fin du dîner de répétition, Laura s'était montrée cordiale et très froide. Elle a soigneusement réorienté la conversation comme si nous étions de parfaits inconnus.

— N'importe quoi ! s'exclama-t-il en haussant le ton. Tu es complètement aveugle, frérot. Elle est intéressée. Est-ce que tu l'as invitée à dîner ? Est-ce qu'elle a refusé ?

— Pas vraiment, répondis-je à contrecœur. Mais je lui ai proposé d'être son donneur de sperme, et elle n'a pas dit *oui*.

Normalement, je ne parlais pas de ma vie privée à mes frères puisque je n'avais pas vraiment de vie privée, mais je commençais à me demander pourquoi Laura était si réticente à choisir un homme qu'elle connaissait pour son projet de maternité. Ce que je lui proposais me paraissait pourtant parfaitement sensé.

Elle veut un enfant.
Je peux lui faire un enfant.
Problème résolu.

— Quoi ? Jett me regarda comme s'il venait de voir un fantôme.

— Laura veut un bébé. Elle s'intéresse à l'insémination artificielle. Alors je lui ai proposé de l'engrosser. Elle n'était pas ravie par cette idée, grommelai-je en regrettant aussitôt de ne pas l'avoir fermé.

Maintenant, j'étais un peu *obligé* de m'expliquer.

Ainsi, je fis promettre à Jett de garder le secret avant de tout lui raconter concernant mes interactions avec Laura, notre rencontre lors de la fête de fiançailles ainsi que mes appels téléphoniques hebdomadaires.

— Wow, lâcha-t-il après avoir entendu toute l'histoire. Je savais déjà qu'elle envisageait d'avoir recours à une insémination artificielle parce qu'elle en a parlé à Ruby. Mais je ne savais *absolument pas* que tu étais aussi fou d'elle. Je savais que tu l'appelais régulièrement, mais je ne savais pas que tu le faisais une fois par semaine. Et je ne savais certainement pas qu'elle te plaisait au point de lui proposer d'avoir un enfant avec elle.

— Parce que je n'en ai jamais parlé, dis-je d'un ton neutre. Nos conversations téléphoniques ont toujours été brèves. Je ne peux pas dire que j'ai une relation très intime avec Laura.

— Mais tu en as envie, remarqua-t-il. Bon Dieu, Mason, tu lui as proposé ton sperme. Quel genre de mec ferait une chose pareille à moins d'être fou d'elle ? Tu as assurément envie de bien plus que d'une simple amitié.

— Je ne sais pas vraiment ce que je veux d'elle, dis-je avec frustration. Tout ce que je sais pour l'instant, c'est que je veux mettre ses jolies fesses dans mon lit.

— Et tu dois en avoir sacrément envie si tu lui as proposé de la mettre enceinte, insista Jett. Mason, ne gâche pas tout. Laura est faite pour toi. Tu as trouvé la seule femme capable de te rendre fou et irrationnel.

Jett me dit cela comme s'il s'agissait d'une bonne chose.

Peut-être que cela lui plaisait de perdre la raison pour une femme, mais ce n'était pas mon cas.

— Je ne suis *jamais* irrationnel, dis-je. Je lui ai simplement donné mon dossier personnel au cas où elle déciderait d'accepter ma proposition. Je préfère rester professionnel.

Je fronçai les sourcils lorsque Jett éclata de rire.

— Doux Jésus, Mason ! s'étouffa-t-il. T'es sérieux ? Par pitié, dis-moi que tu lui as au moins parlé de ce que tu ressens pour elle avant de faire ça ? Et j'espère que tu l'as emmenée dans un bon restaurant. Et que tu lui as offert des fleurs. Bref, quelque chose pour lui signifier l'affection que tu as pour elle.

— À vrai dire, c'était lors de ton dîner de répétition, dis-je sur la défensive.

Bon sang, Jett avait peut-être raison. *Aurais-je dû lui offrir des fleurs ou un cadeau ?*

Je me souvins alors qu'il s'agissait d'un simple arrangement, et non d'une déclaration d'amour.

Néanmoins, Laura m'a dit regretter que l'expérience ne soit pas plus intime et personnelle. Alors, peut-être qu'un soupçon de romance aurait été judicieux.

— Je lui ai présenté mon portfolio personnel lors du dîner de répétition ce soir, l'informai-je d'un ton grincheux. Je ne pense pas qu'il était nécessaire d'en rajouter.

À nouveau, Jett éclata de rire, un rire si puissant que j'eus envie de l'attraper par le col pour le faire taire.

— Mais tu as passé toutes ces années sur quelle planète, Mason ?

— Au travail, dis-je laconiquement.

— À quand remonte ta dernière relation amoureuse ?

— À la fac, répondis-je sèchement. Maintenant ferme-la et arrête de te moquer de moi.

— Frérot, je ne me moque pas de *toi*. Mais bon sang, on dirait que tu n'as jamais adressé la parole à une femme de toute ta vie et que tu ne sais absolument pas quoi faire de tes sentiments pour Laura. Est-ce que je me trompe ?

Je le foudroyai du regard.

— Peut-être.

En vérité, Laura Hastings m'avait complètement retourné le cerveau et cela faisait maintenant plus d'un an que j'étais dans cet état pathétique.

Mais je ne voulais pas l'admettre.

Jamais.

Néanmoins, je ne pouvais pas complètement le nier non plus.

Cette femme paralysait ma capacité à me concentrer sur mon travail pour *Lawson Technologies*. Elle constituait donc une distraction. Une grande distraction.

— Pourquoi diable ne l'as-tu pas simplement invitée à dîner afin que vous puissiez passer un peu de temps ensemble ? demanda Jet d'un air étonné.

— La première fois que nous nous sommes rencontrés, elle cherchait seulement un donneur de sperme.

— Parce qu'elle n'avait pas encore trouvé le bon mec, ajouta Jett. Allez, Mason, sois honnête avec moi. Je ne sais pas ce qui t'es arrivé, mais ça fait des années que tu cherches à mettre de la distance entre toi et tes frères. Certes, nous sommes physiquement au même endroit puisque nous travaillons dans la même entreprise. Mais ce n'est que le travail. Je suis aussi ton frère.

Je dus m'empêcher de tressaillir en entendant cette dernière phrase. Non seulement c'était absolument vrai, mais je crus aussi et surtout percevoir une pointe de chagrin dans le ton de sa voix. J'étais bel et bien distant avec Carter et Jett, pour une bonne raison. C'était du moins ce je que je me disais à l'époque. Mais au fil des ans, j'ai pris conscience que mes raisons n'avaient pas autant d'importance qu'il y avait plus de dix ans. Il était donc grand temps de faire tomber les murs que j'avais érigés entre mes frères et moi

Il s'agissait de mes propres frères. Et je me languissais terriblement d'être proche d'eux et de mes sœurs.

Ainsi, je devais commencer par me montrer parfaitement honnête avec Jett dès à présent.

— Laura m'a plu sitôt que je l'ai vue pour la première fois, il y a plus d'un an. Au début, j'espérais que mon obsession pour elle n'était qu'une sorte de folie passagère et que ça finirait par passer, mais ce n'est pas le cas. Je ne comprends pas ce qui ne tourne pas rond chez moi. Je n'arrive même plus à me concentrer sur Lawson Technologies, et tu sais pourtant que notre entreprise est au centre de ma vie. C'est le cas depuis la mort de papa et maman. Je n'ai aucune envie d'être obsédé à ce point par une femme, dis-je. Mais je suis incapable de m'arrêter. Je l'appelle une fois par semaine simplement pour entendre le son de sa voix. L'idée qu'elle tombe enceinte d'un autre homme m'est insupportable. À vrai dire, le simple fait d'y penser me rend fou. Voilà pourquoi je lui ai fait cette proposition. Je me suis dit que ça me soulagerait peut-être un peu de savoir qu'elle ne porterait pas l'enfant d'un autre. Bon Dieu, Jett, rien de tout cela n'est normal. Je me suis donné un an pour essayer de passer à autre chose. Mais je n'y arrive pas.

— Tu es fou d'elle, conclut Jett d'un ton catégorique. Et ce sentiment ne disparaîtra pas.

Je lui lançai un regard noir.

— Je crois que je suis juste un peu fou. *C'est tout.* Ça ne me ressemble pas du tout. J'ai l'impression qu'un dingue a pris possession de mon cerveau et qu'il refuse de me le restituer. Je ne perds jamais la tête pour une femme. Jamais.

Jett sourit.

— Bienvenu dans la folie, frérot. Tu finiras par t'y habituer. Ne compte pas sur une quelconque amélioration de tes symptômes. Je te le dis en connaissance de cause. La seule chose qui pourrait t'apaiser serait de savoir que vous formez un couple. Qu'a-t-elle dit à propos de ta proposition ? Si j'en crois ce que tu me dis, elle n'a pas dit oui. Je suppose donc qu'elle n'a pas refusé non plus.

— Je crois qu'elle m'a pris pour un dingue, répondis-je. Si j'étais à sa place, j'aurais la même impression. Je ne peux pas lui en vouloir d'avoir pris peur. Pour être honnête, je pense que c'était probablement une mauvaise idée. Elle doit penser que je lui ai fait cette proposition parce que je suis très occupé par mon travail et que je veux également un enfant.

Jett hocha lentement la tête.

— Peut-être. Tu n'as pas vraiment fait l'effort d'apprendre à la connaître. Comme je te l'ai dit, il serait plus logique de commencer par faire sa connaissance, puis de la séduire. C'est un défaut connu des Lawson. Nous ne sommes pas raisonnables quand il s'agit de nos femmes. Pas raisonnables du tout. Nous tombons amoureux avec une telle intensité que nous en faisons une sorte d'obsession.

— Exactement, acquiesçai-je.

— Mais ça ne me dit toujours pas pourquoi tu n'as rien tenté avec elle.

— Si elle me rejette, je ne pourrais probablement plus jamais lui parler. Je ne pourrais plus l'appeler chaque semaine.

— Est-ce que ça te pose un problème ? demanda Jett.

— Oui. Ça me pose un problème. Je ne veux pas lui faire peur. Bon sang, je *me* fais déjà bien assez peur. Et je ne pourrais probablement pas m'empêcher de l'appeler, quoi qu'il arrive. Je crois que je suis en train de perdre la tête.

— Est-ce que tu veux un conseil de la part de ton frère ? demanda-t-il doucement.

J'hésitai un instant avec de répondre par un hochement de tête timide, quelque peu mortifié à l'idée d'avoir besoin de mon petit frère pour ce genre de chose. Cependant, j'avais besoin d'établir une sorte de plan puisque ce que je faisais depuis plus d'un an ne fonctionnait manifestement pas.

— Si tu veux séduire Laura, tu vas devoir arrêter de traiter tous les aspects de ta vie comme des transactions commerciales. Tu vas devoir te montrer vulnérable.

Eh bien, voilà une idée qui me déplaisait fortement. Cela faisait des années que je ne montrais plus mes émotions à personne. Que je refusais de me montrer vulnérable. Et je ne savais pas si je pouvais rouvrir cette porte.

Laura

J e dois dire la vérité à Mason.
Il était bientôt dix-huit heures.
Un dimanche.

Et plutôt que d'attendre l'appel de Mason chez moi, je me trouvais dans le bâtiment de *Lawson Technologies*. J'entrais actuellement dans l'ascenseur menant au sommet de l'immeuble, où je savais que Mason travaillait.

Comment pourrais-je bien *ne pas* savoir où se trouve son bureau ? Cela faisait un an qu'il m'appelait tous les dimanches à dix-huit heures depuis ce même bureau.

Je tenais fermement l'enveloppe qu'il m'avait donnée lors du dîner de répétition. J'avais l'intention de la lui remettre personnellement. Le contenu de ce dossier étant très confidentiel, je lui devais bien cela.

Dans l'ascenseur, l'un des agents de sécurité entra un code autorisant l'accès au dernier étage, puis les portes se refermèrent.

Avant de quitter mon appartement, j'étais loin d'imaginer que le simple fait d'entrer dans l'immeuble de Mason un dimanche serait aussi difficile. L'endroit était aussi protégé que Fort Knox. Mason était donc déjà au courant de mon arrivée dans ses locaux. La réception l'avait appelé pour obtenir l'autorisation de me laisser monter dans les bureaux de la direction.

J'appuyai mon dos contre la paroi de l'ascenseur. Mon cœur galopait déjà dans ma poitrine.

J'aurais peut-être dû le lui dire par téléphone. Pourquoi diable suis-je ici ? J'aurais pu embaucher un coursier pour m'assurer que son dossier lui soit remis en main propre.

Je secouai la tête. Au fond de moi-même, je savais précisément ce que je faisais ici. Je me sentais coupable de ne pas lui avoir tout dit plus tôt. Certes, le dîner de répétition n'était ni le lieu ni le moment d'avoir une telle conversation. Mais j'aurais pu refuser de prendre son dossier.

En ouvrant cette enveloppe, j'ai pris conscience qu'il me faisait profondément confiance, et je m'en voulais désormais de ne pas avoir joué cartes sur table d'emblée.

Le mariage de Jett et Ruby était magnifique, mais j'étais tellement occupée que j'avais à peine eu l'occasion de voir Mason.

Non pas que j'aurais essayé d'avoir cette conversation avec lui lors d'un mariage, mais je n'ai même pas eu la possibilité de le prévenir de ma venue aujourd'hui.

J'aurais simplement dû lui dire la vérité plutôt que de lui promettre de regarder son dossier.

J'aurais dû me confesser lors de l'un de nos nombreux appels téléphoniques.

Mais je ne l'ai pas fait.

— Cela aurait été tellement plus facile, murmurai-je toute seule.

Toutefois, si ces appels téléphoniques avaient pris fin, alors j'aurais perdu tout contact avec Mason. Après un peu d'introspection, j'étais bien obligée de reconnaître que je *désirais* en réalité entretenir un lien avec lui.

Bon. D'accord. Mason me rendait parfois complètement folle, mais à sa manière un peu maladroite, il semblait se soucier de moi.

Pour une raison qui m'échappait encore, je ne voulais pas perdre le peu de relation que j'avais avec lui.

Ce n'est qu'en examinant son dossier personnel, comme il m'a demandé de le faire, que j'ai eu honte de ne pas avoir été complètement honnête avec lui.

J'aurais pu envoyer Mason sur les roses à tout moment.

J'aurais pu cesser de répondre à ses appels.

Mais en réalité, j'aimais avoir de ses nouvelles chaque semaine, même s'il pouvait être très agaçant. Même s'il me sermonnait à propos de ce que je devrais ou ne devrais pas faire.

Malgré l'étrangeté de la situation, j'aimais l'attention qu'il me portait. Probablement parce que j'éprouvais une attirance inexplicable pour lui, et ce, depuis le début.

Je devais reconnaître qu'une part de moi-même espérait qu'il me propose une rencontre en tête à tête. Seul à seul. Peut-être au cours d'un rendez-vous amoureux.

Mais pas une seule fois il ne semblait l'avoir envisagé.

Oui, il a prétendu ressentir de l'attirance à mon égard, et je l'ai cru. Il était plausible que je lui plaise suffisamment pour qu'il me mette enceinte. Mais je me connaissais. Je n'avais jamais ressenti cela pour un autre homme auparavant. Un simple arrangement pour me mettre enceinte ne me suffirait donc certainement pas. Une partie de jambes en l'air pour concevoir un enfant me laisserait...vide.

Je devais donc cesser de m'accrocher à cet appel téléphonique hebdomadaire.

— Je mets un terme à tout cela dès aujourd'hui, dis-je avec détermination en enfonçant nerveusement les ongles dans l'enveloppe que je tenais à la main.

Brynn avait parfaitement raison de dire que j'avais un faible pour Mason. C'était bel et bien le cas. Mais il fallait que ça s'arrête. Ce n'est pas en m'accrochant à cet appel dominical que Mason finira par me vouloir...davantage.

En réalité, je me faisais du mal, même si je n'étais désormais plus dans le déni.

Lorsque l'ascenseur s'arrêta et que les portes s'ouvrirent, je pris une grande inspiration.

L'air quitta néanmoins subitement mes poumons lorsque je découvris la silhouette massive, puissante et majestueuse de Mason, qui se tenait juste devant les portes de l'ascenseur désormais ouvertes.

Il était beau comme un Dieu mais je fus un peu surprise de le voir vêtu d'un jean et d'une simple chemise blanche.

J'avais raison. Je savais bien qu'il n'aimait pas vraiment porter des costumes. Si c'était le cas, alors il en porterait aussi le week-end.

Malheureusement, Mason ne souriait pas, ce qui me porta à croire qu'il n'était pas très heureux de me voir.

Cela n'a pas d'importance. Je ne peux pas faire machine arrière maintenant.

— J'ai besoin de te parler, dis-je en essayant de mobiliser tout mon courage.

Son froncement de sourcils s'accentua.

— Est-ce que tout va bien ?

Non. Pas du tout. Mais je vais prétendre que tout va bien.

Je le répondis par un hochement de tête affirmatif tout en sortant de l'ascenseur.

— Tout va bien. Je voulais simplement te parler en face à face aujourd'hui.

Mason parut soulagé.

— Allons dans mon bureau.

Je le suivis alors jusqu'à un immense bureau privé. Mason s'assit dans un fauteuil massif situé derrière son bureau. Je posai la grande enveloppe devant lui avant de m'asseoir sur l'une des deux chaises positionnées devant son bureau.

C'est maintenant ou jamais. Voilà ma chance de lui dire la vérité et j'ai bien l'intention de la saisir.

Fini les appels du dimanche.

Fini les demi-vérités.

Fini d'espérer une invitation à dîner de la part de Mason.

— Est-ce que tu as examiné mon dossier ? demanda-t-il d'un ton bourru avant même que je ne puisse m'exprimer.

— Partiellement, avouai-je. Puis j'ai pris conscience que je ne pouvais pas continuer. Je ne pouvais pas continuer à éplucher des informations confidentielles te concernant sans aucune raison. Je n'ai jamais vraiment envisagé d'accepter ta proposition, Mason. Je suis désolée. Je crois que je voulais juste mettre fin à cette discussion lors du dîner de répétition, alors j'ai accepté de prendre cette enveloppe sans en regarder le contenu. Je n'ai vraiment pas l'intention de faire appel à toi comme donneur de sperme. Ma décision est déjà prise.

Mason releva vivement la tête et ses yeux examinèrent attentivement mon visage.

— Tu as choisi un autre mec ?

À en juger par le ton de sa voix, il était blessé. Je me sentis alors encore plus coupable que je ne l'étais *avant* d'arriver dans les locaux de *Lawson Technologies*.

Son regard était néanmoins solennel. Je me demandais bien comment un homme pouvait paraître à la fois si féroce et si blessé.

— Non. Ce n'est pas le problème, répondis-je avant d'inspirer profondément. La vérité, c'est que j'ai décidé de renoncer à ce projet. Je voulais un enfant pour de mauvaises raisons. Je pense l'avoir compris il y a un an, juste après ma première consultation à la clinique. Je ne voulais pas simplement avoir un bébé, je voulais quelqu'un à moi, un enfant à aimer. J'ai pris conscience que c'était incroyablement égoïste de ma part. Tu avais raison. Un jour, cet enfant aurait voulu connaître son père. Les donneurs de sperme étant anonymes, cela n'aurait jamais été possible. Si j'étais animée par un fort instinct maternel, j'aurais probablement pu justifier cet inconvénient majeur, mais ce n'est pas le cas. Du moins, pas vraiment. Ne te méprends pas, j'aimerais beaucoup devenir maman, mais je pense que je le ferais principalement pour ne plus être seule.

Je sentis les larmes me monter aux yeux. Ce n'était pas facile d'admettre une telle vérité, mais après ma visite à la clinique, j'ai dû examiner mes raisons d'envisager une insémination artificielle et, surtout, décider si ces raisons étaient suffisamment bonnes pour justifier de tomber enceinte d'un homme que je ne rencontrerais jamais de ma vie. En fin de compte, mes motivations n'étaient *pas* assez rationnelles pour aller au bout de ce projet.

J'étais animée par le désir de ne plus être seule plutôt que par un véritable instinct maternel. Honnêtement, j'étais plutôt satisfaite de ma vie. De mon travail. De mes amitiés. Je n'avais pas *besoin* d'être maman. Je menais une vie très égoïste.

Jusqu'à cette visite à la clinique, je n'avais pas conscience que la conception d'un bébé par insémination artificielle pourrait devenir un fardeau pour l'enfant.

J'ai grandi sans l'amour de mes parents. Je n'avais que quelques vieux souvenirs des années où ils étaient encore vivants, mais de façon générale, je n'avais connu que l'abandon. Et même si j'avais beaucoup d'amour à donner à un enfant, j'étais bien obligée de penser au sentiment d'abandon que l'absence d'un père pourrait lui causer. Ainsi, j'en étais arrivée à la conclusion que rien ne justifiait de prendre un tel risque.

Mason resta muet, alors je repris :

— Mes motivations pour ce projet d'insémination artificielle étaient très égoïstes. Il y a tellement d'enfants dans le monde qui ont besoin d'un foyer. Qui ont besoin d'amour. Je peux offrir toutes ces choses à un enfant. Alors j'ai décidé d'adopter, tout comme je l'ai été, Mason. J'étais orpheline. Et je sais ce que c'est que d'avoir besoin de se sentir aimé. J'ai tout l'amour du monde à donner à un enfant, ou deux, qui en ont vraiment besoin. Et je serais en mesure de comprendre les problèmes auxquels ils ont été confrontés dans un système défaillant.

— Tu étais orpheline ? demanda-t-il d'une voix rauque.

Son regard manifestait une empathie sincère qui me mit pratiquement à genoux.

— Oui, répondis-je. Mes parents sont morts dans un accident quand j'étais petite, tout comme les tiens, et j'étais fille unique. Aucun membre de ma famille éloignée ne voulait de moi. Je devais avoir environ sept ans quand je suis arrivée à New York, puis je suis passée de famille d'accueil en famille d'accueil jusqu'à l'âge de dix-sept ans. Quand j'étais adolescente, je me privais déjà de nourriture pour me faire une place dans le monde du mannequinat. Mais personne ne m'a jamais remarquée puisque je ne restais jamais très longtemps au même endroit. J'ai commencé à essayer de nouer des contacts et d'obtenir des contrats de mannequinat alors que j'étais encore au lycée. J'ai saisi ma chance avant même de quitter ma dernière famille d'accueil. Je faisais partie des plus chanceuses dans le métier. Quand j'ai eu dix-huit ans, je gagnais assez d'argent pour avoir un toit au-dessus de la tête avec un tas d'autres colocataires.

Il y eut un silence tendu dans le bureau avant que Mason ne dise finalement :

— Ne pleure pas.

J'essuyai machinalement les larmes qui coulaient sur mes joues.

— Je ne pleure jamais, dis-je d'une voix sanglotante que j'eus moi-même du mal à reconnaître.

Bon, d'accord. Il m'arrivait *parfois* de pleurer. Mais je n'autorisais personne à voir ces moments de vulnérabilité. Il y a longtemps que j'avais appris à maîtriser mes émotions.

— Pourquoi ne m'as-tu rien dit ? demanda-t-il d'une voix profonde.

Lorsque mon visage fut enfin sec, je posai mes mains sur mes genoux avant d'expliquer :

— Je n'ai dit à *personne* que j'ai changé d'avis concernant mon projet d'insémination artificielle. Même pas à Brynn. Je me sens idiote.

— Tu n'es pas idiote, me défendit Mason, ce qui me donna encore plus envie de pleurer.

— Mais je t'ai laissé m'appeler chaque semaine, je t'ai laissé croire que j'allais me lancer alors que ce n'était pas vraiment le cas. Tu n'es pas en colère ? Je t'ai fait perdre ton temps.

Mason secoua lentement la tête.

— Non. T'appeler n'a jamais été une perte de temps. J'avais *envie* de t'appeler, Laura. J'avais envie de savoir comment tu allais. Si je n'en avais pas envie, alors je ne t'aurais pas appelée.

Je sentis quelque chose flotter dans mon ventre en le regardant enfin dans les yeux.

— Je crois que j'appréciais le fait que quelqu'un se soucie de mes projets, même si j'étais sur le point de commettre une erreur. Non pas que le fait d'avoir un enfant par insémination artificielle soit une erreur, mais je ne saurai néanmoins jamais comment ça se serait passé, et j'ai déjà accepté cela, dis-je.

Je pris une grande inspiration. Voilà, je venais de lui dire toute la vérité.

— C'était agréable d'avoir ton attention chaque semaine, ajoutai-je.

En effet, j'étais devenu accro à ces appels hebdomadaires, même si Mason avait parfois le don de m'agacer. C'était peut-être un peu pathétique, mais pour une femme qui n'avait pas de famille proche et qui n'avait jamais connu un homme capable de manifester un brin d'intérêt pour elle, c'était grisant.

— Si j'avais su cela, alors je t'aurais probablement appelée tous les jours, grogna-t-il.

Je ne pus m'empêcher de sourire. Comment faisait-il pour toujours trouver quelque chose de gentil à dire quand je me sentais mal ?

— Alors tu me pardonnes de ne pas t'avoir dit la vérité plus tôt ?

Mason haussa les épaules.

— Il n'y a rien à pardonner. J'avais toujours envie de te parler. Et tu ne me devais pas vraiment la vérité. Mais j'étais bel et bien inquiet à l'idée que tu te retrouves enceinte d'un autre homme. J'étais inquiet pendant toute une année.

Mon cœur s'emballa et mon souffle devint court.

— Tu étais certainement inquiet parce qu'il y a une sorte de lien familial entre nous. Brynn est ma meilleure amie, et elle est mariée à ton frère. Et c'est plutôt gentil de ta part. J'ai peut-être toujours espéré que ces appels téléphoniques aboutiraient sur autre chose, mais je ne pouvais plus continuer à espérer une chose pareille.

— Ce que je ressentais à l'idée que tu portes le bébé d'un autre homme n'a *rien* à voir avec la famille, Laura. Ni avec nos amis. Je ne voulais pas que tu tombes enceinte d'un donneur de sperme. Mon point de vue était en réalité très égoïste.

Mason se montrait très direct, et je ne savais trop que dire.

— Je ne comprends pas, murmurai-je enfin.

Son regard intense et mélancolique me fit frémir lorsqu'il répondit :

— C'est pourtant assez évident. Je t'ai proposé de coucher avec toi jusqu'à ce que tu tombes enceinte de *mon* enfant. Tu me plais, Laura.

Depuis notre première rencontre. Voilà la vérité. Si tu souhaitais qu'un homme te mette enceinte, alors je voulais que ce soit *moi*.

Mes yeux étaient désormais si écarquillés que j'eus la sensation que mes globes oculaires étaient sur le point de tomber par terre.

— Tu voulais...être avec moi ? Tu ne souhaitais pas me mettre enceinte par compassion ?

Tout ce que Brynn avait essayé de me dire sur le fait que Mason avait un faible pour moi devint soudainement très clair.

Essayait-il de me dire qu'il voulait...me mettre dans son lit ? *Vraiment ?*

— Est-ce si difficile à croire, Laura ? demanda-t-il d'un ton rauque. Est-il si difficile de croire que je veuille te déshabiller sans autre raison que mon désir de te faire l'amour ?

Je dus ouvrir et fermer la bouche plusieurs fois avant de pouvoir articuler un mot.

— Oui.

— Pourquoi ?

— Bon Dieu, tu es Mason Lawson, milliardaire et génie à la tête de l'une des plus grandes entreprises technologiques au monde. Non seulement tu es riche et intelligent, mais tu es probablement le plus beau mec que j'ai jamais vu. Il te suffirait probablement de claquer des doigts pour avoir n'importe quelle femme célibataire sur Terre. Alors pourquoi diable aurais-tu envie de coucher avec moi ? lâchai-je sans même prendre le temps d'y réfléchir.

J'étais désormais trop abasourdie pour faire preuve de retenue.

Mason m'adressa un petit sourire.

— Tu me trouves beau ?

Je roulai des yeux.

— Oui, comme toutes les autres femmes qui te voient.

Mason prétendait ne pas savoir à quel point il était attirant, ce qui me paraissait difficile à avaler. Peut-être tout aussi difficile à croire que le fait qu'il m'ait appelée une fois par semaine pendant toute une année rien que pour me mettre dans son lit.

Certes, il m'a complimentée sur mon physique et m'a dit ressentir de l'attirance pour moi. Je commençais à croire qu'il était peut-être parfaitement sincère.

J'ai balayé du revers de la main ce que Brynn m'a dit à ce sujet.

Je n'ai pas prêté attention au désir que j'ai cru apercevoir dans le regard de Mason vendredi soir.

Je ne l'ai pas pris au sérieux quand il m'a proposé de me mettre enceinte.

J'ai ignoré tout ce qu'il a pu dire ou faire pour me signifier qu'il voulait simplement être...avec moi.

Tout cela à cause de mes propres insécurités.

Tout cela parce que je ne parvenais pas à accepter l'idée que Mason puisse me trouver attirante...de quelque manière que ce soit.

Tout cela parce qu'il semblait être inaccessible, alors que j'étais moi aussi attirée par lui.

Tandis que je continuais à le regarder, je pris enfin conscience de la vérité absolue.

Mason Lawson avait *bel et bien* un faible pour moi, et la seule preuve dont j'avais besoin me regardait actuellement droit dans les yeux.

— Pourquoi ne m'as-tu pas simplement invitée à sortir plutôt que de trouver un prétexte pour m'appeler une fois par semaine ? demandai-je.

— Je ne savais pas si tu étais intéressée. Et je ne voulais vraiment pas perdre contact avec toi, dit-il avec raideur.

Oh, seigneur.

Mason n'avait donc absolument pas conscience qu'il pourrait faire fondre la culotte de n'importe quelle femme.

À vrai dire, il ne se rendait même pas compte que la plupart des femmes seraient prêtes à tuer pour avoir un rencard avec lui.

Tu me trouves beau ?

M'a-t-il vraiment posé cette question ?

Il ne cherchait donc pas à ce que je caresse son ego. Pas du tout. Mason voulait simplement savoir s'il me plaisait aussi.

Il ne comprenait manifestement pas que la plupart des femmes le voyaient comme l'homme le plus désirable et le plus inaccessible de la planète.

Face à l'air adorablement déboussolé de Mason, mon cœur se serra dans ma poitrine. Je m'en voulais d'avoir laissé mes propres peurs éclipser les *siennes*.

Mason Lawson n'était pas un séducteur milliardaire. En réalité, je le soupçonnais même de ne pas avoir beaucoup d'expérience avec les femmes.

D'une certaine manière, cela tombait sous le sens. Mason a voué l'intégralité de sa vie à son travail. Comment pourrait-il trouver le temps de fréquenter des femmes ?

C'est à cet instant précis que tout ce qui s'était passé entre lui et moi au cours de l'année devint limpide.

Il manquait de confiance en lui.

Je manquais de confiance en moi.

Et nous avions passé tout ce temps à tourner autour du pot et à rester dans l'incertitude, incrédules à l'idée que nous puissions réellement nous plaire.

Maintenant que tout s'éclaircissait dans mon esprit, ma nervosité commença à s'estomper.

J'ai bien failli manquer ma chance d'apprendre à connaître Mason à cause de mes peurs.

Il était donc hors de question que je laisse cela se reproduire.

Je devais cesser de me freiner.

— Est-ce que tu as mangé ? demanda-t-il en se levant.

Je secouai la tête.

— Non.

— Est-ce que tu veux aller manger quelque chose ? demanda-t-il brusquement après un instant d'hésitation. Je meurs de faim, ajouta-t-il.

Je dus m'extirper de mes rêveries pour comprendre qu'il s'agissait là de ma deuxième chance.

— D'accord. J'ai faim, dis-je.

Je m'interrompis un instant avant de demander :

— Est-ce qu'il s'agit d'un rendez-vous galant ? Je voudrais juste clarifier la situation.

J'étais prête à me montrer plus audacieuse pour m'assurer que nous étions sur la même page.

— Est-ce que tu veux que ce soit un rendez-vous galant ? demanda-t-il d'un ton bourru.

— Je ne sais pas, répondis-je avec honnêteté. Je crois que oui, mais je dois trouver un moyen de recommencer à zéro avec toi. Tout ce que je pensais était...faux.

— Dans ce cas, nous serons ce qui te chante pour l'instant, répondit-il. Des amis, des amants, juste deux personnes affamées qui mangent ensemble. Je m'en contrefous tant que tu viens avec moi.

Il m'offrit sa main que j'acceptai bien volontiers, puis il m'aida à me lever de ma chaise.

Un frémissement me transperça lorsque nos corps s'effleurèrent.

Tout à coup, Mason Lawson, l'un des célibataires les plus désirables au monde, ne me semblait plus du tout inaccessible.

Laura

Ce restaurant est incroyable, dis-je à Mason en cessant un bref instant de dévorer mon poulet Kung Pao.

Étant tous les deux des amateurs de cuisines asiatiques, nous avions fini par choisir un restaurant chinois. Mason avait ensuite suggéré de prendre nos plats à emporter et de manger chez lui puisque le lieu était presque complet.

Il habitait dans un ancien manoir rénové du sol au plafond et situé en bord de mer. Ce n'était pas du tout ce à quoi je m'attendais, mais j'apprenais progressivement à ne plus avoir de préjugés concernant Mason.

Je me trouvais désormais assise sur le canapé du salon, les jambes croisées, le tout avec une vue imprenable sur la baie Elliott. À vrai dire, il y avait probablement une vue imprenable sur l'eau depuis n'importe quelle pièce du logement.

Mason s'empara d'un rouleau de printemps qu'il dévora en deux bouchées. Nous étions séparés par une grande table basse recouverte de nourriture. Lors de notre retour à l'appartement avec cette quantité industrielle de plats chinois, je m'attendais à ce qu'il y ait beaucoup de restes.

J'avais tort.

Mason était un véritable glouton, et je devais reconnaître que j'avais moi aussi beaucoup d'appétit ce soir.

— Je ne suis pas souvent chez moi, songea-t-il. Il y a longtemps que je n'avais pas vu l'intérieur de mon domicile inondé de lumière naturelle, m'informa-t-il en s'appuyant contre le dossier de sa chaise.

En été, le soleil ne se couchait que vers vingt et une heures, il faisait donc encore jour.

— Vraiment ? Mon Dieu, je crois que je passerais tout mon temps chez moi si j'avais une maison comme celle-ci. Je te croyais plutôt du genre à posséder un grand appartement en centre-ville, comme Jett et Carter.

Son chez-lui était parfait. C'était très calme, tout en étant assez proche de la ville.

— Je voulais une maison, même s'il aurait sans doute été plus pratique d'habiter juste à côté de mon lieu de travail, répondit-il.

Étant désormais au courant que Mason n'avait rien d'un coureur de jupons et qu'il était lui aussi accablé par ses incertitudes, il me paraissait beaucoup plus accessible.

Je ne pouvais pas encore dire qu'il se révélait à moi comme un livre ouvert, mais j'avais beaucoup plus de facilité à lui parler.

Et je me sentais privilégiée de *véritablement* le connaître, et pas *seulement* la façade du milliardaire séduisant et orgueilleux.

Pour aller chercher à manger, Mason a insisté pour que nous prenions sa voiture. Ainsi, nous avons bavardé comme des amis pendant toute la durée du trajet.

Il était toujours aussi direct et autoritaire, mais je commençais à m'y faire. Mason n'étant pas *mon* patron, je pouvais facilement l'envoyer paître. Après tout, cela faisait plus d'un an que j'avais affaire à lui une fois par semaine.

— C'est beaucoup plus agréable ici, répondis-je finalement. Qui refuserait de vivre au bord de l'eau ? J'aurais adoré acheter en bord de mer mais mon budget avait ses limites. Alors j'ai préféré opter pour un appartement en centre-ville.

Après avoir mangé dans un silence agréable pendant quelques minutes, Mason dit tranquillement :

— Parle-moi de ton enfance en foyers d'accueil.

Je haussai les épaules en attrapant mon soda posé sur la table basse.

— J'ai survécu. Il n'y a pas grand-chose d'autre à dire. J'aimerais pouvoir dire que je me suis sentie proche d'une de mes familles d'accueil, mais dans les faits, ces familles devaient aussi s'occuper de leurs propres enfants. Quand j'étais petite, je voulais qu'une famille m'adopte. Mais quand j'ai atteint l'adolescence, je voulais simplement voler de mes propres ailes.

— Et tu y es parvenue. L'idée que tu te sois privée de nourriture pour devenir mannequin a beau ne pas me plaire, c'est tout de même admirable que tu aies réussi à bâtir ton avenir.

Je lui adressai un sourire.

— J'étais prête à tout pour devenir quelqu'un. Pour prouver au reste du monde que je pouvais y arriver. À l'époque, je me foutais de ce que je devais faire pour y parvenir. Quand Brynn a fait ses débuts dans le métier, cela faisait déjà des années que j'étais un mannequin affamé. Alors le fait de la voir vivre la même chose que moi a été un signal d'alarme.

— De quelle manière ?

Je pris un instant pour réfléchir avant de lui répondre.

— Elle était plus jeune. Elle était en meilleure santé que moi. J'avais l'impression d'assister à nouveau au déclin de ma propre santé. Je ne voulais pas la voir continuer à se faire du mal. La malnutrition que cela implique peut avoir des effets irréversibles sur le corps. Pour moi, Brynn était comme la sœur que je n'ai jamais eue. Je tenais à elle. Et je savais que nous ne pouvions pas continuer comme ça, même si nous avions toutes les deux beaucoup de succès à ce moment-là. Je me suis retrouvée au pied du mur. J'ai compris que je devais arrêter si je ne voulais pas mourir. Avec Brynn, nous nous sommes donc promis d'avoir un impact sur l'industrie du mannequinat, ou bien de tout arrêter. Comme prévu, elle ne rentrait plus dans les vêtements des créateurs de mode lorsqu'elle a recommencé à manger comme une personne en bonne santé devrait le faire. Quand les marques ont accepté sa nouvelle corpulence, ce fut une grande victoire. Mon poids de forme me place dans la catégorie des mannequins plus-size, et ce marché commençait à décoller. J'ai donc pu faire la transition sans trop de difficultés.

Mason fronça les sourcils.

— Ce n'est pas l'idée que je me fais de la catégorie plus-size.

Il avait l'air si indigné que je ne pus m'empêcher de rire.

— Dans le monde du mannequinat, si tu portes une taille quarante-quatre, alors tu es plus-size. Aujourd'hui, je porte du quarante-huit, je suis donc bel et bien dans cette catégorie, même si c'est une taille normale dans l'industrie du prêt-à-porter.

— Tu es magnifique. Tu as un visage d'ange. La taille de tes vêtements n'a aucune importance, gronda-t-il.

— Tu diras ça à tous ceux qui m'ont insultée sur les réseaux sociaux. J'ai appris à les ignorer puisque je prêche un mode de vie sain et réaliste. Mais beaucoup de mes détracteurs ne veulent pas me voir poser en lingerie ou en maillot de bain.

— Qu'ils aillent se faire foutre. Moi, je veux te voir poser en lingerie et en maillot de bain, grommela-t-il.

Mason semblait si disposé à me voir à moitié nue que je dus réprimer un sourire.

— J'ai travaillé pour une marque de maillots de bain il y a quelque temps. Et dans quelques semaines, j'ai une séance photo en lingerie pour une marque de vêtements de grande taille avec qui je travaille depuis longtemps. J'essaie de ne pas trop me laisser atteindre par les commentaires négatifs sur les réseaux sociaux. Je pense qu'il est beaucoup plus important que les femmes puissent voir un mannequin réaliste vêtu des vêtements qu'elles souhaitent acheter.

— J'ai vu les photos de ton shooting en maillot de bain, avoua-t-il tout en déposant sa fourchette dans son assiette vide.

— Ah oui ? fis-je avec étonnement. Comment ?

— Je les ai cherchés. N'importe quel homme normalement constitué aurait envie de te voir à moitié nue.

Les photos étaient plutôt faciles à trouver sur internet.

— J'ai essuyé beaucoup de critiques pour ces photos, l'informai-je avec honnêteté. Les gens n'étaient pas contents. Ce n'était pas le genre de shooting dans lequel on avait l'habitude de voir un mannequin plus-size.

— Qu'ils aillent au diable, commenta-t-il d'un ton bourru. J'ai trouvé ces photos incroyablement sexy. Si un homme prétend ne pas avoir d'érection face à ces photos, alors c'est un menteur.

Je me mis à rire mais Mason semblait être on ne peut plus sérieux.

— Je crois que tu es le seul homme à penser ça. Mason, je suis un mannequin plus-size.

— Tu es magnifique en maillot de bain, Laura.

Je me mis à rougir.

— Je suis ronde.

— Alors je suppose que les femmes rondes me donnent des érections, rit-il. Pour moi, tu es incroyablement sexy.

Là encore, il y avait quelque chose d'authentique dans le ton de sa voix qui me fit monter les larmes aux yeux.

En surface, je donnais peut-être l'impression d'être en pleine maîtrise de mes émotions, mais en réalité, cette façade cachait une femme qui aspirait à être acceptée. Je voulais qu'un homme puisse me regarder sans ressentir le besoin de changer mon apparence.

Le fait que Mason soit si élogieux à propos de mon physique était totalement nouveau pour moi.

Après avoir passé des années à lutter contre les agences de mannequinat ainsi que les créateurs de mode, et après avoir eu plusieurs compagnons qui ne faisaient que critiquer mon corps, c'était incroyablement grisant qu'un homme apprécie sincèrement ce qu'il voyait en me regardant.

Pour être tout à fait honnête, je ne savais même pas comment me comporter avec un homme comme Mason. Je n'étais pas très à l'aise, probablement par manque d'habitude, mais cette situation était néanmoins sacrément séduisante.

Surtout son commentaire à propos de *ma* capacité à lui donner une érection.

Même si je n'étais plus vierge, je n'ai jamais été très à l'aise avec ma sexualité parce que je ne me suis jamais *sentie* désirable. Peut-être parce qu'aucun homme ne m'a jamais regardée avec le même désir que Mason. J'ai toujours su que mes petits amis auraient préféré que je sois moins corpulente, comme un mannequin normal.

Tandis que Mason me regardait comme s'il souhaitait me dévorer entièrement…Cela me donnait envie de grimper sur son corps massif et de le supplier de me prendre.

— Je manque parfois d'assurance, confiai-je. La plupart du temps, je parviens à le cacher. Je crois vraiment au contenu de mon blog. Je pense qu'il existe des gens de toutes formes et de toutes tailles et que tout le monde a sa propre beauté. Je crois sincèrement que le monde du mannequinat est irréaliste. Cela fait des années que la taille quarante-six est la plus vendue aux États-Unis, et dernièrement, certaines études indiquent même que la taille la plus courante est un quarante-huit. Mais parfois, je suis encore cette fille qui se prive de manger pour s'intégrer dans un monde où il faut être mince. Je me compare toujours aux autres mannequins.

— C'est inutile, dit Mason d'un ton catégorique. Tu n'as pas besoin d'être comme *elles*. Il te suffit d'être *toi-même*.

Mason semblait particulièrement mécontent à l'idée que je cherche à être quelqu'un d'autre.

— Je suis moi-même. La plupart du temps, en tout cas, lui dis-je.

— Tu ne sembles pas avoir de problème à donner tes véritables opinions sur ton blog.

Je le regardai d'un air surpris.

— Tu as lu notre blog ? Ce blog parle principalement de mode.

— Je ne parle pas de ton blog avec Brynn. Même si je le lis également pour avoir tout ce dont j'ai besoin afin de contribuer au développement de Perfect Harmony. Je parle surtout de ton blog personnel. Je lis chaque nouvelle publication. Et il ne s'agit pas seulement de mode. Il s'agit de ta perception du monde. J'aime la façon dont tu es honnête avec toi-même et avec tes lectrices.

Bon. D'accord. Me voilà sous le choc. En effet, je parlais souvent de ce que je ressentais sur mon blog personnel, ainsi que des femmes que je rencontrais partout dans le monde lors de mes déplacements professionnels. J'y parlais en réalité très peu de mode. Il s'agissait principalement de mon parcours personnel dans la vie.

— C'est surtout un blog à propos des femmes, expliquai-je.

Et effectivement, j'étais toujours excessivement honnête à propos de moi-même dans ce blog, mais j'étais loin de me douter qu'un *homme* s'intéresserait au cheminement émotionnel d'une femme.

Mason haussa les épaules.

— Je dirais que c'est une excellente source de lecture pour tous ceux qui ont parfois l'impression de ne pas s'intégrer dans leur propre monde. En ce qui me concerne, je le lis surtout pour mieux *te* comprendre.

Je me mis à rire, mais je me sentais aussi un peu mal à l'aise que quelqu'un comme Mason se soucie suffisamment de ce que je ressentais pour lire mon blog. C'était à la fois flatteur et déconcertant.

— Je ne suis pas si compliquée que ça.

Je voulais lui dire que je souhaitais simplement avoir confiance en moi dans un domaine où je me comparais constamment aux femmes considérées comme parfaites dans le monde du mannequinat.

Dans mon métier, mon assurance était un jeu d'acteur. Je pouvais arborer une attitude souriante et nonchalante, mais je ne parvenais pas toujours à intérioriser mes émotions. Mon blog relatait mon combat personnel pour me sentir véritablement sûre de moi tout le temps.

— Tu es compliquée, contredit-il. Mais ne préfères-tu pas être compliquée et contemplative plutôt que d'être superficielle au point de ne jamais te remettre en question ?

J'examinai attentivement son expression sérieuse.

— Je n'avais jamais vraiment vu les choses sous cet angle.

— Je crois que je ferais mieux de te ramener chez toi, suggéra-t-il en se levant.

Je me levai à mon tour avant de m'affairer à ramasser la nourriture et les assiettes.

— Mason ? dis-je en me souvenant d'une chose que je souhaitais lui demander.

Quelque chose que j'ai lu dans son dossier avant de décider de ne plus fouiller dans son intimité.

— Oui ? fit-il en me suivant dans la cuisine, les mains prises par ce qui restait sur la table basse.

— Tu passes le plus clair de ton temps à travailler. Je pense que tout le monde le sait, me lançai-je d'un ton hésitant.

Et si je me trompe ?

Et si ce que je m'apprêtais à dire était totalement faux ?

— Est-ce que tu essaies de prouver quelque chose ? demandai-je avant de pouvoir m'en empêcher.

— J'aime travailler, marmonna-t-il tout en rangeant les restes de nourriture au réfrigérateur. Et qu'est-ce que j'aurais à prouver ?

— Tu m'as demandé de regarder ton dossier, ce que j'ai fait. Du moins partiellement. Je n'aurais probablement même pas dû l'ouvrir puisque j'avais déjà décidé d'adopter un enfant. Mais je...

— Tu quoi ? demanda Mason après avoir refermé le réfrigérateur.

— J'ai vu ton certificat d'adoption dans le dossier, Mason, dis-je précipitamment en craignant me tromper. Est-ce que tu travailles dur parce que tu n'es pas le fils naturel de ton père ?

Laura

—Bon, voilà, j'ai trouvé le moyen de gâcher un moment que j'appréciais vraiment, murmurai-je toute seule en lançant mon sac à main sur le bureau de mon appartement.

Il a fallu que j'ouvre ma grande bouche à propos du fait que Mason avait un père biologique différent de ses frères et sœurs.

Excellente façon de couper toute communication, Laura.

Je soupirai en me dirigeant vers ma chambre pour enfiler mon pyjama.

Non ! fut la seule réponse de Mason à ma question idiote.

Après cela, notre conversation fut réduite à néant.

Il m'a ramenée sur le parking de *Lawson Technologies*, après quoi il a attendu que je monte dans ma voiture et que je sorte du parking, sans doute pour veiller à ce que je sois en sécurité. Après cela, sa voiture m'a suivie jusqu'à ce qu'il soit obligé de prendre une autre direction pour rentrer chez lui.

Nous avions passé la soirée à avoir des conversations agréables, à apprendre à nous connaître, à apprendre à nous faire confiance l'un l'autre.

Je lui ai dit des choses que je n'aurais probablement avouées à personne d'autre qu'à Brynn.

Et enfin, j'ai tout gâché en me montrant beaucoup trop indiscrète.

— Je me suis autorisée à être beaucoup trop à l'aise avec lui, marmonnai-je avec agacement en finissant de me changer et avant de placer mes vêtements sales dans le panier à linge de la salle de bain.

Sans compter la tension sexuelle intense qui régnait entre nous deux. Tension qui existait déjà bien *avant* ce soir. Mais au cours de la soirée, quelque chose avait changé. C'était du moins le cas pour moi.

Étant donné que Mason ne portait jamais de jugement sur moi, et qu'il m'encourageait même à parler de moi-même, j'avais cru bon d'orienter la conversation vers lui.

Apparemment, c'était une erreur.

Je comprenais sa réaction. Il n'était manifestement pas prêt à s'ouvrir à propos d'un sujet si personnel.

En toute honnêteté, avant de voir son certificat d'adoption, je n'avais jamais entendu dire que Mason avait été adopté.

Même Brynn ne m'en a jamais parlé.

Peut-être parce qu'il n'était encore qu'un bébé à ce moment-là.

J'entrai dans mon bureau et j'ouvris mon ordinateur portable. Comme je n'avais pas travaillé pendant une bonne partie de la journée et de la soirée, il me restait encore des choses à faire avant d'aller me coucher.

Oublie Mason.

Ce n'est pas comme si nous étions quoi que ce soit l'un pour l'autre. Pas même des amis.

Nous étions peut-être attirés l'un par l'autre, mais ce n'était que physique.

— Dans ce cas, pourquoi ai-je envie de pleurer ? me demandai-je tout haut avec frustration.

Une larme solitaire glissa sur ma joue. Je m'empressai de l'essuyer, en colère contre moi-même de faire tout un plat du fait que Mason se soit éteint émotionnellement juste devant moi.

La lumière dans son regard s'était éclipsée.

Son visage s'était fermé.

Comme si la porte de notre relation naissante m'avait été...claquée au nez.

Et bon sang, c'était douloureux.

Même si cela ne devrait probablement *pas* l'être.

Malheureusement, j'avais vraiment apprécié la compagnie de Mason ce soir. Le vrai Mason. Le Mason que je commençais enfin à comprendre. Et ensuite ? BOOM ! L'homme qui me soutenait et me couvrait d'éloges a complètement disparu.

Mason Lawson, le milliardaire et l'homme d'affaires au cœur de pierre, a fait son grand retour.

En réalité, je ne comprenais pas totalement sa réaction. Était-ce si important qu'il ne partage pas l'ADN du père qu'il a aimé toute sa vie ?

En tant qu'enfant du système de placement familial, je savais que le lien du sang ne signifiait pas grand-chose. Quand mes parents sont morts, aucun autre membre de ma famille n'a voulu de moi.

Plus tard dans ma vie, j'ai trouvé Brynn, qui était aujourd'hui la sœur que je n'ai jamais eue. Pourtant, nous ne partagions rien du tout sur le plan génétique.

Le lien du sang ne garantissait pas nécessairement l'amour et le soutien émotionnel des membres de sa propre famille. J'étais bien placée pour le savoir et il s'agissait de l'une des raisons pour lesquelles j'avais enfin décidé de renoncer à avoir mon propre enfant pour privilégier une adoption. Si je pouvais permettre à un enfant d'avoir une vie heureuse malgré l'absence de ses parents biologiques, alors je serais comblée. Je sais également qu'il s'agirait d'une expérience bien plus gratifiante pour moi que de faire appel à un donneur de sperme, à un père inconnu.

Je poussai un soupir en essayant de me concentrer sur mes emails. La plupart des messages dans ma boîte de réception étaient liés à mon travail, y répondre était donc pour moi d'une facilité déconcertante.

Je continuai à passer ces messages en revue jusqu'à ce que mon regard se pose et se fige sur un email en particulier.

L'expéditeur était un certain Hudson Montgomery.

Le *fameux* Hudson Montgomery, milliardaire et propriétaire de Montgomery Mining.

Je n'étais pas vraiment du genre à garder un œil sur tous les milliardaires du monde, mais il faudrait vraiment avoir passé sa vie dans une grotte pour ne pas savoir qui sont Hudson, Jax et Cooper Montgomery. Ils sont présentés dans tous les magazines féminins comme les hommes célibataires à marier au plus vite. Ils sont riches, jeunes et incroyablement beaux.

— Que diable me veut-il ? murmurai-je.

Je parcourus la courte missive avec curiosité. Il semblerait que Hudson, le frère aîné des Montgomery, souhaiterait me rencontrer pour discuter de *Perfect Harmony*.

Je n'avais pas besoin d'un autre investisseur, et je ne voyais vraiment pas comment quelqu'un comme lui avait pu entendre parler de ma marque.

Cependant, le rencontrer ne pouvait certainement pas me nuire.

Ainsi, je lui envoyai une liste de mes disponibilités pour un déjeuner, comme il me l'avait demandé dans son email. Je ne voulais certainement pas repousser quiconque manifestant de l'intérêt pour mon entreprise, et Hudson Montgomery était bien trop influent pour être ignoré.

J'étais en train de boucler ma réponse lorsque mon téléphone joua *Shake It Off*, de Taylor Swift, ma sonnerie actuelle.

Après avoir tâtonné un bref instant pour sortir mon téléphone de mon sac à main, mon cœur manqua un battement lorsque je découvris qui cherchait à me joindre.

Mason.

— Salut, dis-je prudemment.

— Je suis un peu en retard aujourd'hui, dit-il d'une voix rauque. Je me suis laissé distraire par une belle blonde et j'ai manqué mon horaire d'appel habituel.

Mon cœur battait désormais si vigoureusement dans ma poitrine que l'ensemble de mon corps tremblait.

— Pourquoi appelles-tu maintenant ? Tu m'as bien fait comprendre que tu ne voulais pas me parler de toi.

— J'ai merdé, répondit-il. Je n'aurais pas dû me fermer comme je l'ai fait. Tu m'as pris au dépourvu.

— Tu as placé cette information dans ton dossier par erreur ? devinai-je.

— Non. Si tu devais vraiment songer à moi comme donneur de sperme, alors tu méritais de savoir que je ne suis pas entièrement un Lawson.

Il était entièrement un Lawson, mais de toute évidence, Mason ne semblait pas voir les choses de cette manière.

— Je n'ai pas lu tout ton dossier, expliquai-je. Je me sentais coupable de fouiller dans ta vie privée alors que j'avais déjà pris la décision de ne pas recourir à une insémination artificielle. Mais ce document était au tout début du dossier avec ton acte de naissance.

— Mon père m'a adopté quand j'avais huit mois, révéla-t-il d'une voix serrée suggérant qu'il n'était pas facile pour lui d'aborder ce sujet. Mes parents ne me l'ont dit que quand j'étais adulte, à la fin de mes études universitaires. Ils ne voulaient pas que j'aie le sentiment de ne pas être un de leurs enfants. Ils ne voulaient pas que je me sente... différent. Même si je comprenais la logique de leur raisonnement, j'aurais aimé le savoir plus tôt.

Je pouvais aisément imaginer à quel point ce dut être douloureux de découvrir cela si tardivement. Il avait déjà grandi en croyant être le fils naturel de son père. Il a dû se sentir...trahi.

— Est-ce que tu t'es senti différent après l'avoir appris ?

Mason resta silencieux un instant avant de me répondre.

— Oui.

— Pourquoi ?

— Parce que j'ai aussi découvert que mon père biologique était une ordure. Je suis le fruit d'une agression sexuelle qui n'a jamais été signalée. Ma mère était très jeune. Tout juste dix-huit ans. Elle et mon père biologique se sont rencontrés par hasard lors d'une fête quand elle vivait à San Diego. Ce soir-là, il l'a droguée et violée. Quand elle a appris qu'elle était enceinte, pas un seul de ses proches ou amis n'a cru qu'elle avait été violée. La famille de mon père biologique était trop riche et influente pour être incriminée, alors elle n'a bénéficié d'aucun soutien. Fort heureusement, elle a trouvé un bon travail dans le Colorado où elle s'est installée pour prendre un nouveau départ. C'est aussi dans le Colorado qu'elle a rencontré mon père. Mon père était un peu plus âgé qu'elle, mais ils sont tombés amoureux. La suite, tu la connais. Mon père a entrepris les démarches administratives pour m'adopter, peu après ma naissance. Ils étaient déjà mariés à ce moment-là.

Je poussai un soupir tremblant.

— Je suis sûre que ton père t'aimait, Mason. Il t'aimait tout autant que si tu étais son fils naturel. Et je doute que cela ait changé quoi que ce soit dans ta relation avec tes frères et sœurs, n'est-ce pas ?

Il y eut un long silence avant qu'il ne dise :

— Ils ne sont pas au courant. Tu es la seule à le savoir. J'apprécierais que tu gardes ça pour toi.

Oh, mon Dieu.

— Tu n'en as jamais parlé à tes frères et sœurs ?

— Mes parents et moi avions prévu de le faire ensemble pendant les vacances de fin d'années. C'était l'année de leur mort. Ils ont été tués dans un accident de la route juste avant Noël. La mort de nos parents était déjà bien assez difficile, il était hors de question d'en rajouter. Alors j'ai gardé cette information pour moi.

Je comprenais son point de vue. Le moment n'était manifestement pas opportun pour en parler. Chacun d'eux devait affronter la mort soudaine de leurs parents.

— Et après ça ? demandai-je.

Le décès de ses parents était survenu il y a de nombreuses années. Il a bien dû avoir d'autres occasions de leur en parler.

— Pendant quelques années, je n'ai rien pu dire parce que tout le monde était encore endeuillé. Puis nous nous sommes tous éloignés. Chacun de nous a fait son deuil à sa manière. Et après toutes ces années, mon adoption ne me semblait plus avoir autant d'importance. Mes frères et sœurs ont traversé beaucoup d'épreuves. Je n'ai jamais trouvé le moment opportun pour lâcher une telle bombe sur eux.

Oh, son adoption avait de *l'importance*, mais probablement pas pour Carter, Jett, Harper ou Dani.

C'était important pour *Mason*.

Très important.

Maintenant que je connaissais la vérité, je comprenais pourquoi il s'était complètement fermé quand j'ai évoqué ce sujet. Si Mason travaillait aussi dur, c'était peut-être pour prouver qu'il *méritait* d'être un Lawson. Bien évidemment, ils étaient tous liés par le sang puisqu'ils avaient la même mère, ce qui faisait d'eux des demi-frères et demi-sœurs. Mais de toute évidence, Mason ressentait encore aujourd'hui le besoin de montrer qu'il était prêt à travailler plus dur que tout le monde pour avoir le droit de porter le nom de Lawson.

Ne se rendait-il pas compte qu'il n'avait rien à prouver ? Mason était le fils de son père. Et je connaissais suffisamment Jett et Carter pour affirmer qu'ils se ficheraient totalement de savoir que Mason avait un père biologique différent du leur. Mason sera toujours leur frère. Rien au monde ne pouvait changer le lien qui les unissait.

J'avais mal au cœur pour le jeune homme qui a brusquement appris que le sang de son père ne coulait pas dans ses veines. À cet âge, et sans se douter de quoi que ce soit, Mason a dû être complètement dévasté.

Sachant que son père biologique était, de surcroît, un criminel, il n'était pas difficile de comprendre pourquoi il travaillait si dur pour prouver sa valeur au sein de la famille.

— Crois-tu que ton père t'aimait moins parce que tu étais son fils adoptif ? demandai-je prudemment.

— Non, répondit-il. Je sais bien que non. Il me considérait toujours comme son véritable fils aîné. Il était avec ma mère quand je suis né.

— Alors pourquoi essaies-tu encore de prouver que tu as ta place dans la famille, Mason ? Tu as tout sacrifié pour faire de Lawson Technologies un leader mondial. C'est *toi* qui as accompli cela.

— Mes frères ont travaillé tout aussi dur que moi, argumenta-t-il.

— Je n'en doute pas, lui dis-je. Mais ils ont tous trouvé une vie en dehors de leur entreprise maintenant que celle-ci est prospère. Carter et Jett ont tous les deux dit que vous aviez embauché des cadres supérieurs ainsi qu'un PDG il y a quelques années afin que vous puissiez arrêter de passer votre vie au travail.

— En effet, répondit-il d'un ton sec. Mais tu es plutôt mal placée pour aborder ce sujet. Tu es également un bourreau de travail.

Mason avait beau se montrer défensif, je n'avais pas l'intention de me taire. Ce sujet était bien trop important pour permettre à Mason de l'éviter.

— C'est vrai, concédai-je. Mais seulement jusqu'à un certain point. Je ne sacrifie pas ma relation avec mes amis pour le travail. Mon obsession pour mon métier me vient d'un désir de sécurité financière. Tu sais désormais d'où je viens. Et j'ai la chance d'aimer ce que je fais. Si je passe beaucoup de temps sur mes créations, c'est par passion.

Les motivations de Mason étaient très différentes des miennes. Pour lui, travailler jusqu'à l'épuisement était un devoir. Depuis la mort de ses parents, il vivait, mangeait et respirait pour *Lawson Technologies*.

Il était poussé par ses démons, et il ne s'arrêterait pas tant que...

— Tu devrais leur dire, Mason.

— À ce stade, quelle différence cela pourrait-il bien faire ? gronda-t-il. Crois-tu qu'ils méritent de savoir que je ne suis pas vraiment un Lawson ?

— Tu te trompes, et tu le sais, dis-je avec fermeté. Tu *es* un Lawson. Tu as toujours été un Lawson. Ce n'est pas à *eux* que tu dois la vérité. C'est à *toi-même* que tu dois la liberté de leur dire la vérité. Tu as besoin de constater qu'ils se ficheront totalement de ton patrimoine génétique.

Je retins ensuite mon souffle jusqu'à ce qu'il grogne enfin :

— Je vais y réfléchir.

Je devais me contenter de cela. Mason ne semblait pas encore prêt à dire la vérité à ses frères et sœurs.

— Est-ce que tu as d'autres frères et sœurs du côté de ton père biologique ?

— Non. Cette vermine est morte d'une overdose de drogue un an après ma naissance. S'il n'était pas mort, alors je l'aurais tué de mes propres mains pour ce qu'il a fait subir à ma mère.

Je sentis mes yeux s'emplir de larmes. Mason adorait ses parents. À tel point qu'il essayait encore de leur plaire longtemps après leur mort.

— Ils seraient fiers de voir ce que tu as fait de Lawson Technologies, dis-je avec sincérité. Mais ils voudraient également que tu sois heureux. Je n'en parlerai jamais à personne, Mason. C'est ton secret et c'est à toi de le révéler quand bon te semble. Tu le feras quand tu seras prêt.

— Je te fais entièrement confiance, répondit-il. Est-ce que tu me pardonnes d'avoir été désagréable avec toi tout à l'heure ? ajouta-t-il.

Je poussai un soupir. Mason avait vraisemblablement du mal à parler de son intimité. Probablement parce qu'il s'était isolé de tous ceux à qui il tenait.

En réalité, je lui avais *déjà* pardonné ce petit incident, mais je refusais de le laisser s'en tirer aussi facilement.

— C'est étrange, dis-je d'un air faussement songeur. J'ai dû louper le moment où tu me présentais tes excuses.

— Tu veux que je le dise ? demanda-t-il grincheusement.

— Oui.

— Je suis désolé, dit-il sans hésitation, comme s'il était pressé d'effacer au plus vite toute blessure qu'il aurait pu me causer.

— Je n'avais pas l'intention de te blesser, Laura, ajouta-t-il.

Il avait l'air si sincère que je dus déglutir pour me débarrasser de la boule qui venait de se former dans ma gorge.

Je fus surprise de sentir une larme quitter mon œil et couler le long de ma joue. Je m'empressai de l'essuyer en prenant subitement conscience que je pleurais pour de bon. *Encore une fois. Mais qu'est-ce qui m'arrive ?*

— Tu es pardonné, dis-je en essayant de cacher le fait que Mason me touchait d'une façon que je ne comprenais pas complètement.

Je ressentais fortement ses émotions au plus profond de mon âme.

Il ne s'agissait pas simplement d'entendre ou de constater qu'il était en souffrance. Mason était particulièrement doué pour dissimuler ses émotions. Mais pour une raison qui m'échappait encore, je pouvais les *ressentir*. Comme si j'avais une sorte de lien avec lui.

— Dînons ensemble demain, déclara-t-il d'un ton *presque* interrogatif, mais pas tout à fait. Il s'agissait plutôt d'une requête.

Je lui adressai alors un sourire.

— Est-ce qu'il s'agit d'un rencard ? Parce que si c'est le cas, alors tu as besoin de travailler ton approche.

— Je n'ai *pas* d'approche, répondit-il. Et oui, c'est un rencard, et je n'accepterai pas une réponse négative. Je passe te chercher vers dix-neuf heures ?

— Alors je ne peux pas refuser mais tu sais faire preuve de souplesse sur l'horaire ?

— C'est à peu près ça, conclut-il d'un ton bourru. Maintenant, abrège mes souffrances et dis-moi oui.

Mason cherchait à se montrer autoritaire, mais le soupçon de désespoir dans le ton de sa voix ne m'avait pas échappé.

— Oui. Dix-neuf heures, c'est bon pour moi, répondis-je alors sans hésiter.

Mason

Blog de Laura Hastings, aujourd'hui, neuf heures du matin

Vous est-il déjà arrivé de poser une question à quelqu'un en pensant bien faire, puis de regretter aussitôt amèrement de l'avoir fait ?

Ça m'est arrivé. Hier. Bien que cette situation inconfortable se soit bien terminée, je dois vraiment me souvenir que mon désir de savoir et de me montrer encourageante ne signifie pas nécessairement que la personne concernée est prête à me répondre. Non pas dans le but de me mentir ou de me cacher quoi que ce soit, mais parce que cette personne n'a elle-même tout simplement pas encore les réponses.

J'étais blessée qu'il refuse de me répondre alors que j'avais l'impression d'être bien intentionnée. Je me suis alors fermée sans comprendre que cela n'avait rien de personnel.

En réalité, c'est moi qui l'ai blessé en me montrant trop indiscrète, trop tôt.

J'aurais dû prendre le temps d'apprendre à mieux le connaître avant de lui demander quelque chose de vraiment personnel. Et non, je n'ai pas l'intention de vous donner davantage de détails pour satisfaire votre curiosité :) J'espère simplement que cela pourra vous aider à ne pas commettre la même erreur que moi.

Amusez-vous. Souriez. Riez. Créez de bons souvenirs avec ce nouvel homme dans votre vie avant d'aborder les sujets difficiles et intimes. Veillez à ce qu'une relation de confiance naisse entre vous avant de vous précipiter en terres inconnues.

Voilà une leçon que je ne suis pas près d'oublier.

N'oubliez pas de sourire face à votre reflet dans un miroir aujourd'hui. Vous êtes magnifiques, que vous le sachiez déjà ou non.

Xoxoxo ~ Laura

Il ne fallait pas être un génie pour comprendre que Laura faisait ici référence à ce qui s'est passé entre nous la veille.

Je venais de terminer la lecture de cette publication pour la deuxième fois aujourd'hui. Ma première lecture remontait à ce matin, quand j'ai ouvert ma boîte mail.

J'essayais actuellement de déterminer comment rattraper le fait de lui avoir complètement fermé la porte sans me soucier de ce qu'elle pouvait ressentir.

Cela ne venait pas d'un manque de confiance en elle. Je ne voulais tout simplement pas parler de...*cela.*

— Et merde ! jurai-je en m'appuyant contre le dossier de ma chaise de bureau.

Je ne voulais pas que Laura ait le sentiment de ne pas pouvoir s'exprimer librement en ma compagnie. Je ne voulais pas lui donner l'impression de ne pas lui faire confiance.

Le problème ne venait pas *d'elle.*

Mais entièrement de *moi.*

En réalité, je ne faisais confiance à *personne.* Dans le monde des affaires, faire confiance à quelqu'un sans exiger d'engagement à l'écrit faisait de vous un sacré crétin.

Laura n'est pas une relation commerciale. Ma relation avec elle était personnelle, ce qui constituait la racine de tout le problème.

Malgré les conseils avisés de Jett, je ne savais toujours pas comment m'y prendre pour courtiser une femme.

J'étais impitoyable dans les affaires.

J'étais prêt à tout pour le bien de *Lawson Technologies*.

Ma vie entière tournait autour de ma vie professionnelle.

Jusqu'à tout récemment, les femmes ne faisaient même pas partie de mes pensées. Jusqu'à ce que je rencontre Laura...

Si j'avais vraiment le choix, alors je choisirais encore de passer ma vie dans les locaux de mon entreprise. Mais depuis ma rencontre avec elle et la lecture de son blog, j'étais intrigué. Ma curiosité venait de se métamorphoser en obsession, et je ne savais absolument pas comment faire face à *cela*. Ou à *elle*.

Cela faisait pourtant plus d'un an que j'essayais de me débarrasser de ma fascination pour Laura Hastings. Je savais maintenant que c'était impossible.

Les conseils de Jett étaient assez simples : *oublie ton travail et concentre-toi sur Laura. Intéresse-toi à ce qu'elle ressent et à ce qu'elle veut. Et n'hésite pas à lui montrer qui tu es vraiment.*

Une fois de plus, je fronçai les sourcils face à son blog, le tout en me remémorant notre soirée de la veille.

Elle pensait avoir essayé de se rapprocher de moi trop tôt, alors qu'en réalité, je voulais qu'elle se rapproche le plus possible.

Bien évidemment, mon désir de me rapprocher d'elle impliquait nos corps nus, chauds et couverts de sueur.

Mais j'éprouvais aussi un désir intense de la rendre heureuse, de la voir sourire.

Alors que pouvais-je bien faire pour y parvenir ?

Et que faire pour parvenir à la conquérir une bonne fois pour toutes ?

J'étais à peu près sûr d'être complètement foutu.

Même après avoir lu son blog et glané certaines informations sur le genre de femme qu'était Laura, je ne savais toujours pas du tout ce qu'elle cherchait chez un homme.

Voilà pourquoi je lui ai directement posé la question.

Il doit être vivant. Il doit avoir un bon travail. Et il doit vouloir de…moi.

Bon sang, je correspondais parfaitement à ce profil.

Elle devait bien avoir d'autres exigences.

Certes, j'étais rassuré de savoir que notre attirance était réciproque, mais ce que je ressentais pour elle allait bien au-delà d'une simple attirance physique.

Elle m'obsédait complètement.

Si je pouvais mettre ses jolies fesses dans mon lit et lui faire l'amour jusqu'à ce que nous soyons tous les deux satisfaits, alors peut-être que ma vie pourra reprendre son cours normal.

Je m'accrochais à cet espoir de retrouver mes esprits une fois que mon désir de la prendre aura été satisfait.

En réalité, je ne savais pas du tout quelle serait ma réaction si j'obtenais ce que je voulais depuis plus d'un an.

L'interphone sur mon bureau sonna, interrompant le flot de mes pensées.

— Monsieur Lawson, votre sœur est en ligne, dit ma secrétaire de sa voix professionnelle habituelle.

— Merci. Je prends l'appel, dis-je en décrochant le téléphone.

— Mason, je sais que tu es probablement occupé, dit Dani d'un ton hésitant, mais Harper et moi partons demain. Je me demandais donc si Carter et toi pouviez vous joindre à nous pour le déjeuner.

Maintenant que le mariage de Jett et Ruby était passé et que les jeunes mariés étaient partis pour leur lune de miel en Europe, Dani et Harper partaient retrouver leur vie dans le Colorado.

À en juger par le ton de sa voix, je compris que ma sœur s'attendait à ce que je refuse, comme d'habitude. Alors pourquoi espérait-elle une réponse différente aujourd'hui ?

J'hésitai un instant en songeant à ce que Laura m'avait dit la veille.

Elle avait raison. Je m'étais bel et bien isolé du reste de ma famille par crainte qu'ils me regardent différemment en apprenant que je n'étais pas leur frère de sang. Sans parler du fait que mon père biologique était un prédateur sexuel.

Cependant, j'étais tellement occupé à me prémunir d'un éventuel rejet que je n'avais jamais pensé à la souffrance émotionnelle que mon comportement pouvait causer à mes frères et sœurs.

Je voyais désormais à quel point cela les affectait. Harper et Dani étaient les femmes les plus fortes que je connaisse, et je n'en penserais pas moins même si elles n'étaient pas mes sœurs.

Maintenant que j'étais véritablement attentif, je pouvais entendre le chagrin dans la voix de Dani.

Et j'étais entièrement responsable de ce chagrin.

Et je m'en voulais terriblement.

— Est-ce que tu as déjà appelé Carter ? demandai-je.

J'en avais fini de me comporter comme un lâche avec mes propres sœurs.

— Pas encore, répondit-elle. Mais tu connais Carter. Il est prêt à tout pour nous réunir ces derniers temps.

En effet. Après avoir passé des années à se sentir responsable de la mort de nos parents, Carter commençait enfin à tourner la page, et il en profitait pour essayer de ressouder notre famille. Chacun de nous avait pris ses distances pour diverses raisons. Carter souhaitait que sa famille soit à nouveau unie. Pour lui, c'était une mission personnelle.

— Je vais aller le traîner hors de son bureau et l'emmener avec moi, dis-je enfin à Dani. Où se retrouve-t-on ? Je meurs de faim. Alors par pitié, je ne veux pas un repas de fillette.

— Tu viens vraiment avec Carter ? répondit-elle sans parvenir à dissimuler sa stupéfaction.

Je me sentis coupable en entendant le bonheur égayer soudainement sa voix.

— J'ai sauté le petit-déjeuner aujourd'hui. Et ça me ferait plaisir de vous voir, Harper et toi, avant votre départ, répondis-je.

Je fus moi-même surpris par la sincérité de ce que je venais de dire. Je n'avais pas souvent l'occasion de les voir puisqu'elles habitaient toutes les deux dans le Colorado avec leur famille respective.

— Tu as vraiment *envie* de nous voir ? demanda-t-elle.

Oh bon sang ! Sa réaction rend ma culpabilité insoutenable.

Néanmoins, je le méritais certainement.

— Carter et moi serons là. Donne-moi simplement un lieu et une heure de rendez-vous, dis-je en jetant un rapide coup d'œil à ma montre.

— De toute évidence, dans un restaurant où les portions sont généreuses, me taquina-t-elle.

— En effet, acquiesçai-je.

Je n'étais pas du genre à me nourrir de salade.

Ainsi, après avoir convenu de nous retrouver dans un restaurant réputé pour ses énormes sandwiches, je raccrochai pour appeler Carter.

— Déjeuner, me contentai-je de dire pour aller droit au but.

— Quoi ? fit Carter.

— Déjeuner, répétai-je. Retrouve-moi dans le hall d'entrée dans cinq minutes. On mange avec Harper et Dani. Elles partent demain. Tu ne veux pas les voir avant leur départ ?

Question idiote. Bien sûr que Carter voulait voir nos petites sœurs avant qu'elles ne retournent dans le Colorado.

— Tu vas vraiment quitter ton bureau pour un repas en famille ?

J'étais agacé que Carter ait l'air si surpris.

— Oui.

— Qu'est-ce qui t'arrive ? demanda-t-il sèchement.

— J'ai faim, grommelai-je. Contente-toi de ramener tes fesses dans le hall d'entrée.

Je crus entendre mon frère éclater de rire juste avant de raccrocher le téléphone.

Chapitre 10

Mason

Bon sang, tu étais sacrément bavard aujourd'hui, observa Carter en se laissant tomber dans une chaise située face à mon bureau après notre retour du déjeuner. Je crois que tu as posé plus de questions à Dani et Harper pendant ce repas qu'au cours des dix dernières années, ajouta-t-il.

— Je m'intéresse à leur vie dans le Colorado, répondis-je en m'asseyant à mon bureau. Qu'y a-t-il de mal à cela ?

— Rien, répondit-il en haussant les épaules. Mais ça ne te ressemble pas. Je sais que tu gardes un œil sur elles... à distance. Aujourd'hui, tu leur as *directement* posé de nombreuses questions. Je ne t'ai jamais vu comme ça.

— Tu as dit que ton objectif était de rassembler notre famille, comme nous l'étions dans notre enfance, lui rappelai-je.

— C'est vrai, mais je croyais que tu ne m'écoutais pas.

Doux Jésus ! Carter me prenait vraiment pour un parfait abruti. *Étais-je si détestable que cela ?*

— Bien sûr que si, dis-je sur la défensive. J'étais juste...occupé.

— Tu es toujours occupé, répliqua Carter. Quand vas-tu enfin te calmer un peu, Mason ? C'était notre objectif à tous quand nous avons embauché des cadres supérieurs ainsi qu'un PDG. Nous avons convenu de nous concentrer sur nos vies privées. Jett en avait déjà une, mais ce n'était pas notre cas. Et jusqu'à présent, je ne t'ai pas trop vu profiter de ta vie. Si je ne te connaissais pas mieux, je te soupçonnerais même d'avoir un appartement ici même, dans ce bâtiment. Est-ce que tu as encore le temps de rentrer chez toi ?

— Il se trouve que oui, répondis-je calmement. Hier, j'étais chez moi. Et j'ai même quitté le bureau avant la tombée de la nuit.

— Hier, c'était un dimanche, rétorqua Carter. Tu n'aurais pas dû venir ici *du tout*. Sans vouloir t'offenser, frérot, tu gâches ta vie au travail. Il est temps de prendre du recul et de récolter les fruits de ton labeur. Nous travaillons encore très dur. Mais nous n'avons plus besoin de travailler *aussi* dur.

— J'y travaille, grommelai-je en sachant très bien que Carter avait raison.

J'avais bel et bien accepté de déléguer la gestion des opérations à des cadres compétents ainsi qu'à un PDG soigneusement sélectionné. Mais j'avais surtout accepté cela pour soulager mes frères.

Honnêtement, je n'aurais jamais pris une telle décision tout seul.

— Tu te crois irremplaçable ? demanda Carter avec un petit ricanement.

Je le foudroyai du regard sans prendre la peine de lui répondre. Pensais-je vraiment que *Lawson Technologies* serait en difficulté si je m'absentais de l'entreprise ? Pas vraiment. Ce n'était certainement pas ce qui me poussait à passer mon temps ici.

Bien évidemment, l'entreprise avait toujours besoin de moi, de Carter ainsi que de Jett, mais...

— C'est toi qui m'as dit que l'entreprise continuerait à fonctionner si je prenais davantage de temps libre, souligna Carter d'un ton plus calme. Quand je me suis absenté pour aider Brynn, tu m'as encouragé à partir sans chercher à me culpabiliser.

— Et donc ? l'interrogeai-je.

— Et donc, je voudrais que tu quittes ce bureau pendant au moins une semaine, voire plus si tu en es capable. Le sevrage sera difficile. Mais nous avons tous promis de le faire.

— J'ai juste...accepté. Il n'y a jamais eu de promesse. Je voulais que toi et Jett puissiez profiter de votre temps libre. Tu as déjà passé bien assez de temps enfermé dans ton bureau.

Carter croisa obstinément les bras sur son torse, ce qui n'était jamais bon signe.

Ma relation avec lui était différente de celle que j'entretenais avec Jett. Celle-ci était plus...conflictuelle. Peut-être parce que nous avions presque le même âge.

— Ouais. Eh bien. C'est n'importe quoi. Nous avons tous besoin de prendre des vacances, répondit Carter. Et tu n'as encore jamais pris les tiennes.

— Je n'en ai pas besoin, insistai-je.

— Je me fous que tu *penses* en avoir besoin ou non. Si tu viens ici demain matin, alors tu trouveras ton bureau verrouillé. Je te conseille donc de prendre une semaine pour rattraper tout ce que tu n'as pas fait depuis dix ans, suggéra Carter.

Je commençais maintenant à perdre mon sang froid.

— Il est hors de question que tu verrouilles mon bureau.

— Essaie de venir demain matin et tu verras. J'ai eu Jett au téléphone tout à l'heure. Nous représentons les deux tiers de l'entreprise et nous avons convenu de jouer la carte de la majorité.

Je le regardai, abasourdi.

— Tu oserais vraiment me faire une chose pareille ?

— Bon Dieu ! Ne me regarde pas comme ça, Mason. Nous le faisons parce qu'on tient à toi. Nous ne sommes pas de simples *associés*. Nous sommes tes foutus frères. Si tu continues à vivre ta vie de cette façon, tu vas finir par y laisser la peau, dit-il. Et tu pourrais en profiter pour passer du temps avec Laura. Il me semble assez évident que tu aimerais apprendre à mieux la connaître. Je ne suis pas aveugle, frérot.

— J'aimerais la mettre dans mon lit, le corrigeai-je.

Carter m'adressa un grand sourire.

— Dans ce cas, fais durer le plaisir toute une semaine. Tu pourras ensuite reprendre le travail avec le sourire.

— Nous dînons ensemble ce soir, révélai-je à contrecœur. Le dîner ne va pas durer une semaine. Que veux-tu que je fasse pendant une semaine si je ne travaille pas ?

— Oui, je me posais la même question avant, avoua Carter. Tu finiras par découvrir qu'il n'y a pas que le travail dans la vie.

— J'en doute, répondis-je. Mais je crois que je n'ai pas trop le choix puisque toi et Jett avez décidé de vous liguer contre moi.

Le fait que mes deux frères complotent pour me chasser de ma propre entreprise me faisait beaucoup de mal.

— Ce n'est pas une mutinerie, Mason, observa Carter d'une voix rauque. Il s'agit seulement de deux frères terrifiés à l'idée que tu n'atteignes pas ton quarantième anniversaire. Et je sais que tu ferais la même chose si tu étais préoccupé par mon bien-être ou celui de Jett.

Malheureusement, je ne pourrais pas vraiment dire cela à Carter.

Je n'ai pas été le frère le plus attentif du monde. J'étais trop occupé à essayer de prouver que j'étais digne d'être un Lawson. Cependant, j'étais on ne peut plus prêt à mourir pour sauver un de mes frères ou une de mes sœurs.

Est-ce que je comprenais que ce petit stratagème était en réalité bienveillant ? *Oui.*

Cela me plaisait-il ? *Non.*

— Je suppose que je ressentirais la même chose que vous, répondis-je enfin sans trop m'engager. Mais tu dois comprendre que j'aime travailler.

Carter haussa un sourcil.

— Non. Ce n'est pas vrai. J'ai toujours eu l'impression que ta motivation à travailler aussi dur était ailleurs, mais je n'ai jamais compris où.

— Je veux que le nom de Lawson soit connu partout dans le monde, dis-je avec frustration.

— C'est déjà le cas, rétorqua Carter. Notre marque est déjà mondialement connue. Au cas où tu ne l'aurais pas remarqué, Mason, nous avons réussi. Le travail est fait. Il est temps de prendre des vacances. Emmène Laura avec toi. Je peux te garantir qu'on ne te manquera pas.

— Une chose est sûre, ce n'est pas *toi* qui vas me manquer, grognai-je, agacé à l'idée d'être inactif pendant toute une semaine.

Carter me sourit d'un air complètement imperturbable.

— Tu as vraiment besoin de t'envoyer en l'air.

— Pourquoi est-ce que tu n'arrêtes pas de me dire ça ?

— Parce que c'est vrai, non ? répondit Carter d'un ton sensiblement plus sérieux.

Je fulminai en silence pendant quelques instants avant de lui répondre.

— Non ! Bon. D'accord. Probablement. Mais je ne suis pas comme toi, Carter. Je ne suis pas capable de charmer une femme et de la mettre dans mon lit, le tout en l'espace de quelques heures seulement.

Carter se mit à rire.

— Mes jours de débauche sont révolus. La seule femme qui m'intéresse, c'est Brynn.

— Mais tu pouvais coucher avec n'importe quelle femme, lui rappelai-je.

— En effet. Avant de rencontrer Brynn. Il m'a suffi d'un seul regard pour ne plus vouloir de personne d'autre. Et je n'aurai plus jamais envie de personne d'autre.

— Je ressens un peu la même chose pour Laura, confessai-je. Même si je pouvais le faire, je n'ai pas envie de coucher avec n'importe quelle femme. Ça doit être *elle*.

— Tu ne serais pas un peu obsédé ? demanda-t-il avec humour.

— Totalement, avouai-je avec réticence.

— Dans ce cas, fais le nécessaire pour obtenir ce que tu veux, m'encouragea-t-il. Mason, tu es horriblement obstiné quand il s'agit de tout le reste. Et il est peu probable que tu trouves un jour une femme plus intéressante que Laura. Alors quel est le problème ?

— Je ne sais pas comment jouer au prince charmant, marmonnai-je.

Carter éclata de rire.

— Je doute qu'elle cherche le mec parfait.

Un mec.

Selon Laura, voilà tout ce qu'elle voulait.

— Je suis malheureusement loin d'être parfait, dis-je d'un air morose. Bon sang, je ne sais même plus comment me comporter en compagnie d'une femme. Je n'ai plus l'habitude.

— Où l'emmènes-tu dîner ?

Après lui avoir répondu, il me lança un regard désapprobateur.

— Quoi ? fis-je. La cuisine y est très bonne.

— Peut-être. Mais c'est un restaurant où tu invites plutôt des hommes d'affaires, observa Carter.

— Alors que me conseilles-tu ? demandai-je à travers mes dents serrées.

Carter resta muet pendant une minute, comme s'il réfléchissait intensément avant de répondre :

— Que dirais-tu de prendre le ferry de Bainbridge ? Il y a de très bons restaurants sur l'île.

— Je ne prends jamais le ferry, l'informai-je.

— Tu devrais, décida Carter. Je pense que ça plairait à Laura.

— Tu crois ? demandai-je.

Cette idée ne me déplaisait pas. Si cela pouvait plaire à Laura, alors j'étais prêt à prendre ce satané ferry.

Carter hocha la tête.

— Absolument. Même si elle et Brynn surveillent leur alimentation pour leur travail, elles adorent toutes les deux manger. Et Laura est aventureuse.

— Parfois trop aventureuse. Elle a parcouru le monde entier, toute seule, ajoutai-je.

Pour une raison quelconque, je n'aimais pas du tout imaginer Laura toute seule dans un pays étranger. Voyager en solitaire n'est pas toujours sûr, surtout pour une femme.

— N'y pense pas trop sinon tu vas devenir fou, conseilla Carter.

C'était déjà le cas, mais il était hors de question que j'admette une chose pareille devant mon frère.

— Imaginons que je suive ton conseil. Où me conseillerais-tu de réserver ? le questionnai-je.

— Tout dépend du type de repas que vous voulez.

J'ouvris mon ordinateur portable pour faire quelques recherches. Carter m'aida à sélectionner le meilleur restaurant, après quoi je m'empressai de faire une réservation.

— Essaie de prendre du bon temps pour changer un peu, suggéra Carter.

— Je crois que je ne sais même pas comment prendre du bon temps, marmonnai-je.

— Tu vas vite le comprendre. J'ai confiance en toi, dit-il sur le ton de l'humour.

— Sors de mon bureau, lui ordonnai-je. C'est toujours le mien jusqu'à mon départ en fin de journée.

— Ne sois pas énervé, Mason. S'il te plaît, dit Carter avec sérieux et sincérité. Et ce bureau sera toujours le tien. Tu seras tout simplement indisponible pendant une courte période. Tu pourras me remercier plus tard.

En effet, je ne me sentais pas très aimable pour l'instant.

— Va-t'en.

— Appelle-moi demain pour me parler de ton rencard, exigea-t-il.

— On verra, dis-je sans trop m'engager.

Sans rien dire de plus, Carter sortit de mon bureau pour regagner le sien.

Chapitre 11

Laura

C'était incroyable, dis-je à Mason alors que nous étions attablés dans un restaurant sur l'île de Bainbridge. Comment se fait-il que je n'ai jamais pris le ferry avant aujourd'hui alors que j'habite ici depuis deux ans ? m'interrogeai-je.

Jusqu'à présent, mon rencard avec Mason était riche en surprises.

Il était venu me chercher un peu plus tôt avec un beau bouquet de roses. Vêtu d'un polo gris foncé et d'un jean noir, il était si appétissant qu'il mériterait sa place sur le menu du restaurant.

Comme je ne savais pas vraiment où nous allions, j'avais opté pour une jolie robe d'été. Ma tenue n'était donc pas trop habillée, mais suffisamment élégante pour n'importe quel restaurant.

Dire que je fus surprise lorsque nous sommes montés à bord du ferry serait un euphémisme. Mason ne m'a jamais paru être du genre aventureux.

Cependant, il semblait particulièrement heureux d'être là.

Il haussa les épaules.

— Je suis à Seattle depuis bien plus de deux ans et pourtant je n'avais encore jamais pris le ferry non plus.

Cela ne me surprenait pas vraiment. Je posai mes couverts dans mon assiette. Le poisson était vraiment frais et délicieux mais mon ventre était plein.

— Que fais-tu habituellement pour te divertir ? l'interrogeai-je.

Mason devait bien avoir d'autres passions que son travail.

— Rien, répondit-il d'un air morose. Mon emploi du temps est plein tous les jours de la semaine. Le matin, je me lève, je fais ma séance de sport dans ma salle privée, puis je vais au travail. Le soir, je rentre tard et je vais me coucher. Et le lendemain, je recommence.

— Tu ne retrouves jamais des amis pour faire autre chose ?

— Je n'ai que des relations professionnelles, et non des amis. J'ai gardé contact avec quelques personnes de la fac, mais ils habitent à l'autre bout du pays.

Mon cœur se serra si fortement dans ma poitrine que j'eus l'impression que cet organe vital était sur le point d'exploser. *Bon Dieu, comment peut-il vivre ainsi ?* Certes, je travaillais moi aussi beaucoup pour exprimer ma créativité, et j'adorais cela. Mais ce n'était sain pour personne de travailler tous les jours, toute la journée.

— Ce n'est pas bon pour toi, lui dis-je d'un ton catégorique. Tu as besoin de te ressourcer en prenant du temps pour toi.

— Pour faire quoi, précisément ? demanda-t-il.

Avant de répondre, j'attendis que la serveuse rende sa carte bancaire à Mason en nous remerciant de notre visite.

Le repas fut si copieux que nous avions tous les deux refusé de prendre un dessert.

— Mason, soupirai-je. Tu es à Seattle. C'est une ville extraordinaire. Il y a l'océan, les montagnes, la vie nocturne, des musées et des expositions incroyables, des théâtres... Il n'y a presque rien que tu ne puisses *pas* faire ici.

— Ouais, eh bien, je vais probablement être obligé d'essayer tous ces trucs puisque mes frères m'ont viré de mon bureau pour une semaine, répondit-il.

Je le regardai d'un air étonné.

— Ils ont fait quoi ?

— Ils font le même constat que toi me concernant, alors ils ont pris cette décision aujourd'hui même. Les salauds, grommela-t-il. Ils m'interdisent de venir travailler pendant une semaine.

Oh. Mon. Dieu.

— Ils n'ont pas fait ça, si ? dis-je.

— Si, répondit-il à travers ses dents serrées. Ils ont probablement oublié que je peux simplement travailler depuis chez moi. J'ai tout ce dont j'ai besoin.

En comprenant que Jett et Carter ne faisaient qu'imposer des vacances à Mason, je dus réprimer un sourire.

— Ne m'en veux pas de dire ça, l'avertis-je, mais ne crois-tu pas qu'ils ont veillé à ce que tu ne puisses pas travailler du tout ? Jett est l'un des hommes les plus compétents au monde dans son domaine. Je n'y connais pas grand-chose en informatique, mais j'imagine qu'il a la possibilité de changer ton mot de passe ou quelque chose comme ça.

— Je les tuerai tous les deux s'ils font une chose pareille, répondit-il d'un ton acariâtre.

— Mason, pourquoi es-tu si opposé à prendre une semaine de pause ? En tant qu'actionnaire chez Lawson Technologies, sache que j'approuve totalement cette idée.

Il parut interloqué un bref instant avant de répondre.

— Tu as investi dans notre entreprise ?

— Oui, sur les conseils de Brynn quand nous étions encore des mannequins à temps plein. Nous avons toutes les deux acheté des actions quand vous avez été introduits en bourse. Le retour sur investissement est incroyable, répondis-je. Alors je ne veux certainement pas d'un dirigeant épuisé aux commandes.

— Je ne suis pas épuisé. Bon Dieu, je n'ai que trente-six ans, pas quatre-vingts.

Je voulais que Mason profite de cette semaine de repos, j'avais donc l'intention de me montrer ferme.

— Et que dirais-tu si je prenais moi aussi du temps libre ? Nous pourrions faire toutes ces activités à Seattle ensemble. Je ne prendrais pas tout ton temps libre, mais j'aurais moi aussi bien besoin d'une pause. Et contrairement à toi, je sais que mon équipe de direction est capable de gérer la situation pendant mon absence. Mon travail dans l'entreprise est plutôt créatif de toute façon.

Je ne savais même pas s'il souhaitait me revoir, mais je lui faisais cette proposition plutôt en tant qu'amie qu'en tant que potentielle conquête. Mason était encore jeune, mais je voyais bien les cernes sous ses yeux ainsi que les traits de son beau visage tirés par le stress.

Il avait l'air tendu.

Tout le temps.

— Tu peux prendre *tout* mon temps libre, s'empressa-t-il de répondre. Jett est parti, et Carter sera au bureau tous les jours pendant notre absence.

— Es-tu prêt à faire toutes les activités que je t'impose ? demandai-je en croisant les bras sur ma poitrine.

Je n'allais pas le laisser s'enfermer chez lui, sans prendre le temps de découvrir ce qu'il aimait véritablement faire.

— Je vais faire de mon mieux pour te convaincre d'avoir une vie en dehors de ton travail à l'avenir.

— D'accord. Mais pas la Space Needle et les trucs touristiques.

— Oh nous irons *absolument* à la Space Needle si tu n'es jamais monté au sommet, insistai-je.

— C'est inutile, je peux voir le sommet depuis l'appartement de Jett. Ce truc est un piège à touristes.

— Mais tu n'as jamais profité de la vue d'en haut, le contredis-je. Tu vas voir, on va bien s'amuser.

— Peut-être, dit-il avec une incertitude manifeste.

— Demain, l'informai-je. Porte des vêtements légers et confortables. Nous risquons de faire la queue pendant un moment.

À cette période de l'année, il faisait très chaud et humide à Seattle.

— Je déteste la chaleur, se plaignit-il.

— Tu t'y habitueras, le provoquai-je.

— Je dois pouvoir contacter quelqu'un qui...

— Non ! le réprimandai-je en agitant mon index devant lui. Tu n'es pas autorisé à user de ton influence pour nous faire passer devant tout le monde. Tu vas devoir jouer au touriste. Nous allons nous comporter comme des gens *normaux.*

Bien qu'il puisse être tentant de passer devant tout le monde, même pour moi, la foule faisait partie de l'expérience. Je voulais que Mason découvre la vie d'une personne ordinaire.

— Les gens vont te reconnaître, me prévint-il. Les photos de moi sont rares, mais ton visage est partout.

— Je suis rarement dérangée en public, lui dis-je. Les gens sont occupés par leur propre vie, et je suis différente sans mon maquillage professionnel.

— J'en doute. Au cas où j'aurais oublié de te le dire, tu es absolument magnifique ce soir.

Mes joues se mirent instantanément à chauffer.

Il me l'avait pourtant déjà dit ce soir.

Une première fois avant de quitter mon appartement.

Une deuxième fois lorsque nous étions sur le ferry.

Une troisième fois en nous rendant au restaurant.

Je ne pouvais pas dire que Mason était du genre romantique, cela expliquait peut-être pourquoi ses compliments me touchaient tant. Il était totalement sincère.

— Merci, murmurai-je en le regardant dans les yeux.

Face à son regard affamé, d'autres parties de mon anatomie se mirent à chauffer, en plus de mes joues.

Je croisai les jambes en sentant une vague de chaleur humide entre mes cuisses.

Il suffisait que Mason me regarde pour que je sois complètement déboussolée. Il n'essayait même pas de dissimuler son désir, et lorsque son regard se posa sur mon décolleté, il se figea un instant. Comme s'il se fichait totalement que je le surprenne en train de regarder ma poitrine généreuse.

— Euh...Mason ? soufflai-je. Est-ce que ma proposition te convient ?

S'il n'arrêtait pas bientôt de me regarder comme si mon corps lui appartenait, j'allais perdre la tête.

— Oui, ta proposition me convient. Allons-y, dit-il avant de se lever et de me tendre la main.

J'acceptai alors sa main à laquelle je m'agrippai comme s'il s'agissait de ma bouée de sauvetage, puis je laissai Mason me guider jusqu'à la sortie.

Il resta ensuite silencieux sur le chemin jusqu'au quai de départ du ferry, mais il ne me lâcha pas la main un seul instant. Sa prise était délicate et son pouce glissait tendrement sur ma peau.

Ce contact physique était à la fois subtil et possessif. Cette main protectrice autour de la mienne me rendait complètement euphorique.

Lors de notre arrivée sur le ferry, je dus même me retenir de me jeter dans ses bras et de le supplier de me prendre.

— Nous avons le meilleur des deux mondes, soupirai-je lorsque le ferry se mit en mouvement. Il faisait encore jour quand nous sommes partis, et maintenant, nous pouvons contempler toutes les lumières de Seattle dans la nuit, ajoutai-je.

Mason appuya son buste contre mon dos et enroula ses bras autour de moi tandis que j'étais contre le bastingage du ferry. Je sentis la chaleur de son souffle dans mon cou lorsqu'il dit d'une voix rauque :

— Je n'arrive pas à voir ces lumières puisque tu es la seule chose que je regarde.

Je pivotai sur moi-même afin de lui faire face. Il posa alors ses mains sur le bastingage dans mon dos, me piégeant ainsi entre ses bras.

— Mason, gémis-je sans parvenir à cacher le désir que je ressentais et dont j'avais un peu honte.

Son regard s'empara du mien. L'alchimie entre nous était si intense que tout mon corps se raidit.

Embrasse-moi. Par pitié, embrasse-moi.

Le pont du ferry était exposé au vent, mais à cet instant précis, j'étais bien incapable d'avoir froid.

J'étais avec Mason.

Son corps était appuyé contre le mien.

Et j'étais en ébullition.

Instinctivement, animée par le besoin de le toucher, j'enroulai mes bras autour de son cou.

— J'ai attendu ça toute la soirée, s'empressa-t-il de dire d'un ton bourru alors que mes doigts caressaient les cheveux au niveau de sa nuque.

Sa bouche se posa alors sur la mienne. Il n'y eut rien d'hésitant dans ce premier baiser. Mason s'empara de mes lèvres comme s'il souhaitait marquer son territoire.

Son baiser était chaud, humide et complètement charnel. J'ouvris mes lèvres pour l'accueillir, aussi impatiente qu'il ne l'était. Peut-être même plus encore.

Je rêvais de cela depuis notre première rencontre, et ce désir n'avait eu de cesse de s'amplifier et de s'accumuler au fil du temps. Enfin, je pouvais me laisser aller et explorer une petite partie de cet homme magnifique et audacieux.

Il y avait des gens autour de nous sur le pont du ferry, mais à ce moment-là, il n'existait plus que Mason et moi.

Je me fichais de savoir qui nous regardait.

Il exigeait toute mon attention et mon attention était toute à lui.

Je glissai mes doigts dans ses cheveux, me délectant de la sensation grisante de pouvoir enfin goûter à Mason.

Son parfum masculin m'enveloppait et je sombrais dans son étreinte comme si rien d'autre au monde n'existait.

Il était si massif que je me sentais petite contre lui, mais aussi et surtout adorée et protégée.

Je ne pus contenir un gémissement de déception lorsque ses lèvres quittèrent les miennes pour explorer la peau sensible de mon cou.

— Bon Dieu, Laura. C'est une torture de ne pas pouvoir te prendre tout de suite. Ici même, gronda-t-il contre moi avant d'agripper mes fesses pour me tirer contre son corps puissant.

Je fermai les yeux en sentant la preuve de son désir : son sexe en érection à travers le denim du jean qu'il portait.

— Mason, murmurai-je près de son oreille en me frottant contre lui, désireuse d'aller bien plus loin.

Subitement, il fit un pas en arrière. Je fus tentée de suivre le mouvement afin de ne pas perdre ce contact physique, mais je me retins de le faire.

Sa respiration chaotique, Mason glissa sa main dans ses cheveux noirs dans un geste de frustration.

— Tu vas finir par me tuer, lâcha-t-il.

Mais ses yeux scintillaient d'une chaleur ardente qui s'opposait à ce commentaire négatif.

Il avait tout autant envie de moi que j'avais envie de lui, et cela pouvait se lire sur son visage. C'était également parfaitement visible à travers son pantalon. Et après l'avoir touchée, je mourrais d'envie de libérer son énorme verge pour la sentir en moi.

Je pris une grande inspiration tremblante.

— Je n'ai encore jamais eu de fantasme exhibitionniste, dis-je avec légèreté pour essayer de dissiper la tension sexuelle.

Je lui tournai le dos pour me cramponner au bastingage tandis que mon cœur martelait encore violemment dans ma poitrine.

Mason enroula ses bras autour de ma taille, mais cette fois avec plus de délicatesse.

— Tu as le pouvoir de me faire oublier le monde autour de nous, murmura-t-il tendrement près de mon oreille.

Mon cœur manqua un battement.

— Je pense qu'aucun de nous deux n'est encore prêt à aller plus loin.

Menteuse. Je suis une sacrée menteuse. Je suis prête à le supplier d'aller plus loin.

— Parle pour toi, grogna-t-il. En ce qui me concerne, je suis prêt depuis longtemps.

Mason semblait si déçu que j'appuyai instinctivement mon dos contre lui tout en regardant les lumières de la ville se rapprocher.

Chapitre 12

Laura

Blog de Laura Hastings, aujourd'hui, 9h du matin.

Certaines d'entre vous m'ont demandé comment je pouvais bien manquer de confiance en moi, alors j'aimerais répondre à cette question aujourd'hui.

Je sais que j'ai connu une grande carrière en tant que mannequin, mais croyez-moi, j'ai souvent l'impression d'être la femme la plus laide et la plus grosse de ma profession. Le monde du mannequinat regorge de femmes magnifiques. Je suis juste un visage ordinaire dans une foule de belles femmes qui sont beaucoup plus minces et beaucoup moins corpulentes que moi, ce qui correspond aux standards du mannequinat moderne. Comme vous le savez toutes, je veux que cela change, mais cela ne se fera pas du jour au lendemain.

Le fait est que le mannequinat n'est pas représentatif du monde réel, et je veille à ne jamais l'oublier. J'aurai bientôt trente-cinq ans et j'ai la chance d'avoir eu une longue carrière. Mais je suis sur le point de prendre ma retraite pour de bon et j'ai encore une longue vie devant moi.

En d'autres termes, si vous avez l'ambition de devenir mannequin, alors souvenez-vous qu'il s'agit d'une carrière généralement courte. Servez-vous en comme d'un tremplin pour entreprendre autre chose. Ne sacrifiez rien de vous-même pour être le mannequin parfait.

Je suis en bonne santé. Je suis heureuse. J'aime ma carrière et j'aime créer des vêtements qui conviennent aux femmes de toutes les formes et de toutes les tailles.

Mais oui, j'ai encore de nombreux complexes. Je pense que c'est le cas de la plupart des femmes. Le secret consiste à ne pas laisser ces complexes gouverner votre vie.

Un être humain est bien plus qu'un corps ou qu'un visage. Je pense que la diversité des corps devrait être célébrée par cette industrie, et non méprisée. Et je pense que les mannequins devraient être plus fidèles à ce à quoi ressemblent réellement les femmes.

Chacune de nous est unique, et nous devrions nous en réjouir. Le monde ne serait-il pas ennuyeux si nous étions toutes des sortes de clones vêtues d'une taille trente-deux ?

N'oubliez pas de sourire face à votre reflet dans un miroir aujourd'hui. Vous êtes magnifiques, que vous le sachiez déjà ou non.

Xoxoxo ~ Laura

— Honnêtement, je ne comprends vraiment pas pourquoi tu as des complexes, commenta Mason en levant les yeux de son écran d'ordinateur.

Après avoir passé les quatre derniers jours à traîner Mason dans tous les lieux touristiques de la ville, je lui avais accordé un jour de repos, à la piscine de sa maison. Une piscine qui était toujours entretenue mais dont il n'avait encore jamais eu le temps de profiter.

Après avoir nagé ensemble, nous étions désormais allongés au soleil sur des transats disposés côte à côte.

— Laisse-moi deviner. Tu as lu mon blog ? demandai-je.

J'étais sur le point de m'assoupir, alors je ne l'avais même pas vu prendre son ordinateur portable.

— Bien sûr. Comme tous les jours.

Je ne pouvais pas dire que ma relation avec Mason était détendue, mais j'adorais passer du temps avec lui.

Il se plaignait quotidiennement de devoir visiter ce qu'il considérait être des attractions touristiques, mais la plupart du temps, il le faisait avec humour. En réalité, j'étais à peu près sûre que Mason avait apprécié notre visite de la Space Needle, du marché de Pike Place ainsi que des musées et des parcs où je l'avais traîné au cours des quatre derniers jours. Il m'a même laissé l'embarquer sur la grande roue de Seattle, dans laquelle je n'étais encore jamais montée.

Je veillais à ce que nous restions occupés pendant la journée, puis je rentrais généralement chez moi avant l'heure du dîner.

Après ce baiser incroyablement intime sur le ferry, j'avais du mal à me détendre en sa compagnie. Je mourrais d'envie qu'il fasse bien plus que m'embrasser, et voilà tout ce que j'avais en tête.

Aujourd'hui, c'était en réalité la première fois que je m'autorisais à me détendre en m'abstenant de remplir notre journée d'activités, et cela se révélait être incroyablement difficile, d'autant plus que nous étions à moitié nus au bord de sa piscine.

Mason était pourtant vêtu d'un short de bain parfaitement normal, mais je devais me retenir de toutes mes forces pour ne pas toucher la peau lisse et humide de son torse, ou pour ne pas glisser mes doigts sur les muscles saillants de son abdomen.

Il était incroyablement beau avec ses cheveux en désordre et encore mouillés de sa baignade.

Je poussai un soupir discret en essayant de ne pas trop penser à toutes les fois où Mason m'a tenu la main, ou à chacun de ses baisers torrides ces derniers jours. En réalité, j'étais bien incapable de ne pas y penser. Mason veillait à ce que nos interactions restent légères, comme s'il craignait de me faire fuir. Mais je n'avais pas du tout envie de fuir. À vrai dire, je redoutais même son retour au travail lundi, mettant ainsi un terme à ces instants volés ensemble.

Je m'extirpai difficilement de ma transe érotique et je cessai enfin de le regarder avant de dire :

— De nombreuses femmes m'ont demandé comment je pouvais avoir des complexes tout en étant mannequin. Je voulais donc leur expliquer que je pouvais avoir l'air confiante tout en intériorisant mes émotions.

— Ce texte ressemblait davantage à une mise en garde aux femmes qui ont pour ambition de se lancer dans le mannequinat, observa-t-il.

— Ça l'était, confirmai-je. C'est une carrière vraiment très courte pour laquelle personne ne devrait mettre sa santé en péril. Je me suis laissée prendre dans l'engrenage, j'ai essayé de rentrer dans le moule, quoi qu'il en coûte.

— Quand penses-tu prendre ta retraite pour de bon ? demanda-t-il avec curiosité.

— Depuis quelques années, j'accepte progressivement de moins en moins de travail. Le shooting photo pour la marque de lingerie sera peut-être mon dernier contrat. J'ai eu une longue carrière. Certains mannequins cessent de travailler à l'âge de trente ans, voire même avant.

— Es-tu triste de voir cette phase de ta vie se terminer ? demanda-t-il.

— Non. Pas vraiment. J'ai hâte de pouvoir manger une part de gâteau sans aucun regret, plaisantai-je. Plus sérieusement, je suis vraiment excitée à l'idée de pouvoir enfin me concentrer sur ma propre marque. J'aime voyager pour mon travail, mais je vais enfin pouvoir voyager de mon plein gré, où je veux et quand je veux. Je pense que je serai toujours impliquée dans l'industrie de la mode d'une manière ou d'une autre, et j'ai bien l'intention de m'appuyer sur mon influence pour changer cette industrie afin que les femmes cessent de se détruire la santé pour être anormalement minces.

— Tu as déjà beaucoup fait changer les choses, souligna Mason.

— Ce n'est pas suffisant, lui dis-je d'un ton catégorique. Certes, il y a désormais un marché pour les mannequins corpulents là où ça n'existait pas du tout auparavant, mais cela concerne surtout des marques qui sont connues pour leurs grandes tailles. Il faudra du temps pour que tout un secteur d'activité change après des décennies d'inertie.

— Si quelqu'un peut y parvenir, alors c'est bien toi, déclara Mason avec une certitude rassurante.

— Merci, dis-je avec sincérité.

— Quand dois-tu partir pour ton prochain shooting ?

— Je dois être à San Diego lundi prochain, dans un peu plus d'une semaine.

— Je vais mettre mon jet à ta disposition.

Il me fallut quelques secondes pour comprendre de quoi il parlait.

— Mason, je ne prendrai pas ton jet. C'est un client de longue date qui couvre toutes mes dépenses. Mon vol est déjà réservé.

— Annule-le. Je préfère que tu prennes mon jet. Mon chauffeur pourra te déposer directement sur le tarmac et un autre chauffeur pourra te véhiculer une fois sur place, à San Diego. Où as-tu prévu de séjourner ?

Je savais que Mason aimait être aux commandes, mais il était hors de question qu'il organise *mon* emploi du temps.

— Ça ne te regarde pas, dis-je froidement. Et je n'ai pas l'intention d'annuler ce qui est déjà prévu. Je mène ma propre vie depuis près de vingt ans. J'ai voyagé partout dans le monde et je suis toujours vivante.

— Mais tu ne fréquentais pas encore un homme qui compte de nombreux ennemis, répondit-il d'un ton sec. Maintenant que nous sortons ensemble, tu dois penser à ta sécurité.

Je tournai la tête pour le regarder, me permettant ainsi de constater que Mason était totalement sérieux. Son regard sévère le confirmait.

— Je n'ai jamais eu besoin de penser à ma sécurité, répliquai-je. Et personne ne m'a reconnue pendant que j'étais avec toi. Et est-ce que nous sortons vraiment ensemble ? Je croyais qu'il ne s'agissait que d'une expérience d'une semaine. Une sorte de période d'essai.

Pour être tout à fait honnête, je ne comprenais pas ce que Mason et moi étions l'un pour l'autre. Cette idée de passer du temps ensemble et de l'aider à découvrir s'il était capable d'apprécier la vie en dehors de son travail venait de moi.

De toute évidence, il en est parfaitement capable.

En dépit de ses nombreuses plaintes, il a passé la semaine à s'amuser.

Si je ne lui avais pas fait cette proposition, je ne sais pas s'il m'aurait à nouveau invitée à sortir.

Mason se redressa et jeta sa serviette contre le dossier de sa chaise longue.

— Ça n'a *jamais* été une simple expérience pour moi, dit-il d'un ton presque colérique. Mais j'aurais dû me douter que ce n'était qu'un petit jeu pour toi puisque tu me fuis comme la peste tous les soirs. J'aurais dû comprendre que tu n'avais aucune envie d'aller plus loin. Je ne cherchais pas à contrôler ton emploi du temps, Laura. Je me souciais simplement de ta sécurité. Je suppose que je me suis fait des idées, dit-il avant de se lever. J'ai besoin de prendre une douche. Puisqu'il se fait tard, j'imagine que tu es sur le point de partir de toute façon.

Sans attendre que je réponde, Mason me tourna le dos et retourna dans la maison, mais la lueur de déception dans son regard ne m'échappa pas.

Je le connaissais désormais suffisamment bien pour savoir qu'il venait de revêtir sa froideur habituelle parce qu'il était sur la défensive.

Néanmoins, j'étais sans voix, mes yeux rivés sur la porte coulissante qu'il venait de franchir, incapable de croire qu'il venait juste de...partir.

Mason ne m'a même pas laissé une chance de lui répondre.

Bouche bée, figée, je continuai à penser à ce qu'il venait de dire.

Il s'inquiète pour ma sécurité.

D'accord. Mais peut-être qu'il aurait pu trouver une meilleure façon de me l'expliquer plutôt que d'exiger que je me soumette à ses ordres.

Il n'a jamais considéré notre semaine ensemble comme une expérience.

Mais n'était-ce pas en cela même que consistait une nouvelle rencontre amoureuse ? Une sorte d'essai pour voir si deux personnes se sentaient bien ensemble ?

Je le fuis comme la peste tous les soirs.

Je déglutis difficilement. Mason avait vu juste. Je m'empressais bel et bien de partir sitôt que nos excursions étaient terminées.

L'alchimie qui régnait entre nous était tout simplement trop intense.

Et ce genre d'attirance, si charnelle et élémentaire, était si nouvelle pour moi que je ne savais pas comment y faire face.

J'avais tellement envie de Mason que, parfois, mon corps se mettait à trembler d'un désir si intense que j'en avais le souffle coupé.

Alors je prenais la fuite.

C'était soit cela, soit lui dire ce que je ressentais et tenter ma chance.

Cependant, je ne savais pas si Mason voulait une nuit avec moi, ou quelque chose de plus profond.

Est-ce bien important ?

Est-il seulement possible de savoir si une relation va durer ?

Je n'étais pourtant pas du genre prude. J'étais encore jeune, avec des besoins sexuels, et jusqu'à présent, j'essayais d'assouvir ces besoins moi-même puisqu'aucun homme n'était encore parvenu à me donner un orgasme. Loin de là.

Mason peut assurément m'offrir cela.

Et c'était probablement ce dont j'avais si peur.

Si je me rapprochais trop de Mason, il pourrait bien me briser. Cela me terrifiait.

D'un autre côté, si je ne tentais pas ma chance, je ne saurais jamais ce qui aurait pu se passer entre nous.

Habituellement, je ne couchais pas avec un homme après seulement quelques rendez-vous. La situation avec Mason était différente. Après ses appels téléphoniques hebdomadaires et nos rencontres lors de diverses occasions familiales, j'avais l'impression d'avoir subi toute une année de préliminaires.

Mason n'était donc pas une rencontre ordinaire et spontanée.

Au cours de l'année qui venait de s'écouler, il était devenu important pour moi. Nos interactions m'étaient si indispensables que je lui avais même caché la vérité concernant ma décision de ne pas avoir un enfant de lui. Non pas parce que cela ne le regardait pas. Mais parce que je ne voulais pas perdre le lien que j'avais avec lui.

Et si ce n'était que pour une seule nuit ? Au moins, je me serais saisie de cette expérience. Je saurais au moins ce que c'est que d'être en compagnie d'un homme qui me désire véritablement.

Et j'avais envie de connaître cela. J'en avais terriblement envie.

Cette fois, je ne peux pas m'enfuir. Il est hors de question que je parte d'ici simplement pour éviter d'avoir le cœur brisé.

Bon sang. Je n'étais pas du genre à reculer et à abandonner.

Je me levai de ma chaise longue pour me diriger vers la maison. Une fois à l'intérieur, et après avoir refermé la porte coulissante derrière moi, j'empruntai l'escalier en mobilisant tout mon courage et toute ma détermination pour me préparer à séduire Mason Lawson.

Chapitre 13

Laura

Je pouvais entendre l'eau couler dans la salle de bain attenante à la chambre principale où je venais d'entrer.

Je m'emparai de mon sac, posé sur le lit, qui contenait mes vêtements.

Bien. Je peux remettre mes vêtements pour avoir cette conversation.

J'étais plutôt à l'aise dans le modeste maillot de bain une pièce que je portais actuellement, mais je me sentirais bien mieux si je pouvais revêtir ma robe d'été pour faire face à Mason.

Nous ferions mieux d'être habillés pour discuter sans nous laisser distraire, mais après cela, ces vêtements doivent disparaître.

Certes, je n'avais jamais vraiment essayé de séduire un homme auparavant, mais j'avais la ferme intention de faire de mon mieux.

J'en avais assez de ressentir du désir pour Mason sans jamais m'autoriser à le toucher par crainte d'être rejetée. Il était grand temps pour moi de tenter ma chance. Je ne pouvais pas laisser filer cette occasion unique d'être avec un homme qui me désirait véritablement.

Ainsi, je me débarrassai rapidement de mon maillot de bain, puis je m'emparai de ma culotte.

J'avais vraiment besoin d'une douche pour rincer le chlore de ma peau et de mes cheveux.

Plus tard. Je pourrai me doucher plus tard. Je dois d'abord parler à Mason.

Au moment même où je décidai de renoncer à chercher une autre salle de bain dans la maison, l'eau de la douche cessa brusquement de couler.

J'étais si nerveuse que je me figeai en espérant que Mason reste dans la salle de bain quelques instants supplémentaires.

Malheureusement, il en sortit environ cinq secondes plus tard, seulement vêtu d'une serviette enroulée autour de sa taille.

Oh. Merde.

J'étais paralysée. La maison pourrait être en feu, je serais incapable de bouger un muscle.

Les cheveux courts de Mason étaient humides et ébouriffés, comme s'il venait d'utiliser une serviette pour les sécher partiellement. Mon regard se posa un peu plus bas. J'étais fascinée par les gouttelettes d'eau sur la peau nue de son buste massif.

La serviette était enroulée assez bas sur ses hanches, ce qui me permettait de voir la légère pilosité qui descendait le long de son ventre et disparaissait de manière alléchante sous sa serviette. Je brûlais d'envie d'arracher cette serviette de son corps pour découvrir ce qui se cachait en dessous.

Je voulais le toucher. *Véritablement* le toucher. Et je dus lutter pour ne pas suivre mon instinct.

— Mais qu'est-ce que tu fais ici ? Je pensais que tu étais partie, dit-il sèchement.

— Je ne pouvais pas. Pas comme ça, dis-je dans un murmure rauque.

Bon Dieu, même ma voix trahissait mon désir pour lui.

— Il faut qu'on parle, ajoutai-je en le regardant dans les yeux.

Son regard était glacial alors que le mien manifestait certainement mon envie de l'implorer.

— Tu t'attends à ce que je puisse avoir une conversation avec toi alors que tu es entièrement nue ? demanda-t-il.

Bon sang ! J'étais tellement hypnotisée que j'avais oublié que je me tenais là, ma culotte à la main.

— Je...je suis désolée, balbutiai-je. Je suis venue m'habiller, puis je me suis dit que je ferais peut-être mieux de prendre une douche à cause du chlore, puis j'ai décidé d'en prendre une plus tard, après notre conversation, dis-je.

Mon explication était un peu chancelante et je n'arrivais pas à retrouver mon calme.

La tension qui régnait entre nous était maintenant presque palpable.

Il me fixa du regard, mais il resta muet, alors je repris de plus belle :

— Je ne m'enfuyais pas, Mason. Je te le promets. Ce que je ressens parfois quand je suis avec toi me fait...peur. Je m'interdis d'aller plus loin avec toi par crainte de souffrir de ne plus te voir une fois cet intermède terminé. Je ne veux pas trop m'attacher.

Je fus alors fascinée de constater que son regard glacial se réchauffa soudainement.

Il s'approcha de moi, ses yeux rivés aux miens, intenses et ardents.

Mason posa ses mains sur mes épaules et dit :

— N'hésite pas à t'attacher, Laura. Je veux que tu t'attaches à moi parce que je suis déjà attaché à toi. Tout ceci n'a rien d'un jeu pour moi. Je passe mes journées avec toi parce que je ne veux passer mon temps libre avec personne d'autre. Je. Veux. Être. Avec. Toi. Et je n'ai pas l'intention de tourner la page à la fin de cette semaine. J'attends ce moment depuis trop longtemps pour te laisser filer maintenant.

— Alors pourquoi es-tu parti ? demandai-je calmement.

— Parce que moi aussi j'ai peur de trop m'attacher à toi, j'ai peur que tu ne ressentes pas la même chose que moi, dit-il. J'ai bien vu que tu essayais de mettre de la distance entre nous. Je ne veux pas de distance, Laura. Je n'en ai pas besoin. Je sais déjà ce que je veux.

— Qu'est-ce que tu veux ? demandai-je tandis que mon cœur tambourinait désormais contre ma paroi thoracique.

Les yeux de Mason devinrent sombres et tumultueux.

— Toi.

— Mason, je...

Je veux que tu me touches. Je veux vraiment que tu me touches.

— Je suis nue, dis-je d'une voix faible.

— Crois-moi, je l'ai déjà remarqué, répondit-il d'une voix ferme.

— Je ferais mieux de prendre une douche, dis-je.

Si je ne m'éloignais pas immédiatement de lui, alors j'allais lui arracher sa serviette puis me jeter contre ce corps massif et majestueux. Ensuite, je le supplierais de me prendre.

Mason ôta ses mains de mes épaules.

— Tu peux utiliser la mienne, me proposa-t-il. Et si tu as besoin de quelqu'un pour te frotter le dos, je suis disponible.

C'est le moment de vérité, Laura. Toi aussi tu sais ce que tu veux. Tu veux le séduire. Alors lance-toi !!

— Dans ce cas, j'accepte volontiers ton aide, dis-je en prenant mes vêtements avant de me diriger vers la salle de bain.

— Laura, dit-il dans un grognement menaçant. Je ne suis pas d'humeur à jouer à des petits jeux.

— Je ne joue à aucun petit jeu, dis-je sans vaciller en fermant partiellement la porte derrière moi.

J'ouvris le robinet de la douche, puis je me mis sous l'eau. La tension sexuelle accumulée faisait littéralement trembler mon corps.

Je commençai par me laver les cheveux. Plus le temps passait, plus je craignais que Mason ne me rejoigne pas, même si je l'avais invité à le faire.

Peut-être ne me prend-il pas au sérieux ?

Après tout, il pensait que je jouais un jeu.

La tension dans mon corps se dissipa lentement grâce à l'eau chaude qui coulait dans mon dos pendant que je rinçais mes cheveux.

C'est peut-être mieux ainsi. C'est peut-être trop tôt. Au moins, je sais qu'il ne se sert pas de moi. Je sais qu'il ne cherche pas juste à tuer le temps avec moi.

Cependant, je n'avais pas l'intention de continuer à fuir la situation. Ma décision était prise. J'étais prête à prendre un risque pour découvrir ce que c'était que d'être intime avec un homme comme lui.

Toutefois, nous allions tôt ou tard devoir parler de son attitude autoritaire. J'étais touchée qu'il se soucie de ma sécurité, mais il n'a laissé aucune place à la discussion.

Un cri quitta ma gorge lorsque la porte vitrée de la douche s'ouvrit et qu'un homme massif et entièrement nu se joignit à moi.

— Mason, haletai-je en sentant les battements de mon cœur dans mes oreilles. Tu m'as fait peur.

— J'espère que tu étais sérieuse quand tu as lancé cette invitation à te rejoindre. J'ai hésité pendant cinq bonnes minutes avant de venir. Je me disais que je pourrais attendre que tu sois plus à l'aise avec moi, mais je ne pense pas en être capable, dit-il d'une voix grave.

— J'étais sérieuse, dis-je face à son regard tourmenté qui me brisa le cœur.

Mason était un homme complexe, et je savais que ce n'était pas facile pour lui d'exprimer ce qu'il ressentait.

Mais je pouvais le voir.

Je pouvais le sentir.

Et son incertitude ne faisait que renforcer ma détermination.

— Tourne-toi, dit-il après avoir rempli le creux de sa main avec du savon.

Oh mon Dieu. Il va vraiment me frotter le dos.

Ainsi, je lui tournai le dos, mais pas avant d'avoir jeté un coup d'œil à son énorme pénis en érection.

Mason était donc massif *partout*, et même si son sexe était un peu intimidant, mes jambes se mirent à trembler de plus belle tant j'avais envie qu'il me pénètre.

Au moment où je lui tournai le dos, je frémis à la sensation soyeuse de ses grandes mains couvertes de savon sur ma peau.

Il ne se contenta pas de me toucher, il me massa littéralement le dos. Ses mains étaient fermes mais douces. Même si tous mes sens étaient en état d'alerte, cela me détendit quand même.

— Oh mon Dieu, ça fait du bien, dis-je en gémissant à moitié lorsque ses pouces massèrent les muscles tendus de ma nuque.

Il m'attira contre son buste nu et mouillé, puis il dit contre mon oreille :

— Tu es tellement belle, Laura. As-tu la moindre idée du nombre de fantasmes que j'ai eu à ce sujet ?

— Non, haletai-je en sentant ses mains se poser sur mes seins.

Il glissa ensuite ses pouces sur mes mamelons sensibles.

— Si souvent que j'ai arrêté de compter. Dans mes fantasmes, je te fais l'amour dans cette douche, dans toutes les positions imaginables, mais aussi sur toutes les surfaces disponibles de cette maison. Il n'y a pas un seul endroit où je ne t'ai pas prise.

Je renversai la tête en arrière et fermai les yeux.

— Mais ceci n'est pas un fantasme, c'est bien réel.

— Oh que oui, grogna-t-il. Et j'ai bien l'intention de faire durer cet instant aussi longtemps que possible.

Dans ses bras, il me fit pivoter, puis il agrippa mes cheveux pour m'inciter à lever les yeux vers lui.

Étrangement, lorsque Mason se montrait entreprenant comme cela, je fondais de désir.

Sa bouche se posa sur la mienne et je gémis alors contre ses lèvres. Il s'agissait d'un baiser passionné et frénétique, vigoureux et délicieux. Je passai mes bras à son cou pour ne pas m'écrouler. J'ouvris la bouche et ma langue dansa avec la sienne, expression non verbale de mon attirance pour lui.

En sentant son érection contre mon ventre, je glissai une main entre nous afin d'enrouler mes doigts autour de sa verge.

Mason releva la tête.

— Non, Laura. Pas encore. Je suis incapable de me contrôler pour l'instant.

— J'ai besoin de te toucher, Mason. J'en meurs d'envie...

— Je sais. Et j'ai besoin de te faire jouir parce que je peux sentir ta frustration, répondit-il avant de se mettre à genoux devant moi.

— Mason, qu'est-ce que tu..., dis-je avant d'être interrompu par son visage entre mes cuisses, me permettant ainsi de comprendre précisément ce qu'il voulait faire.

Oh. Mon. Dieu.

Sa langue plongea de façon éhontée entre les plis de ma vulve rose, humide et frémissante, ce qui me fit hurler de plaisir.

— Oui ! soufflai-je en agrippant les cheveux de Mason pour maintenir sa tête exactement là où j'en avais besoin.

Il ne m'offrit pas immédiatement ce que je voulais. Mason glissa ses mains sur mes cuisses, puis il agrippa mes fesses tandis que sa bouche explorait chaque millimètre de chair rose disponible entre mes cuisses – sauf mon clitoris.

Je tirai sur ses cheveux.

— Mason. S'il te plaît.

Il me faisait subir une douce torture et je ne savais pas combien de temps je pouvais encore tenir.

Enfin, sa langue glissa sur le petit bourgeon dressé et hypersensible.

En baissant brièvement les yeux pour le regarder se délecter de la partie la plus intime de mon anatomie, je faillis jouir rien que grâce à ce stimulus visuel.

En réalité, me faire jouir semblait être son seul objectif, sa seule mission, et j'étais on ne peut plus disposée à lui donner ce qu'il voulait de moi.

— Mason ! m'exclamai-je d'une voix aiguë que je reconnus à peine comme m'appartenant.

Le simple fait de le regarder, agenouillé devant moi, sa tête pleine de cheveux entre mes cuisses, était presque insoutenable.

La sensation de sa langue contre mon clitoris était trop intense.

Son désir charnel de me faire jouir était trop accablant.

À la recherche d'un ancrage, j'agrippai vigoureusement ses cheveux.

Mason Lawson me montrait actuellement ce qu'il y avait de plus primitif chez lui, et je n'avais jamais rien vu ni ressenti d'aussi jouissif de toute ma vie.

La boule que je ressentais dans mon ventre commença alors à se déployer et la sensation se propagea directement entre mes cuisses.

Un orgasme me balaya avec une force qui me fit gémir et grogner, comme si je me noyais dans un océan de plaisir.

Mason se délecta avidement de mon nectar comme s'il s'agissait d'un élixir divin, ce qui ne fit que prolonger l'extase accablante dont j'étais victime.

Tout mon corps tremblait encore lorsque Mason se leva pour enrouler ses bras musclés autour de ma taille, m'empêchant ainsi de tomber sur les fesses tandis que mes jambes menaçaient de se dérober sous le poids de mon corps.

— Mason, soupirai-je en m'appuyant contre son torse massif.

Il ferma le robinet d'eau, puis me prit par la main pour m'aider à sortir de la douche.

Mason me sécha rapidement, jeta la serviette par terre, puis il me souleva dans ses bras pour sortir de la salle de bain.

— Oh mon Dieu. Tu vas te tuer en me portant comme ça, l'avertis-je d'une voix essoufflée.

— Alors ce sera une mort heureuse, répondit-il juste avant de me jeter sur le lit.

Chapitre 14

Laura

Je récupérais encore de l'orgasme prolongé que Mason venait de m'offrir sous la douche, mais je ne fus complètement satisfaite que lorsqu'il positionna son corps sur le mien, me permettant ainsi de sentir la chaleur de sa peau délicieuse contre la mienne.

J'enroulai mes longues jambes autour de sa taille pour l'empêcher de partir.

J'attendais cet instant depuis bien trop longtemps.

— Prends-moi, Mason, dis-je en enroulant aussi mes bras autour de son cou.

— Bon Dieu ! gronda-t-il près de mon oreille. Sais-tu depuis combien de temps j'attends que tu me dises cela ?

— Pénètre-moi, insistai-je.

— Pas si vite, bébé, dit-il d'une voix rauque. Toutes les parties de mon corps sont plus massives que la moyenne. Je ne voudrais pas te faire mal.

Un bref instant de lucidité traversa mon cerveau embrumé et je compris que Mason avait peur que la taille de son sexe ne soit un problème pour moi.

— Tu ne me feras pas mal. L'intégralité de mon corps est également plus grand que la moyenne, gémis-je.

J'avais eu un bon aperçu de ses atouts masculins. Son sexe était énorme, long et épais, mais mon corps le réclamait.

— S'il te plaît, le suppliai-je une fois de plus en soulevant mon bassin.

— Bon sang ! Je ne peux plus attendre, lâcha-t-il d'un ton résigné en commençant lentement à me pénétrer.

Il est prudent. Il a...peur.

— Ne te retiens pas. Vas-y, insistai-je avant de mordiller la peau de son épaule.

Cette petite morsure d'amour fut suffisante. Il poussa un grognement bestial et s'enfouit entièrement en moi.

— Oh ! soufflai-je, choquée par sa longueur ainsi que sa circonférence.

— Est-ce que je t'ai fait mal ? demanda-t-il, la tension palpable dans le ton de sa voix, ce qui me pinça le cœur.

L'intégralité de son corps était tendu. Tous ses muscles étaient contractés. Il était accablé par son propre désir sexuel mais il faisait preuve de retenue par crainte de me faire mal.

— Non, murmurai-je sans lui mentir.

Certes, son sexe était massif, et les parois de mon vagin étaient très étirées pour l'accueillir. Je n'avais encore jamais eu de relations sexuelles avec un homme si gâté par la nature, mais la sensation de bien-être que je ressentais actuellement éclipsait tout inconfort.

— C'est merveilleux de te sentir en moi.

Mason écarta les cheveux humides de mon visage et ses beaux yeux insondables se posèrent sur les miens.

— Laura..., murmura-t-il avant de couvrir ma bouche avec la sienne.

Je glissai mes doigts dans ses cheveux pour les agripper. Ma patience arrivait à son terme.

J'avais besoin de lui.

Il avait besoin de moi.

Et toute la tension sexuelle entre nous était sur le point d'exploser tandis que je lui rendais son baiser. Un baiser charnel et intense, comme s'il s'agissait d'une compétition.

J'empoignai ses cheveux, prête à tout pour apaiser le désir qui me déchirait.

Lorsqu'il ôta sa bouche de la mienne, nous étions tous les deux à bout de souffle et mon cœur battait si vite que j'avais l'impression qu'il allait exploser dans ma poitrine.

— Prends ce que tu veux, comme tu le veux, l'encourageai-je.

En réalité, je voulais que Mason se laisse complètement aller.

J'en avais profondément besoin.

— Tu vas regretter de m'avoir dit ça, me prévint-il en mettant une de ses mains sous mes fesses pour ajuster la position de mes hanches.

— Je vais te prendre si fort que tu ne pourras plus marcher pendant des jours, ajouta-t-il.

— Ça en vaut la peine, pantelai-je.

Mason se retira presque entièrement de moi, puis il me pénétra à nouveau. Encore. Et encore.

— Oui ! soufflai-je. Encore.

Contrairement à ce que pensait Mason, je n'avais rien d'une petite poupée fragile.

Je levai les yeux vers lui. Sa mâchoire était serrée et ses yeux étaient animés par la passion qu'il s'autorisait désormais à exprimer. Ses cheveux étaient humides et ébouriffés.

Il ressemblait à un homme devenu fou, et c'était si excitant que je ne pus m'empêcher de gémir.

Je gardai mes jambes enroulées autour de lui. Chacun de ses mouvements en moi poussait mon désir un peu plus loin.

— Mason, gémis-je, incapable de formuler un autre mot.

À cet instant précis, Mason était la seule chose qui comptait dans mon univers.

Mason était la seule chose que je pouvais ressentir.

Il m'enveloppait.

Il me submergeait.

Il m'emmenait là où aucun autre homme ne m'avait emmenée auparavant.

Mason ajusta légèrement sa position, ajoutant un frottement contre mon clitoris à chacun de ses coups de reins.

— Jouis pour moi, chérie. Tu es si merveilleuse que je ne vais pas tenir bien longtemps. Pas cette fois.

Le rythme de son coït était impitoyable et je ne voulais pas qu'il ralentisse. Je savais néanmoins que Mason ne se permettrait pas de jouir avant moi.

Je savourai la sensation de frottement contre mon clitoris ainsi que les glissements de sa peau humide contre la mienne.

J'étais tout près de l'orgasme.

Tellement. Près.

— Ça va tout changer pour nous, Laura. Maintenant tu es à moi, grogna-t-il.

Je pouvais sentir ces mots résonner tout à travers mon être.

Son attitude d'homme des cavernes possessif précipita l'arrivée de mon orgasme.

— Oh mon Dieu. Mason, criai-je en commençant à jouir comme jamais auparavant.

Le plaisir ressenti était si intense que c'en fut presque douloureux. J'enfonçai mes ongles dans les muscles de son dos, comme si j'avais besoin d'une attache pour éviter de m'envoler.

Les parois de mon vagin se resserrèrent vigoureusement autour de son érection, comme si mon corps ne voulait pas que Mason s'en aille.

Il renversa sa tête en arrière. Les muscles de sa gorge se contractèrent comme s'il souhaitait dire quelque chose sans néanmoins y parvenir.

— Laura, tu es tellement belle, grogna-t-il en trouvant sa propre délivrance en moi.

À ce moment-là, alors que le tsunami commençait à passer pour se transformer en ondulations de plaisir, je compris que je n'oublierais jamais le visage de Mason lorsqu'il a prononcé mon nom au beau milieu de son orgasme.

Il s'agissait de la chose la plus incroyable que j'aie jamais vécu.

Aucun homme ne s'était jamais abandonné pour...moi.

Mason me positionna sur lui lorsqu'il se laissa rouler sur le dos. J'étais donc désormais étalée sur son corps massif, nos membres entremêlés alors que nous essayions tous les deux de reprendre notre souffle.

N'étant pas un poids plume, j'entrepris de m'allonger à côté de lui.

— Ne bouge pas d'ici, me prévint-il en me donnant une claque sur les fesses.

— Mais je vais t'écraser, haletai-je. Je suis lourde.

Mason glissa ses mains dans mon dos, un mouvement apaisant qui me détendit un peu.

— Tu es absolument parfaite, dit-il d'un ton faussement grincheux. Reste là. Je n'ai pas la force de te courir après, mais je n'hésiterais pas à le faire. Je veux que tu restes exactement là où tu te trouves.

Je ne pus m'empêcher de glousser comme une adolescente en imaginant un Mason irascible me courir après dans toute la maison, le tout entièrement nu.

C'était la première fois de ma vie qu'un homme insistait pour que je reste sur lui. Ma corpulence ne leur convenait généralement pas. Mason semblait au contraire s'en délecter.

Je poussai un soupir euphorique en sentant ses mains glisser dans mon dos avant de se poser sur mes fesses.

— Tu vas probablement avoir des courbatures, dit-il avec culpabilité.

— Pourquoi as-tu si peur de me faire mal ? demandai-je en caressant ses cheveux indisciplinés.

— J'ai toujours tendance à faire mal aux femmes, répondit-il d'un ton hésitant. Je suis bâti comme un pilier et mon pénis est proportionnel à la taille de mon corps, ce qui est douloureux et désagréable pour la plupart des femmes.

— Ce n'est pas mon cas, le taquinai-je. Sincèrement, Mason, c'était incroyable. Je ne comprends pas pourquoi tu craignais que ça ne soit pas le cas.

Mason haussa un sourcil comme s'il me soupçonnait d'exagérer.

— J'ai connu deux femmes dans ma vie, expliqua-t-il. La première, juste après le lycée. La deuxième, à la fac. Ni l'une ni l'autre ne prenait du plaisir à coucher avec moi. Selon elles, ça leur faisait mal.

— Laisse-moi deviner. Ces deux femmes étaient de petite taille ?

Mason hocha la tête.

— Oui. Je les aimais beaucoup toutes les deux parce qu'elles étaient gentilles et intelligentes. Malheureusement, il n'y avait aucune alchimie entre nous.

— Alors quand as-tu enfin trouvé une femme qui apprécie tes, euh, atouts ? demandai-je avec une curiosité sincère.

— Ça n'est jamais arrivé, marmonna-t-il.

— Quoi ?

— J'ai dit que ça n'est jamais arrivé, répéta-t-il plus fort. Jusqu'à aujourd'hui.

— Toutes les femmes...

— Je n'ai couché avec personne depuis la fac, m'interrompit-il. J'étais occupé. Trop occupé pour une autre relation.

Mason cessa de me regarder et je compris qu'il venait de me dire quelque chose dont personne d'autre n'était au courant. Quelque chose qu'il était gêné d'admettre.

La plupart des hommes ont des aventures d'un soir, ou simplement des relations occasionnelles pour s'envoyer en l'air.

Mais ce n'était pas le cas de Mason.

Après avoir rencontré deux femmes incapables d'apprécier son pénis surdimensionné, il a renoncé au sexe par crainte de faire souffrir une autre femme.

Je pris son visage entre mes mains pour l'inciter à me regarder dans les yeux.

— Après toutes ces années, pourquoi moi ?

— Parce que tu es la seule femme qui m'est irrésistible, répondit-il en me regardant droit dans les yeux. Je ne pouvais plus m'arrêter de penser à toi.

Je sentis les larmes me monter aux yeux, mais je m'empressai de les réprimer. Il s'agissait d'un rare moment de vulnérabilité pour Mason et je ne voulais pas le gâcher.

— Je ressentais la même chose pour toi. Tu devais bien savoir que tu m'attirais.

— Je l'espérais, surtout après la soirée de fiançailles chez Jett. Mais une fois sobre, tu étais totalement indifférente.

Cette révélation me prit au dépourvu.

— Que s'est-il passé à cette fête ?

— Ce n'est pas arrivé à la fête. C'est arrivé quand je t'ai ramenée chez toi. Tu semblais retrouver tes esprits après t'être évanouie, alors j'ai décidé de ne pas t'emmener à l'hôpital. Après t'avoir aidée à enlever ta robe, tu étais déterminée à m'emmener au lit avec toi. Laura Hastings, sache que tu as fait tout ce qui était en ton pouvoir pour me séduire ce soir-là.

Chapitre 15

Mason

La soirée de fiançailles de Jett fut à la fois un paradis et un véritable enfer.

Je commençai donc à raconter à Laura le déroulement de cette soirée.

Je me souvenais de tout dans les moindres détails.

J'étais très inquiet de sa perte de connaissance. Même si j'étais bien au courant qu'elle était saoule, j'étais sacrément soulagé de la voir rouvrir ses jolis yeux et me parler.

Jusqu'au moment de l'aider à enlever sa robe.

J'avais l'impression d'être un sacré pervers mais je ne pouvais pas m'empêcher de contempler ses courbes magnifiques alors qu'elle ne portait qu'un soutien-gorge et une culotte pour le moins minimaliste. Je suppose qu'aucun homme au monde n'aurait pu s'empêcher de regarder. Cependant, je n'avais aucunement l'intention de profiter de son ivresse.

— *Je pense que tu devrais venir au lit avec moi, beau gosse, m'a-t-elle dit. Je suis trèèèès attirée par toi. Je l'ai toujours été.*

Je l'ai alors aidée à s'allonger avant de la couvrir avec les draps, mais elle s'est empressée d'enrouler ses bras autour de mon cou.

— Embrasse-moi, m'a-t-elle dit.

Je me suis alors contenté de poser mes mains sur ses épaules.

— Qui suis-je ? lui ai-je demandé pour veiller à ce qu'elle soit bien consciente de ma présence.

— Je sais qui tu es, a-t-elle ri. Tu es Mason Lawson. Le plus sexy des frères Lawson. Sais-tu que tu es le seul homme au monde capable de faire fondre ma culotte ?

— Non, ai-je répondu sans dissimuler ma stupeur.

— Tu es ridiculement beau, tu es incroyablement intelligent, tu es richissime et tu es beaucoup trop inaccessible pour moi. Mais nous pourrions avoir une nuit ensemble, non ? a-t-elle révélé.

Son élocution était affectée par l'alcool, mais ses jolis yeux bleus manifestaient tant de sincérité que j'en suis resté bouche bée.

— Pas ce soir, ai-je répondu avant de l'embrasser sur le front. Si tu ressens toujours la même chose quand tu seras sobre, alors fais-moi signe, et nous en reparlerons.

Je me suis ensuite redressé – non sans fournir un effort herculéen –, puis j'ai attendu qu'elle s'endorme.

Après avoir terminé mon petit récit, Laura se blottit contre moi, son visage enfoui dans mon torse.

— Oh mon Dieu ! Non ! grogna-t-elle.

— C'est pourtant la vérité, répondis-je malicieusement. Tu n'imagines pas à quel point c'était difficile pour moi de ne pas accepter de te rejoindre au lit ce soir-là. Mais tu étais saoule. Et une fois sobre, tu étais distante, et tu ne m'as plus jamais reparlé de l'attirance que tu ressentais pour moi. Pourtant, je t'ai donné plusieurs occasions de le faire. Après tout, je te téléphonais tous les dimanches.

— Seulement pour savoir si j'étais enceinte, contesta-t-elle.

— Honnêtement, je pense que j'attendais surtout que tu me parles de cette nuit-là. Mais tu ne l'as jamais fait. Je me suis donc dit que tu n'étais pas vraiment intéressée.

Laura releva la tête pour me regarder. Mon cœur faillit bondir hors de ma poitrine.

— Tu plaisantes, n'est-ce pas ? demanda-t-elle. Rien ne t'empêchait de m'en parler.

— Je me suis dit que tu étais peut-être gênée par cette soirée et que tu ne voulais donc pas en parler. C'est en tout cas ce que je pensais jusqu'à tout récemment, avant que tu me dises ne te souvenir de rien à propos de cette soirée.

— Dans ce cas, tu aurais pu m'en parler à ce moment-là, dit-elle avec fermeté.

— Et pour quoi faire ? Pourquoi t'embarrasser alors que je pensais sincèrement que tu n'étais pas intéressée ?

— J'ai toujours été attirée par toi, Mason. Mais tu ne semblais pas vraiment intéressé non plus jusqu'à ce que tu décides de me présenter ta candidature pour être le père de mon bébé.

— Très mauvaise idée, grimaçai-je.

— Pourquoi as-tu fait ça ? demanda-t-elle avec hésitation. J'étais choquée que tu me donnes autant d'informations personnelles à ton sujet.

Non, je ne voulais vraiment pas lui répondre parce que je ne voulais pas gâcher la nuit la plus incroyable de ma vie. Cependant, je n'avais pas l'intention de lui mentir, ni même de déformer la vérité.

— Honnêtement, l'idée que tu tombes enceinte d'un autre homme que moi m'était insupportable. C'est à ce point-là que tu me rends fou.

— Oh, fit-elle simplement d'un air surpris.

Je m'allongeai sur le flanc, ma tête soutenue par ma main.

— Je sais que j'ai mal géré la situation tout à l'heure, mais je suis incapable de me maîtriser quand il s'agit de ta sécurité. Cela me vient peut-être d'avoir perdu mes parents du jour au lendemain. Je sais à quel point la vie peut être fragile. Avec toi, je me sens excessivement protecteur et possessif, et maintenant que je t'ai mise dans mon lit, ça va encore empirer. Je ne vais même pas essayer de prétendre que ce sera facile d'être en couple avec moi, mais ça doit être tout ou rien entre nous, Laura. Qu'en penses-tu ?

Bon sang ! Je ne voulais certainement pas lui faire peur, mais je devais la prévenir que mes instincts ne seraient jamais bien loin de la surface. Jamais.

Laura écarquilla les yeux.

— Sommes-nous...en couple ?

— J'espère bien, grognai-je. Je n'ai pas l'intention de te partager avec d'autres hommes. J'en suis incapable.

Étrangement, Laura n'avait pas l'air effrayée du tout. Au lieu de cela, elle m'adressa un sourire qui fit monter en flèche ma fréquence cardiaque.

Elle glissa une de ses mains dans mon cou et caressa les cheveux à l'arrière de ma tête.

— Tant mieux. Parce que je n'ai pas l'intention de te partager non plus. Je veux tout, Mason. Avec toi, il est impossible de faire autrement. Je veux de la monogamie jusqu'à ce que l'un de nous ne soit plus satisfait. D'accord ?

Profondément soulagé, j'appuyai mon front contre le sien.

— D'accord. Et si je me comporte comme un enfoiré, dis-le-moi.

— Oh, tu sais bien que je n'hésiterai pas à te le dire, rit-elle. La prochaine fois, explique-toi avant de donner des ordres. Nous pourrons *discuter*. Je ne te promets pas de faire ce que tu me demandes, mais cela me permettra au moins de comprendre où tu veux en venir. J'ai perdu mes parents de la même manière que toi. Je comprends donc à quel point l'idée de perdre quelqu'un que tu aimes peut être terrifiante.

Je relevai la tête pour la regarder dans les yeux. Je faillis alors me noyer dans les profondeurs de ses magnifiques yeux bleus. — Tu es une femme merveilleuse, Laura, et je ne supporte pas de t'imaginer seule et vulnérable. À partir de maintenant, tout le monde doit savoir que tu es importante pour moi. Je ne veux pas qu'il t'arrive quoi que ce soit. Même Carter mobilise une équipe de sécurité lorsque Brynn part en déplacement s'il ne peut pas être avec elle. Jett fait la même chose pour Ruby.

Je pouvais presque entendre le cerveau de Laura en action derrière ses yeux intelligents. Et j'espérais qu'elle entende raison. Sinon, nous allions finir par nous disputer avant même que notre relation ne commence.

Je voulais donner à Laura tout ce qu'elle voulait. Mais ma situation d'homme riche et influent ne pouvait pas être ignorée, et malheureusement, je comptais un certain nombre d'ennemis. Probablement beaucoup plus que Jett et Carter puisque je m'occupais de la partie commerciale impitoyable de notre entreprise.

Jett est le génie de la technologie.

Quant à Carter, c'est notre génie du marketing.

Et moi ? Je suis le bourreau commercial.

J'ai donc plus d'ennemis que Jett et Carter réunis.

— D'accord, je prendrai ton jet, dit-elle d'un air songeur. Et je me déplacerai avec ta voiture et ton chauffeur pour rejoindre mon logement. Mais je ne veux pas être suivie par une équipe de gardes du corps. Mason, je connais bien San Diego. J'ai beaucoup travaillé là-bas au fil des ans, et j'aurai plusieurs rendez-vous professionnels. Je dois donc me conduire comme une femme d'affaires, ce qui veut dire que je ne peux pas être suivie par l'équipe de sécurité de mon homme.

Idéalement, j'aimerais la suivre moi-même pour veiller sur elle, mais j'avais moi aussi des réunions d'affaires que je ne pouvais pas manquer.

En la regardant, je compris qu'elle ne ferait pas davantage de compromis.

— Marché conclu. Mais reste en contact avec moi pour que je sache que tu vas bien, grommelai-je.

— Tous les jours, promit-elle. Si tu étais en déplacement, je voudrais moi aussi avoir régulièrement de tes nouvelles. Ça me semble donc raisonnable. Mais j'ai une autre requête.

Raisonnable ? Je n'étais pas du tout d'humeur *raisonnable*. Mais j'étais content qu'elle ait ce sentiment.

— Quoi donc ? demandai-je. *Je ferais à peu près n'importe quoi pour elle.* Quoi qu'elle veuille, ce sera fait.

— Ne me traite pas comme si j'étais fragile, Mason. Je suis plus forte que tu ne le crois. Et j'ai envie de toi tout autant que tu as envie de moi. Pour tout te dire, je suis prête à tout sexuellement avec toi. C'est aussi très agréable de savoir que tu es sincèrement attiré par moi.

Tout ce que je veux, c'est un homme à qui je plais.

Voilà ce qu'elle m'avait répondu après lui avoir demandé ce qu'elle cherchait chez un homme. Qu'est-ce qui ne tournait pas rond chez les hommes qu'elle a fréquentés auparavant ? Avec ses beaux cheveux blonds et ses yeux bleus expressifs, elle ressemblait à un ange. Un ange avec des formes sexy.

Elle était délicate et féminine, sa peau contre la mienne était comme de la soie et ses courbes se mariaient parfaitement avec mon corps, même lorsque nous étions habillés.

— Tu dois savoir que tu es magnifique, Laura. Tu as eu une très longue carrière de mannequin. Ce n'est pas arrivé par hasard, peu importe la taille de tes vêtements. Je te garantis que je ne suis pas le seul homme à rêver de te voir entièrement nue. Je pense même qu'ils sont incroyablement nombreux.

Malheureusement, le simple fait de penser à ces hommes me rendait dingue.

— Le seul homme qui m'intéresse, c'est toi, murmura-t-elle en glissant ses doigts sur ma mâchoire ornée d'une barbe de trois jours.

— Notre rencontre est l'une des plus belles choses qui me soit jamais arrivées, lui dis-je avec honnêteté. Je ne veux pas tout gâcher. Mais je vais tâcher de me souvenir que tu préfères un homme bien membré.

Laura éclata de rire.

— Ne l'oublie jamais, monsieur, me taquina-t-elle. Que fait-on demain ?

Je lui offris un grand sourire.

— Dimanche. Nous avons un rencard à dix-huit heures, mais je préférerais que tu restes ici jusqu'à demain.

À cet instant précis, j'étais prêt à tout sacrifier pour passer les vingt-quatre prochaines heures avec cette femme.

Laura hocha la tête.

— Je veux rester. J'ai passé une semaine extraordinaire avec toi. Est-ce que ton travail te manque ?

Bizarrement, je ne pouvais pas dire que cela me manquait. C'était contre nature au début, mais je faisais confiance à Carter. Et j'étais à peu près sûr que mon absence ne provoquerait pas l'effondrement de l'entreprise.

— Pas vraiment. J'ai une distraction très attrayante, répondis-je en toute honnêteté. Et je n'ai plus l'intention de travailler autant qu'avant, Laura. Je veux avoir du temps et de l'énergie pour toi. Et même en levant le pied, je travaillerai probablement encore toujours plus dur que mes deux autres fainéants d'associés, plaisantai-je. Mais ils ont raison, nous avons tous besoin de temps pour respirer.

— Alors, que faisons-nous demain ? demanda-t-elle avec un sourire séducteur qui mit immédiatement mon sexe au garde-à-vous.

Je me positionnai sur le dos tout en tirant le corps de Laura sur le mien. Je voulais qu'elle me chevauche jusqu'à ce que nous soyons tous les deux épuisés.

— Penses-tu vraiment que nous arriverons à sortir de cette maison ? dis-je d'une voix lubrique.

Quoi qu'elle réponde à cette question, j'allais devoir garder mon sexe dans mon pantalon de temps en temps au cours des vingt-quatre prochaines heures. Je la soupçonnais de n'avoir fréquenté aucun homme depuis...*James ? Jason ? Justin ?* Quel que soit son prénom, ce mec était un sacré salaud.

Laura se redressa.

— Je crois que nous avons besoin d'une autre douche. C'est à mon tour de...te laver le dos.

Je déglutis difficilement face à son sourire.

Doux Jésus.

Je dus réprimer un grognement bestial en imaginant Laura nue, mouillée, à genoux, mon sexe dans sa bouche.

— Non, répondis-je fermement avant de me lever. Tu vas t'étouffer. Ce ne serait pas agréable.

— Au contraire, dit-elle d'une voix douce. Je pense que tu vas trouver ça très agréable.

J'aurais probablement du mal à contenir mon excitation puisque j'étais en quelque sorte vierge de toute fellation.

— Ce n'est pas le sujet, répondis-je en essayant de rester inflexible.

— C'est *tout* le sujet. Je veux te donner du plaisir, Mason.

Merde ! Comment pouvais-je lui expliquer que sa seule présence me donnait du plaisir ?

À son tour, elle se leva et me prit par la main.

— Ne t'inquiète pas, me rassura-t-elle en m'entraînant dans la salle de bain. Je suis une femme intelligente. Je sais ce que je fais.

En effet.

À vrai dire, elle était époustouflante.

Chapitre 16

Laura

Oh mon Dieu, déclara Brynn alors que nous partagions un café le mardi après-midi suivant. Tu as donc essayé de séduire Mason quand il t'a ramenée de la fête de fiançailles de Jett ?

— Oui, souris-je. Apparemment, c'est précisément ce que j'ai essayé de faire. Je ne m'en souviens pas, mais je doute que Mason invente une telle histoire.

Même si je ne révèlerais pas tous mes moments d'intimités avec Mason – tout comme Brynn ne me racontait pas tous les siens avec Carter –, il y avait néanmoins des choses que je ne dirais à personne d'autre qu'elle.

Comme ce moment atrocement gênant où Mason m'a dit m'avoir mis au lit alors que j'étais totalement ivre.

Je m'abstiendrais cependant de lui décrire ce que j'ai ressenti lorsque Mason a finalement lâché prise et jouis dans ma bouche. Tous les muscles de son corps étaient contractés tandis qu'il scandait mon nom d'une voix gutturale.

Ce n'est qu'après cette expérience inoubliable qu'il m'a avoué que c'était une première pour lui, ce que j'ai trouvé tout aussi déchirant qu'excitant.

Brynn ricana.

— Oh, Laura. C'est génial. Au moins, tu sais désormais ce qui s'est passé cette nuit-là.

— Oui, c'était bel et bien Mason, je sais donc qu'il n'a pas profité de la situation, dis-je avec le sourire avant de prendre une gorgée de mon café. Il est peut-être du genre autoritaire, mais il a une conscience, ajoutai-je.

— Alors comment s'est passée votre semaine ensemble ? demanda-t-elle avec curiosité.

Ma meilleure amie s'était absentée la majeure partie de la semaine dernière pour un shooting photo. Nous souhaitions donc rattraper le temps perdu.

— C'était fantastique, soupirai-je. Je l'ai traîné dans des lieux touristiques, et même s'il n'a pas cessé de se plaindre, il s'est bien amusé.

— Je crois que toi aussi tu t'es bien amusée, observa Brynn.

— Oui.

— Laisse-moi deviner, dit-elle. Tu es folle de lui.

— Est-ce si évident ? demandai-je.

— Pour moi, oui. Je te connais depuis longtemps, Laura. Tu es radieuse aujourd'hui. Et ça n'a rien à voir avec ton maquillage.

— Il est tellement différent derrière sa carapace d'arrogance. Nous avons décidé de donner une chance à notre relation. Une relation monogame, je précise. Comment pourrais-je bien fréquenter un autre homme après lui ? Mason est *le* fantasme, autoritaire ou non.

Brynn m'adressa un sourire sincère.

— Pour une fois, j'approuve ton nouveau petit ami.

— J'ai encore du mal à croire qu'il ait vraiment envie d'être avec moi, avouai-je. Tout de même, il s'agit de Mason Lawson. Il n'y a probablement pas une seule femme célibataire dans le monde entier qui ne ferait pas n'importe quoi rien que pour être avec lui. Il est sexy, brillant, jeune, milliardaire et il est à la tête de l'une des plus grandes entreprises au monde.

— Tu es sexy, brillante et incroyablement talentueuse. Tu es jeune et tu es riche. Vous formez le couple parfait. Mais tout ça ne t'intéresse pas, n'est-ce pas ? demanda Brynn.

Je secouai la tête.

— Non. Je l'aime parce que je me sens belle, sexy et spéciale quand je suis avec lui. Je me fous totalement de son argent et de son pouvoir. Je ne m'intéresse qu'à l'homme qu'il est.

— Je crois qu'une fois qu'un Lawson trouve la femme qui le rend fou, alors c'est terminé. C'est la même histoire pour Carter. Il pourrait y avoir des centaines de femmes séduisantes autour de lui, il n'aura d'yeux que pour...moi. Comme si aucune autre femme au monde n'existait.

— Exactement, dis-je avec un hochement de tête. C'est parfois même un peu effrayant.

Brynn se mit à rire.

— Tu finiras par t'y habituer et par aimer ça.

— Je crois que j'aime déjà ça, confessai-je. Quelle femme n'aimerait pas avoir le sentiment d'être le centre de l'univers de son homme ?

— Aucune, convint Brynn. Sauf que ce n'est pas facile de trouver un mec comme ça. Et attends qu'il commence à faire tout un tas de choses adorables juste pour te rappeler qu'il pense à toi, même quand vous n'êtes pas ensemble.

— Il le fait déjà. Il m'a envoyé des fleurs hier pendant que je travaillais chez moi, avec une carte qui disait simplement « Bonjour, beauté. » Deux mots, une vingtaine de roses, et j'étais aux anges toute la journée. Mais ça ne te fait jamais peur ? Si un homme devient également le centre de mon univers, alors la chute pourrait être sacrément douloureuse si ça ne fonctionne pas entre nous.

— Oh, ça va fonctionner. Les frères Lawson n'abandonnent pas facilement. Et ils ne reculent pas devant le conflit. Ils sont tenaces.

— Ils sont intenses, soulignai-je.

— Aussi, répondit-elle. Mais Mason ne te laissera jamais tomber pour de simples doutes et il ne te demandera jamais de changer.

— En effet. Je crois qu'il ne me demanderait jamais une chose pareille, dis-je en pensant à mes anciens partenaires. Il m'accepte totalement telle que je suis. Et avec lui, j'ai l'impression d'être la femme la plus sexy de la planète.

— Parfait, ponctua Brynn avec un sourire radieux. C'est exactement le genre de mec qu'il te faut.

J'hésitai un instant avant de demander :

— Ça ne te rend pas folle que Carter te fasse suivre par une équipe de gardes du corps ?

— Non. Plus maintenant, dit-elle pensivement. Au début, cela me donnait l'impression de renoncer à ma liberté. Nous nous sommes même disputés à ce sujet. Il m'a fallu un certain temps pour comprendre que je devais accepter ce compromis. Je serais moi aussi terrifiée à l'idée qu'il puisse arriver quelque chose à Carter à cause de moi, alors je comprends pourquoi c'est important pour lui. En fin de compte, c'est un petit compromis qui assure sa tranquillité d'esprit. D'autant plus que je suis tranquille la plupart du temps. C'est surtout difficile pour lui quand je voyage. Au fil du temps, j'ai appris à ignorer la présence de mes gardes du corps quand je suis en déplacement.

— Pour l'instant, je me contente de prendre son jet privé ainsi que ses voitures avec chauffeurs pour mon travail à San Diego. Je connais cette ville comme ma poche.

— Mason était d'accord pour s'en tenir à cela ?

— Je ne lui ai pas vraiment laissé le choix, souris-je. C'était notre compromis. D'autant plus que c'est mon dernier contrat. Je suis prête à me retirer de ce métier pour de bon.

— Ah oui ?

— Oui. J'ai eu une longue carrière et je suis prête à passer au chapitre suivant de ma vie professionnelle. J'ai envie de pouvoir manger une part de gâteau de temps en temps sans inquiétude. J'ai passé les dix-sept dernières années à essayer de satisfaire l'industrie de la mode. Aujourd'hui, j'ai envie d'être moi-même, pour de bon.

— C'est fantastique, et amusant aussi. Il se trouve que je viens de terminer mon tout dernier contrat, presque pour les mêmes raisons que toi, révéla-t-elle. J'adore concevoir mes sacs et la demande ne cesse de croître. Je veux me consacrer pleinement à mon entreprise.

— Moi aussi, souris-je joyeusement.

— Que vas-tu faire de ton projet d'insémination artificielle maintenant que tu fréquentes Mason ? demanda Brynn.

— Je dois te dire quelque chose à ce sujet, dis-je d'un ton plus sérieux. J'ai abandonné l'idée de l'insémination artificielle il y a quelque temps. Je crois que ce n'est tout simplement pas la bonne solution pour moi.

Je lui expliquai alors tout ce que j'avais déjà dit à Mason.

— Pourquoi ne m'as-tu rien dit ? demanda-t-elle doucement lorsque j'eus terminé. J'aurais parfaitement compris. Je trouve que l'adoption est une idée merveilleuse.

— Je crois que je me sentais un peu idiote et égoïste. Sans parler du fait que je n'avais encore rien dit à Mason alors qu'il m'appelait une fois par semaine à ce sujet.

Brynn me lança un regard complice.

— Tu ne voulais pas qu'il arrête de t'appeler, devina-t-elle.

— Aussi pathétique que cela puisse paraître, tu as tout compris, reconnus-je. J'avais bel et bien un faible pour lui, Brynn. Je ne voulais tout simplement pas l'admettre. Pas à moi-même ni à personne d'autre.

— Mais maintenant, tu en as conscience. Et quand toi et Mason serez mariés–

Je levai une main pour l'interrompre.

— Wow, ma grande. On vient tout juste de commencer à nous fréquenter. Le mariage ne fait même pas partie de nos pensées. Pas du tout.

Brynn fronça les sourcils.

— Je voulais juste dire que tu pourrais bien finir par avoir un enfant à toi.

— Voyons d'abord où tout cela nous mènera, d'accord ? Bon sang, je n'ai même pas encore eu le temps de m'habituer à être en couple avec Mason. Et l'idée d'une adoption me plaît vraiment. J'en ai sincèrement envie. Mais maintenant que je n'ai plus à m'inquiéter pour mon horloge biologique, je peux attendre.

J'ai déjà dit à Mason que mon stérilet est encore efficace. Nous n'avons donc pas à craindre une grossesse accidentelle.

— Quoi que tu décides de faire, tu seras une mère incroyable, Laura, dit Brynn avec bienveillance. Je ne pense pas que ton raisonnement était si égoïste que tu le dis. Mais je suis ton amie et j'ai toujours voulu que tu trouves ce que tu mérites. Un homme qui t'aime et des enfants que vous pourrez élever à deux, qu'ils soient des enfants biologiques ou non.

J'avais la sensation que mon cœur allait exploser dans ma poitrine. Brynn ne saura jamais à quel point son amitié et son soutien comptaient pour moi.

— Merci, dis-je avec sincérité.

— Je n'aurais jamais survécu à ma carrière de mannequin sans toi, déclara Brynn avec des sanglots dans la voix. C'est vraiment une bonne chose que nous prenions notre retraite en même temps. Je pense que nous sommes toutes les deux prêtes à tourner la page et à commencer un nouveau chapitre de nos vies, sans aucune des contraintes liées au mannequinat.

— Je le pense aussi, lui dis-je en sentant également les larmes me monter aux yeux.

Brynn et moi avions tout traversé ensemble, et assurément, nous nous étions mutuellement sauvés la vie lorsque nous nous étions promis de prendre soin de notre santé.

— Que dirais-tu d'une part de tarte pour accompagner ce café ? suggéra Brynn d'un air malicieux.

J'étais encore tellement conditionnée que je faillis refuser.

Je n'étais plus affamée, mais ma carrière m'obligeait néanmoins à surveiller mon régime alimentaire.

Il était donc grand temps que j'apprenne parfois à dire oui.

— Je vais opter pour la tarte aux pommes nappée de caramel, dis-je avec un grand sourire.

— Où est le menu ? dit Brynn avant de s'emparer du menu posé au bout de la table afin d'examiner les desserts à la carte.

Oh oui, il était vraiment temps que nous commencions à nous détendre pour vivre pleinement nos vies.

Laura

Le dimanche suivant, à dix-huit heures précises, mon téléphone se mit à sonner dans mon sac à main et mes lèvres se courbèrent en un sourire irrépressible.

Sans m'arrêter de marcher en ce beau dimanche à Seattle, je sortis mon téléphone. Je ralentis néanmoins le pas afin de pouvoir discuter tranquillement.

— Tu sais, tu peux vraiment arrêter de m'appeler tous les dimanches à la même heure maintenant qu'on se voit tous les jours, dis-je en riant immédiatement après avoir décroché.

— Peut-être que je t'appelle juste pour te parler de sexe, répondit-il malicieusement.

Je roulai des yeux. Comme s'il ne faisait pas déjà *cela* tous les jours. Mais je n'étais pas opposée à en entendre davantage.

— Avant que tu ne commences, nous devons parler de ta nouvelle habitude de m'acheter tout ce dont je parle ou tout ce que je regarde en vitrine quand nous sommes ensemble, l'avertis-je. Je vais bientôt manquer de place chez moi pour stocker tous tes cadeaux.

Tous les jours, je recevais quelque chose de différent. Aujourd'hui, j'ai réceptionné pas moins de trois livraisons.

J'ai dit à Mason que j'avais besoin d'aller acheter un nouveau réfrigérateur. Alors un frigo très haut de gamme m'a été livré ce matin même.

J'ai également commis l'erreur de jeter un long coup d'œil à une belle paire de boucles d'oreilles dans la vitrine d'une bijouterie pendant que j'étais avec Mason. Celles-ci sont arrivées chez moi à midi.

N'ayant manifestement tiré aucune leçon de cela, je me suis plaint d'un léger problème avec mon ordinateur portable. Un ordinateur tout neuf est arrivé à ma porte vers seize heures.

C'était à peu près la même rengaine tous les jours de la semaine.

Franchement, cela devait cesser. J'étais profondément touchée que Mason soit si attentif et qu'il souhaite me faciliter la vie, mais sa présence me satisfaisait déjà bien assez. Je n'avais pas besoin de tous ces cadeaux.

— On ne peut pas dire que cela me demande beaucoup d'efforts, grommela Mason. Je veux que tu aies tout ce dont tu as besoin.

— J'ai déjà tout ce dont j'ai *besoin*, ris-je. Les boucles d'oreilles, par exemple, ne constituent pas un *besoin*. Si j'achetais toutes les paires de boucles d'oreilles qui me plaisent, alors j'aurais besoin d'un coffre à bijoux géant.

— Je te ferai livrer un coffre à bijoux géant demain, répondit-il.

— Non ! Oh mon Dieu, non, dis-je d'un ton catégorique qui contrastait avec mon sourire sans cesse croissant.

Sa volonté inflexible de me rendre heureuse me rendait...heureuse.

— Mason, tout ce dont j'ai besoin, c'est de toi. J'ai bien assez d'argent. Je peux m'offrir tout ce dont j'ai besoin ou tout ce que je désire sauf...toi.

En réalité, j'étais totalement folle de cet homme qui était si disposé à me donner tout ce que je voulais. Mason avait un grand cœur que très peu de gens avaient la chance de voir. J'adorais ce trait de caractère. Cependant, il devait comprendre que je ne *voulais* pas toutes ces choses. Le simple fait d'être avec *lui* me suffisait amplement.

— J'aime prendre soin de toi, marmonna-t-il.

— Et j'aime que tu prennes soin de moi, mais tous ces trucs ne sont pas nécessaires. Sincèrement. Mais je te remercie. Les boucles d'oreilles sont magnifiques.

— Est-ce que tu les portes actuellement ?

— Oui. Est-ce que tu veux les voir ? demandai-je en m'arrêtant devant ma destination.

— Bien sûr que oui, grogna-t-il en ouvrant la porte d'entrée de sa maison, apparaissant ainsi juste devant moi.

Je raccrochai et glissai mon téléphone portable dans mon sac à main.

— Joyeux anniversaire, dis-je avec un sourire énorme dont je ne parvenais plus à me débarrasser.

Je me demandais s'il y aurait un jour où mon cœur ne bondirait pas de joie quand je posais mes yeux sur son beau visage.

Probablement...pas.

Mason était vêtu de façon décontractée avec un jean et un t-shirt gris qui épousait avec amour les énormes muscles de son buste et de ses bras.

Mais ce qui faisait vraiment battre mon cœur, c'était le grand sourire heureux qui égayait son visage. Il glissa son téléphone dans la poche de son pantalon avant de me débarrasser de tous les sacs qui m'encombraient les mains.

J'avais prévu de lui préparer à manger et j'avais également acheté un gâteau dans une pâtisserie située juste en bas de sa rue.

Je m'étais déplacée toute la journée en Uber puisque Mason souhaitait me conduire à l'aéroport le lendemain matin.

— Est-ce que tu es venu à pieds ? demanda-t-il en posant les sacs sur la table de la cuisine.

— Seulement depuis la pâtisserie. C'est juste au bout de la rue. Maintenant que j'arrête le mannequinat et que j'ai bien l'intention de profiter de la vie en mangeant un peu de chocolat, je dois faire de l'exercice chaque fois que l'occasion se présente. Et il fait un temps magnifique aujourd'hui.

— Tu m'as manqué, dit-il de sa voix profonde de baryton qui ne manquait jamais de me faire de l'effet.

Mason glissa ses bras autour de moi, j'enroulai les miens autour de son cou, puis il m'offrit un baiser qui s'empara de mon âme et me coupa le souffle.

Lorsqu'il releva enfin la tête, je lui rappelai :

— Nous nous sommes vus hier soir.

J'avais du travail à terminer avant mon départ pour San Diego, alors j'étais retournée chez moi la nuit dernière.

Il déposa un baiser sur mon front.

— Je peux t'aider à faire davantage d'exercice, dit-il.

En sentant encore les courbatures de la veille dans les muscles de mes cuisses, je ne pus m'empêcher de rire.

— Tu le fais déjà. Et c'est ton anniversaire, alors je vais te préparer à dîner. Ne commence pas à me distraire. Amusée, je le repoussai tendrement pour pouvoir commencer à déballer les ingrédients nécessaires à la préparation des lasagnes.

Mason était insatiable, mais je ne m'en plaignais pas. Avec lui, j'avais l'impression d'être une déesse, ce dont je ne me lasserai jamais.

Juste un baiser, ainsi que son odeur masculine et enivrante, suffisait à me donner envie de le faire ici même, dans la cuisine.

Je savais néanmoins que je devais me retenir, sans quoi son dîner d'anniversaire ne serait jamais prêt.

Mason s'appuya contre le plan de travail et me regarda.

— Tu aurais dû m'appeler. J'aurais pu venir te chercher.

— Mason, je n'ai pas marché très longtemps. Et il fait jour. Je n'allais pas te demander de venir me chercher pour cinq minutes de marche.

— Je serais venu, insista-t-il.

Je me tournai vers lui et posai délicatement la paume de main sur sa joue.

— Je le sais bien, soupirai-je. Mais j'ai été une femme indépendante toute ma vie. L'idée de t'appeler pour cinq minutes de marche ne me viendrait même pas à l'esprit. Tu dois comprendre que j'ai l'habitude d'être seule.

Sa nature protectrice était très déconcertante pour moi. D'un côté, j'aimais qu'il veille à ce que rien ne m'arrive. Mais j'avais du mal à accepter l'idée d'être protégée à longueur de journée.

Mason prit ma main dans la sienne pour l'embrasser.

— Et tu dois comprendre que tu n'es plus seule, et l'idée qu'il puisse t'arriver quelque chose m'est insupportable, répondit-il.

Son regard devint sombre à l'idée que quelqu'un touche ne serait-ce qu'à un seul de mes cheveux.

Mason était intense dans sa quête pour me garder heureuse et en sécurité, et je ne voulais pas l'empêcher de tenir à moi. Au contraire, j'adorais cela. Je voulais tout de même lui rappeler que j'avais réussi à prendre soin de moi-même pendant près de trente-cinq ans sans trop d'encombres.

— Il ne m'arrivera rien, le rassurai-je en glissant mes doigts sur sa barbe de trois jours.

— J'espère bien. Je ne sais pas ce que je deviendrais sans toi, répondit-il d'une voix serrée. J'ai besoin de toi, Laura.

— J'ai besoin de toi aussi, Mason, dis-je avant de l'embrasser tendrement sur les lèvres.

Jamais de toute ma vie je n'avais été aussi sincère. En très peu de temps, l'affection de Mason m'était devenue indispensable, et je ne voulais pas imaginer ma vie sans cela.

Pour moi, il représentait la meilleure partie de chacune de mes journées.

Pour une femme qui n'avait encore jamais vraiment connu ce genre de dévotion, Mason était comme un baume guérisseur pour mon âme.

Sans parler de son aide pour me faire oublier mes complexes.

Lentement, Mason brisait la perception négative que j'ai toujours eue de mon corps. J'ai toujours essayé de me débarrasser de mes complexes pour de bon, mais je n'y suis jamais parvenue. Grâce à Mason, j'aimais désormais de plus en plus mon corps ainsi que le plaisir extraordinaire que j'ai trouvé auprès de lui.

Avec lui, je me sentais belle et sexy. À ses yeux, j'étais irrésistible. Et comme j'étais folle de lui, seul son avis comptait vraiment.

— Laura, dit-il d'une voix gutturale en me regardant comme s'il voulait me dire quelque chose.

Au lieu de cela, il passa sa main derrière ma tête et m'embrassa.

Je fus perdue dès l'instant où sa bouche exigeante couvrit la mienne.

Je m'accrochai à lui tandis qu'il ravageait mes sens et je me laissai engloutir par la tension sexuelle brûlante qui régnait toujours entre nous deux. Je glissai mes doigts dans ses cheveux afin de satisfaire mon désir d'être aussi près de lui que possible.

Mais ce n'était tout simplement pas suffisant.

Je voulais fusionner avec lui et ne plus jamais bouger.

Lorsqu'il releva la tête, nous étions tous les deux à bout de souffle. Mason commença alors à dévorer chaque centimètre carré de peau nue qui se présentait à lui. Comme je portais une robe d'été à bretelles spaghetti, il n'eut aucune difficulté à trouver des endroits où poser sa bouche torride.

Je laissai échapper un long gémissement en sentant ses mains sur mes fesses. Il me tira alors vigoureusement contre lui.

— Voilà l'effet que tu as sur moi, ma chérie, grogna-t-il. Je n'ai qu'une envie, c'est d'être en toi.

— Mason, haletai-je en sentant son érection contre moi. S'il te plaît.

— S'il te plaît quoi ? exigea-t-il de savoir.

— Pénètre-moi, insistai-je.

Il me souleva pour m'asseoir sur le plan de travail de la cuisine. Sitôt qu'il eut les mains libres, il ôta hâtivement ma robe d'été de mon corps.

Je poussai un soupir de satisfaction lorsqu'il posa ses mains sur mes seins et que ses lèvres enveloppèrent un de mes mamelons dressés et sensibles. J'agrippai ses cheveux avec mes deux mains pour l'encourager à continuer.

Il lécha, suça, pinça, passa d'un sein à l'autre, jusqu'à ce que je sois presque paralysée d'excitation.

— Qu'est-ce que je vais faire sans toi pendant une semaine ? grommela-t-il tout en glissant une de ses mains dans ma culotte.

En sentant ses doigts glisser entre mes lèvres abondamment lubrifiées, des vagues de plaisir me traversèrent le corps.

— Il te suffira de penser à cet instant, suggérai-je. Prends-moi, Mason.

— J'ai bien l'intention de penser à cet instant, dit-il en se redressant pour baisser ma culotte le long de mes jambes jusqu'à ce que celle-ci tombe au sol.

Il tâtonna brièvement avec les boutons de son pantalon en ajoutant :

— Chaque nuit. Je ne pense qu'à toi. Je ne pense qu'à ça. Je ne pense qu'à *nous*.

Un gémissement puissant quitta ma gorge lorsqu'il s'enfouit entièrement en moi, même si j'étais parfaitement prête à l'accueillir.

— Est-ce que je t'ai fait mal ? demanda-t-il, son corps soudainement tendu.

J'enroulai mes jambes autour de sa taille.

— Non. Tu n'as pas intérêt à bouger d'ici, dis-je d'une voix menaçante.

Je serais bien incapable de ne pas réagir lorsqu'un homme comme Mason me pénètrais de toute sa longueur. Non pas à cause d'une quelconque douleur, mais parce que c'était incroyablement bon.

J'avais toujours besoin de quelques instants pour m'accommoder à la taille de son sexe, mais après cela, ce n'était que du bonheur.

J'ondulai contre lui, puis Mason craqua enfin et commença à me pénétrer pour de bon.

Encore et encore.

Élevant mon plaisir de plus en plus haut.

Lorsqu'il m'embrassa, je sentis mon orgasme approcher si rapidement que c'en était presque effrayant.

— Tu es si merveilleuse, bébé, dit-il d'une voix rauque lorsque ses lèvres quittèrent les miennes.

Je renversai ma tête en arrière, permettant ainsi à Mason de dévorer la peau sensible de mon cou, sensation dont je me délectai.

Il y avait quelque chose d'incroyablement excitant dans le fait d'être complètement nue alors que Mason était encore entièrement habillé. Ses mains caressèrent la peau nue de mon dos. Je voulais moi aussi le toucher, mais sa peau était inaccessible. J'étais donc pleinement concentrée sur l'endroit où nos corps étaient unis de façon intime.

J'étais dans un état second lorsque l'orgasme s'empara de moi.

— Oui. Oh mon Dieu, oui, criai-je. Mason...

Un instant plus tard, il trouva sa propre libération en moi.

— Laura, lâcha-t-il dans un râle guttural et tourmenté.

À cet instant précis, il n'existait plus que nous deux, pris dans une passion si intense que j'avais l'impression de ne plus avoir de cerveau.

Ma tête tomba alors contre son torse tandis que Mason resta logé en moi, ses bras fermement enroulés autour de mon corps.

— Un de ces jours, tu vas me tuer, gronda-t-il dans mon cou.

Je ne pus m'empêcher de sourire en constatant qu'il n'avait pas l'air effrayé de mourir de cette manière.

— Je crois que le dîner va être servi un peu tard, murmurai-je après avoir repris mon souffle.

— Tant pis, répondit-il avant de me soulever pour me reposer à terre. Tu es le meilleur cadeau d'anniversaire au monde.

Mason ramassa ma culotte et m'aida délicatement à l'enfiler, puis il attrapa ma robe d'été pour la passer par-dessus ma tête.

Compte tenu de l'appétit de Mason et du fait que je préparais son plat préféré, il s'agissait là du meilleur compliment qu'il puisse me faire.

Chapitre 18

Laura

— Alors, que souhaitez-vous savoir à propos de Perfect Harmony, monsieur Montgomery ? demandai-je poliment en sirotant un verre de vin blanc.

Nous nous étions donné rendez-vous pour déjeuner dans un excellent restaurant italien proche du centre-ville de San Diego.

Hudson Montgomery était incroyablement charmant et encore plus beau en personne qu'il ne l'était en photo. Mais ce restaurant italien me rappelait Mason et à quel point il me manquait.

Surtout que Hudson venait de commander des lasagnes.

Bon Dieu, je suis complètement pathétique.

Je me souvins alors qu'il ne me restait plus que deux jours à patienter avant de revoir Mason, puis j'essayai de me concentrer sur l'homme assis en face de moi qui avait demandé ce rendez-vous.

Hudson Montgomery était d'une beauté à couper le souffle, et pourtant, il me laissait totalement indifférente. Bien évidemment, je comprenais pourquoi certaines femmes pouvaient s'évanouir devant lui. Ses cheveux sombres étaient coupés court et il apparaissait tiré à quatre épingles dans son costume noir. La structure osseuse de son visage était parfaite, si bien qu'il pourrait prétendre à une carrière dans le mannequinat s'il n'était pas déjà un homme d'affaires milliardaire. Il était grand et athlétique, mais pas aussi imposant que Mason.

Physiquement, il se rapprochait donc de la perfection masculine et n'était pas désagréable à regarder. Cependant, il n'existait qu'un seul homme au monde capable d'attirer mon attention et il se trouvait actuellement à plus de deux mille kilomètres de moi.

Je restai muette en regardant Hudson engloutir la moitié de son whisky avant qu'il ne s'exprime.

— J'ai un aveu à vous faire, mademoiselle Hastings, dit-il calmement.

— S'il vous plaît, appelez-moi Laura, dis-je.

— Alors appelez-moi Hudson, et si vous le voulez bien, nous pouvons nous tutoyer, répondit-il.

— Alors, quel est cet aveu, Hudson ? demandai-je avec curiosité.

— Je ne t'ai pas fait venir ici pour que tu me parles de ton entreprise, bien que je sois très impressionné par ce que tu as fait jusqu'à présent, dit-il sans me quitter des yeux un seul instant.

— Pourquoi ne suis-je pas vraiment surprise ? dis-je sèchement. Je trouvais cela un peu étrange qu'un homme d'affaires de ton envergure souhaite se renseigner personnellement sur mon entreprise naissante.

Alors que diable me veut-il ?

En regardant attentivement l'homme sombre et magnifique face à moi, je n'arrivais pas à déterminer pourquoi il me mettait un peu mal à l'aise. Il était pourtant parfaitement poli et respectueux depuis le début de notre rencontre. Mais en le regardant droit dans les yeux, je remarquai soudainement que ses yeux étaient gris, semblables à ceux de Mason.

Ce sont ses yeux.

Leur forme et leur couleur étaient similaires à ceux de Mason.

— En fait, je sais que Mason Lawson a investi beaucoup d'argent dans ton entreprise, je suis donc curieux de connaître la nature de votre relation.

J'étais très déstabilisée par mon incapacité à lire le visage d'Hudson, ou bien à deviner ce qu'il pensait, comme je pouvais le faire avec Mason. Je ne savais pas du tout où allait cette conversation. Son visage était de marbre et ne manifestait pas la moindre émotion.

— Je ne vois pas en quoi cela vous regarde, monsieur Montgomery, dis-je.

Bon, d'accord, j'étais un peu sur la défensive quand quelqu'un essayait d'obtenir des informations à propos de Mason. Surtout lorsqu'il s'agissait d'un homme d'affaires milliardaire qui pourrait être mal intentionné.

— Est-ce que tu le connais bien ? insista-t-il.

— Suffisamment bien pour ne pas divulguer d'informations à son sujet, répliquai-je en me levant de table. Je pense que notre rendez-vous est terminé.

De toute évidence, il se servait de moi pour obtenir des informations sur Mason, et il était hors de question que ce rendez-vous se prolonge une seconde de plus.

— Attends, dit-il d'un ton pressant. Ne t'en va pas. Je ne cherche pas à nuire aux affaires de Mason. Sincèrement. Je ne fonctionne pas de cette façon.

J'hésitai un instant.

— Soit tu me dis ce que tu veux vraiment de moi, soit je m'en vais.

— S'il te plaît, assieds-toi, dit-il poliment.

— Non, je veux d'abord savoir ce que je fais ici, exigeai-je.

Ses lèvres se courbèrent en un grand sourire.

— Je comprends mieux pourquoi Mason te regardait comme s'il était fou de toi sur les photos du mariage de Jett Lawson que j'ai vu dans les magazines à potins. Tu n'as pas à être méfiante, Laura. Je ne suis pas en compétition avec Lawson Technologies. Mason Lawson est mon cousin.

J'étais tellement sous le choc que je dus me rasseoir.

— Quoi ? Comment ?

— Je n'avais pas vraiment l'intention de te le dire, mais j'ai un service à te demander, alors je ne veux pas que tu t'en ailles si rapidement. Quelle que soit la nature de ta relation avec Mason, j'aimerais que tu essaies de le convaincre de répondre à mes appels. Cela fait plus d'un an que j'essaie de le contacter. Nous nous sommes parlés une fois, mais il m'a dit qu'il avait sa propre famille et qu'il ne souhaitait pas me connaître, ni rencontrer mes frères. De mon côté, j'aimerais vraiment apprendre à le connaître, lui et ses frères et sœurs.

— Tu as donc un lien de parenté avec lui par le biais de son père biologique, marmonnai-je en essayant de comprendre la situation.

— Alors tu sais qu'il a été adopté ? demanda Hudson d'un air surpris. Il m'a pourtant dit que personne n'était au courant.

— C'est vrai, répondis-je avec un hochement de tête. Ses frères et ses sœurs ne sont pas au courant. Il ne souhaite pas le leur dire.

— Dans ce cas, aurais-je tort de supposer que toi et Mason êtes en réalité très proches l'un de l'autre ?

— En effet. Nous le sommes, avouai-je.

— Alors peux-tu me dire pourquoi Mason ne souhaite pas faire partie de notre famille ? Bien évidemment, je ne m'attends pas à ce que nous nous comportions comme si nous avions grandi ensemble, mais j'aimerais que nous soyons... amis. J'ai appris son existence l'année dernière en m'occupant des affaires de mon père. J'ai trouvé des sortes de journaux intimes. C'est en les lisant que j'ai appris l'existence de Mason, sans quoi je n'aurais probablement jamais su que j'avais un cousin. Je l'ai appelé peu de temps après l'avoir découvert, mais il était très distant, ce qui m'a paru étrange. Ce n'est pas comme si moi ou mes frères avions fait quoi que ce soit pour qu'il refuse de nous connaître.

J'eus mal au cœur parce que Hudson semblait légèrement blessé.

— Je ne sais pas grand-chose non plus, avouai-je. Il m'a dit que son père biologique était un salaud. J'imagine donc qu'il souhaite rester à l'écart du reste de la famille.

— Il ne veut rien savoir du reste de sa famille biologique ? demanda Hudson

— Apparemment pas. Et cette décision lui appartient.

Même s'il devrait probablement donner une chance à son cousin, connaissant Mason, il aurait probablement l'impression de trahir ses frères et ses sœurs s'il le faisait.

Ce raisonnement était peut-être un peu tordu, mais Mason était extrêmement fidèle à sa famille.

Hudson fourra sa main dans sa poche et me tendit sa carte de visite.

— Mon numéro personnel est au dos, indiqua-t-il. Si Mason change un jour d'avis, il sait où me joindre. Je n'ai encore rien dit à mes frères, ni à ma sœur, Riley. Cela ne sert à rien si Mason n'est pas disposé à nous rencontrer. Je ne veux pas leur imposer ce type d'information si Mason ne souhaite pas nous connaître.

Je pris une grande inspiration avant de choisir mes mots avec précaution.

— Il n'a rien contre toi, Hudson. Et ta famille n'est pas le problème. Il n'a tout simplement pas eu une bonne impression de son père biologique, dis-je.

Voilà tout ce que je pouvais lui révéler.

Hudson hocha la tête.

— Et je le comprends. De ce que je sais, mon oncle était une ordure. Il est mort l'année de ma naissance. Mon père était de la même trempe. Mais j'ai envie de croire que notre génération est plus respectable.

— Mason est quelqu'un de bien, me sentis-je obligée de préciser. Et ses frères et sœurs sont des gens extraordinaires. Comme je l'ai dit, ce n'est rien de personnel. Il ne refuse pas tes appels pour te faire du mal. Je crois qu'il a encore des difficultés à accepter son histoire d'enfant adopté. Il l'a appris très tardivement, quand il était à la fac.

— Aïe, lâcha Hudson avec empathie. Alors il lutte encore avec cela ?

— Je pense que oui, dis-je sans trop m'engager. Sois patient. Il peut encore changer d'avis. J'espère qu'il finira par en parler à ses frères et sœurs. Surtout que cela n'aura aucune importance pour eux. Il sera toujours leur frère. C'est une situation difficile parce qu'il était très proche de son père adoptif. Cet homme l'a élevé et l'a aimé jusqu'à sa mort, dans un tragique accident, expliquai-je avant de glisser sa carte dans mon sac à main.

— Je comprends, répondit Hudson. Il a eu beaucoup de choses à gérer au cours des dix dernières années. Je comprends pourquoi il n'a jamais répondu à mes appels après notre première discussion. Mais je ne peux pas prétendre que ça ne m'affecte pas.

Je me demandais si Hudson savait comment la mère de Mason était tombée enceinte, mais je ne voulais pas entrer dans les détails. C'était un sujet que seul Mason pouvait aborder s'il décidait un jour de parler à son cousin.

— Je suis désolée mais je ne peux pas te donner beaucoup plus d'informations. Je tiens trop à Mason pour rompre sa confiance, dis-je avec regret.

Je pensais peut-être que Hudson et Mason s'entendraient bien, et je croyais sincèrement qu'on ne pouvait jamais avoir *trop* de famille puisque je n'en avais aucune. Mais cette décision appartenait entièrement à Mason.

Hudson retrouva le sourire, et je devais bien reconnaître que cela le rendait encore plus beau qu'il ne l'était déjà.

— Je pense que nous aimerions tous être invités au mariage, dit-il d'un ton taquin.

— Quel mariage ? demandai-je avec un froncement de sourcils.

— À celui de Mason et toi, répondit-il en souriant désormais de toutes ses dents. Ouvre donc les yeux, Laura. Aucun homme ne se montrerait aussi honnête avec une femme s'il n'avait pas l'intention de l'épouser. De toute évidence, il t'en a déjà dit davantage qu'à ses propres frères et sœurs.

— Tu essaies encore de me soutirer des informations ? demandai-je. Je suis désolée de détruire ton petit fantasme, mais Mason et moi n'avons pas l'intention de nous marier. Nous sommes juste...ensemble.

Même si j'en mourais désormais d'envie, je ne pouvais pas lui expliquer pourquoi Mason m'avait dit la vérité alors que ses frères et sœurs n'étaient même pas au courant. C'était beaucoup trop personnel.

— Il te fait confiance, observa Hudson. Et je dois dire que je le comprends. Tu ne donnes pas des informations facilement, à mon grand désarroi.

— Je ne trahirai jamais Mason, dis-je avec fermeté. Jamais.

Il hocha la tête avec ce qui semblait être de l'approbation, puis il répondit :

— Je respecte ça. Alors changeons de sujet. Parle-moi de ton entreprise. Je suis intéressé.

Je laissai échapper un soupir de soulagement à l'idée que nous puissions discuter d'autre chose, mais je n'eus malheureusement pas le temps de dire un seul mot à propos de *Perfect Harmony*.

Un bruit semblable à un coup de feu éclata dans le restaurant et, simultanément, je fus paralysée par une vive douleur du côté droit de mon corps.

C'est avec effroi que je vis alors Hudson glisser sa main sous sa veste de costume pour en sortir une arme de poing. Il bondit de sa chaise pour me plaquer au sol, son corps couvrant le mien tandis que les détonations continuaient de retentir.

Quelqu'un a ouvert le feu dans le restaurant !

— Reste à terre, grogna Hudson. Ne bouge surtout pas.

Non seulement j'aurais eu bien du mal à bouger avec le poids de son corps sur moi, mais je n'avais aussi, et surtout pas, l'intention de me lever en de telles circonstances.

Ma respiration était saccadée et douloureuse et le monde autour de moi semblait vaciller.

Mon corps se mit à trembler et je regrettai soudainement de ne pas avoir dit à Mason combien je l'aimais.

À en juger par la panique générale et les tirs continus provenant d'une arme, j'étais à peu près sûre que je n'aurais plus jamais l'occasion de le lui dire.

— Merde ! lâcha Hudson avec colère.

Je compris alors qu'il venait d'être touché. Le ton de sa voix trahissait une grande souffrance physique.

Mon esprit s'emballa en essayant de trouver une solution pour aider Hudson.

L'instant d'après, mon esprit fut plongé dans le noir complet.

Chapitre 19

Mason

— Elle n'est partie que depuis cinq jours, mais j'ai l'impression que ça fait cinq ans, me plaignis-je à Carter alors que nous étions assis dans mon bureau le vendredi après-midi.

Il m'adressa un sourire complice.

— Elle revient dimanche soir, non ?

— Oui. D'ailleurs, sache que je serai en retard au bureau lundi, l'avertis-je.

— À vrai dire, tu ferais probablement mieux de t'absenter toute la journée de lundi.

— Peut-être, répondis-je avec agacement.

Bon Dieu ! J'avais tout essayé pour essayer de cesser de penser à Laura. Rien n'avait fonctionné.

— Tu vas survivre, dit Carter avec un petit ricanement amusé. Même si je sais que tu as l'impression d'être au bout du rouleau en ce moment même.

Je le foudroyai du regard.

— C'est facile à dire pour toi. Tu sais que Brynn t'attend à la maison.

— Elle n'était pas là la semaine dernière, me rappela-t-il. Alors je sais ce que tu ressens. Et je dois dire que je suis bien content qu'elle arrête le mannequinat.

— C'est toi qui l'as convaincue de le faire ? le soupçonnai-je.

— Oh, certainement pas, répondit Carter. Quoi qu'il se passe, je veux que Brynn soit heureuse et fasse ce que bon lui semble. Cette décision vient d'elle. Et Laura ?

— La décision vient également d'elle. Je ne voudrais absolument pas qu'elle renonce à faire quelque chose qu'elle aime à cause de moi.

Carter baissa les yeux sur son téléphone tout en disant :

— C'est amusant que leur indépendance soit l'une des choses que nous aimons le plus chez elles, mais aussi l'une des choses les plus difficiles à accepter.

— Je n'ai pas vraiment du mal à l'accepter, dis-je à Carter d'un ton songeur. Je ne veux tout simplement pas qu'il lui arrive quelque chose. Si elle pouvait aller n'importe où sans courir le risque qu'un fou lui fasse du mal, alors je serais ravi de souffrir en son absence, tant qu'elle est heureuse. Mais j'ai beaucoup d'ennemis, Carter. Beaucoup trop. Nous ne sommes pas arrivés au sommet sans écraser certains de nos concurrents dans le processus. L'argent est un facteur de motivation important quand il s'agit d'actes criminels. Nous avons déjà reçu des menaces sérieuses et inquiétantes.

Carter hocha la tête sans ôter les yeux de son téléphone.

— Oui. Je comprends. Et tu reçois plus de menaces que quiconque dans l'entreprise puisque tu es en première ligne sur le plan commercial.

En le regardant, je compris que je n'avais pas toute son attention. Contrairement à certaines personnes, Carter n'était pourtant pas du genre à regarder son téléphone pendant une conversation.

— Qu'est-ce que tu fais ?

Carter releva immédiatement la tête.

— Je regarde les dernières nouvelles. Il semblerait qu'un de ces fous soit passé à l'acte, dit-il prudemment. J'essaie encore de comprendre ce qui s'est passé. Apparemment, un type est entré dans un restaurant à San Diego et a ouvert le feu avec un fusil d'assaut modifié.

— Où à San Diego ? demandai-je en pensant que cela aurait pu arriver dans n'importe quel quartier.

— Près du centre-ville, répondit-il distraitement tout en continuant à lire les articles de presse. Deux personnes sont mortes et il y a de nombreux blessés, ajouta-t-il.

— Quelles sont les autres informations disponibles ? Quelles sont les chances que Laura se trouve près de l'attaque ?

San Diego étant une grande ville, Laura était très probablement ailleurs au moment de la fusillade. Je lui avais envoyé un message plus tôt dans la matinée. Laura m'avait répondu qu'elle avait planifié quelques rendez-vous d'affaires.

Je sortis rapidement mon téléphone de ma poche pour vérifier si je n'avais pas reçu de nouveaux messages.

Rien depuis ce matin.

Je rédigeai alors un texto pour lui demander de me donner de ses nouvelles.

— Est-ce que tu écris à Laura ? demanda Carter.

— Oui. Je veux juste m'assurer qu'elle soit en sécurité.

Carter me regarda, son expression sombre.

— Et merde ! Je suis désolé Mason...

Mon estomac se noua face à son visage décomposé.

Carter n'était pas du genre à s'alarmer sans raison, alors la tension visible sur son visage était terrifiante.

— Quoi ? dis-je nerveusement. Contente-toi de le dire.

Carter se leva et s'approcha de mon bureau.

— Laura était dans ce restaurant. Apparemment elle mangeait avec Hudson Montgomery, bien que je ne comprenne pas trop pourquoi. Peut-être qu'ils sont amis ?

Hudson Montgomery ?

Pourquoi diable serait-elle dans un restaurant avec *lui* ?

— Il doit y avoir une erreur. Elle ne le connaît pas. Elle ne m'a jamais dit l'avoir rencontré lors de ses déplacements à San Diego.

— Il n'y a pas d'erreur, dit-il d'une voix solennelle en posant son téléphone devant moi. C'est une photo d'eux ensemble, prise par un journaliste juste avant le début de l'attaque. Ces journalistes passent leur temps à traquer les frères Montgomery. Je suppose qu'ils ont réussi à prendre cette photo d'eux juste avant que la fusillade n'éclate. Le journaliste a survécu. L'article vient tout juste d'être publié avec la photo. Hudson Montgomery était donc bel et bien dans ce restaurant avec Laura. Je ne sais pas pourquoi ils mangeaient ensemble, mais je suis sûr que c'était totalement innocent.

Mon regard se figea sur la photo, agrandie en plein écran par Carter.

Il s'agissait bien de Laura en compagnie de Hudson Montgomery.

Leurs mains se touchaient et ils semblaient être au beau milieu d'une discussion sérieuse. Laura ne souriait pas, ce qui était très inhabituel pour une femme aussi joviale qu'elle.

— C'est quoi ce bordel ? grognai-je avant d'écraser mon poing de toutes mes forces contre la surface de mon bureau.

— Nous devons commencer à nous renseigner, Mason. Nous devons nous assurer que Laura n'ait pas été blessée, dit calmement Carter en récupérant son téléphone portable. Je vais passer quelques appels.

Je me levai pour essayer de me ressaisir.

— Je vais immédiatement à San Diego, lui dis-je. Tiens-moi au courant si tu obtiens davantage d'informations. J'ai besoin que le jet soit prêt à décoller.

— Est-ce qu'il est revenu ici après avoir déposé Laura ?

— Oui, répondis-je.

— Alors j'appelle l'équipage. Mason, essaie de ne pas tirer de conclusions hâtives concernant Laura et Hudson. Elle ne s'intéresse pas à lui.

— Je m'en fous ! grondai-je. Je veux juste savoir si elle va bien. Je veux juste savoir si elle est saine et sauve. Je m'occuperai de Montgomery plus tard. Je fais entièrement confiance à Laura. Beaucoup moins à Montgomery.

Carter hocha la tête.

— Je vais rester ici puisque Jett n'est pas là, et je vais passer quelques coups de fil pour en savoir davantage. La presse ne va pas nous apprendre grand-chose de plus. Je t'appellerai quand tu seras en vol, dit Carter en sortant du bureau avec moi.

— Je vais directement à l'aéroport, lui dis-je en m'arrêtant devant l'ascenseur express.

Je passai nerveusement une main dans mes cheveux en essayant de me dire que Laura était indemne. Carter était déjà au téléphone afin de mobiliser le personnel de bord pour un décollage immédiat.

— L'article précise-t-il l'identité des morts ? demandai-je après que Carter ait raccroché.

Une part de moi-même n'avait aucune envie de savoir, mais j'avais besoin de *quelque chose* pour ne pas devenir fou.

Carter continua à lire sur son téléphone en me suivant dans l'ascenseur.

— Un homme et une femme. Aucune autre information.

Oh mon Dieu !

J'essayai tant bien que mal d'ignorer ma fréquence cardiaque croissante ainsi que la douleur que je ressentais au niveau du sternum.

Lorsque l'ascenseur arriva au rez-de-chaussée, Carter me donna une tape dans le dos pour manifester son soutien.

— Elle va bien, frérot. Nous devons continuer à le croire tant que nous n'en savons pas plus, dit-il gravement.

— Je n'ai pas d'autre choix que de me dire qu'elle va bien. Toute autre possibilité est inacceptable, grondai-je en traversant le hall d'entrée avec mon frère.

— Brynn va être morte d'inquiétude. Elle va vouloir parler à Laura dès que possible. Alors tiens-moi au courant, insista Carter.

— D'accord, répondis-je distraitement.

J'essayais déjà de comprendre ce qui avait bien pu se passer à San Diego.

Sur le parking, Carter monta dans sa voiture et moi dans la mienne.

Je compris alors qu'il souhaitait finalement rentrer chez lui pour parler à Brynn et pour commencer ses recherches d'informations.

Sur le trajet pour l'aéroport, j'enfreignis à peu près toutes les règles du code de la route.

Moins d'une heure plus tard, j'étais en vol pour San Diego, prêt à découvrir si ma vie resterait heureuse et paisible, ou si tout mon univers allait s'effondrer sur ma tête.

Laura

Lorsque j'ouvris les yeux, le monde qui m'entourait était flou et de guingois.

Qu'est-ce qui m'arrive ?

Je n'arrivais pas à comprendre où j'étais ni ce qui s'était passé. Tout ce que je savais, c'est que j'avais beaucoup de mal à respirer, comme si un éléphant était assis sur ma poitrine.

Je dois me lever. Je dois sortir du lit.

Je devais *certainement* être chez moi. Pourtant, rien ne ressemblait à mon appartement ou à la maison de Mason.

Sitôt que j'essayai de me redresser sur le lit, une douleur insoutenable traversa le haut de mon corps, si bien que je dus me recoucher.

— Ne bouge pas, retentit une voix grave qui m'était familière.

— Mason ? dis-je dans un murmure à peine audible.

— C'est Hudson, répondit cette même voix. Tu viens de sortir du bloc opératoire. D'après ce que j'ai compris en appelant le bureau de Mason, il sera bientôt là. Son assistante m'a dit qu'il était en vol pour San Diego. Contente-toi de te détendre.

Hudson ?
Hudson Montgomery.
Soudain, tout me revint.
Les coups de feu.
La peur.
La douleur.
Et puis...plus rien.
Je tournai la tête avec précaution afin de regarder Hudson, qui se tenait debout juste à côté du lit.

— Je suis à l'hôpital ? Que s'est-il passé ?

— Tu ne te souviens pas ? demanda Hudson.

— Pas vraiment. Je suppose que j'ai été touchée par une balle. Mais je crois que toi aussi, dis-je en le regardant avec effroi. .

— Ma blessure était superficielle. Ils m'ont fait quelques points de suture aux urgences. Je vais bien, Laura, mais tu as effectivement été touchée par une balle. Par chance, tes côtes n'ont pas été touchées, mais ton poumon a été perforé. Tu as un drain thoracique actuellement. Ils t'ont emmenée en chirurgie pour examiner la plaie et la refermer correctement. Mais le drain thoracique doit rester en place pendant un certain temps. Je suis désolé. Je regrette de ne pas avoir vu arriver le tireur, termina-t-il d'un ton trahissant à la fois la colère et la culpabilité qui le dévoraient.

Je me souvenais avoir été plaquée au sol et protégée par Hudson.

— Ne sois pas désolé, murmurai-je. Tu m'as probablement sauvé la vie. Je pensais que j'allais mourir. Qu'est-il arrivé à tous les autres clients du restaurant ?

— Il y a eu deux morts. Le tireur était un ancien employé mécontent. Il a tué les deux propriétaires du restaurant dans la cuisine, puis il a ouvert le feu sur tout le monde, dit-il stoïquement.

Les larmes me montèrent aux yeux à l'idée que deux personnes innocentes avaient été tuées.

— Est-ce qu'il a été arrêté ?

— Je l'ai tué, répondit Hudson sans une once de remords dans la voix. Il y a eu d'autres blessés, mais il semblerait qu'ils aient tous survécu.

Je me souvenais vaguement avoir vu Hudson dégainer une arme de poing, mais je ne savais pas qu'il avait tiré sur l'agresseur.

— Dieu merci, dis-je d'une voix étouffée en parvenant à peine à contenir mon envie de sangloter après cette épreuve.

Je sentis la main de Hudson se poser tendrement sur mes cheveux.

— Ne pleure pas. Sinon tu vas avoir mal.

— Je sais, répondis-je avec un léger hochement de tête. Le moindre mouvement me fait mal, ajoutai-je.

— Ça va aller, Laura. Tu as besoin de temps pour guérir. Tu es en soins intensifs pour l'instant, mais l'infirmière dit que tu pourras changer de service une fois que le drain thoracique aura été retiré et que ton état sera plus stable, expliqua-t-il.

Hudson tira ensuite une chaise, s'assit près du lit et prit ma main dans la sienne.

Je le laissai faire bien volontiers. Je ressentais le besoin de m'accrocher à quelque chose ou à quelqu'un, et Hudson m'avait protégée avec son propre corps. Je n'osais même pas imaginer ce qui me serait arrivé s'il ne s'était pas jeté sur moi.

— Merci, dis-je d'une voix faible.

— Ne me remercie pas, dit-il d'une voix rauque. Je suis juste content que cette malheureuse histoire se termine bien. Cela dit, je ne peux pas te faire croire que ce sera facile. Tu viens de vivre un événement assez traumatisant.

— Heureusement que j'étais inconsciente la plupart du temps, soulignai-je. La dernière chose dont je me souvienne, c'est quand tu m'as dit de rester au sol et de ne pas bouger. Après cela, c'est le trou noir.

— C'est peut-être mieux ainsi, répondit-il. Le carnage n'était beau à voir.

La tristesse m'envahit, et je ne pus m'empêcher de me demander comment allaient les autres victimes, ou comment les familles des deux restaurateurs allaient faire face à la mort si violente et soudaine de leurs proches.

Même si j'avais été blessée, je savais que j'étais désormais tirée d'affaire.

Mais je ne savais pas où en étaient les autres.

Hudson serra ma main dans la sienne.

— Hé, ne pense pas trop à tout ça maintenant sinon tu vas devenir folle. Concentre-toi sur ton propre rétablissement.

Pour l'instant, je me sentais faible et fragile. Ma bonne santé me semblait bien lointaine.

— Où as-tu été touché ? lui demandai-je.

— À l'épaule, répondit-il. Les docteurs m'ont rafistolé.

Il ne semblait pas souffrir. Il avait juste l'air...fatigué.

— Pourquoi diable étais-tu armé ?

Obtenir un permis de port d'arme à San Diego n'était pas facile.

— C'est une longue histoire. Nous devrions garder cette discussion pour un autre jour, dit-il avec légèreté.

— Je crois que je ne suis pas près de partir d'ici, j'ai donc tout le temps du monde. Et je suis toujours prête à entendre une bonne histoire.

J'avais envie d'écouter Hudson, ne serait-ce que pour m'occuper l'esprit et me faire oublier ma mésaventure l'espace d'un instant.

Malheureusement, je compris que je n'aurais pas le plaisir d'entendre son histoire. Hudson porta son regard en direction de la porte de ma chambre d'hôpital.

— Laura, vous avez de la visite, déclara l'infirmière d'une voix douce et apaisante en entrant dans la pièce.

Hudson se leva, sourire en coin.

— Je parie que je peux deviner de qui il s'agit.

— Mason, dis-je sans parvenir à dissimuler l'amour dans ma voix.

Bon Dieu, faites que ce soit lui. J'avais désespérément besoin de le voir.

Hudson me lâcha la main.

— Je vais le laisser entrer. Tu ne peux recevoir qu'un seul visiteur à la fois. Je reviendrai demain. Repose-toi, Laura.

— Je ne pouvais pas lui donner d'informations sur votre état de santé puisqu'il ne s'agit pas d'un membre de votre famille, expliqua l'infirmière.

— Je vais le mettre à jour, dit Hudson.

— Prends soin de toi, dis-je. Même si tu minimalises ce qui t'est arrivé, tu as tout de même été blessé.

Hudson haussa les épaules, puis grimaça. Il avait manifestement déjà oublié avoir pris une balle.

— Je devrais m'en remettre. J'ai survécu à pire, dit-il mystérieusement avant de se diriger vers la porte.

Je le regardai s'en aller en espérant qu'il ne souffrait pas plus qu'il le laissait entendre.

Hudson Montgomery venait de me sauver la vie, et je savais que nous serions toujours liés par cette horrible expérience.

Je finirais peut-être un jour par savoir pourquoi il portait une arme, et pourquoi il savait si bien s'en servir.

Hudson Montgomery était bien plus complexe qu'en apparence.

J'avais eu un bref aperçu de quelqu'un de très différent de sa personnalité publique.

Quelqu'un de sombre et d'héroïque qui vivait assurément avec de nombreux secrets.

Mason

En voyant Hudson Montgomery entrer dans la salle d'attente vide, je m'empressai de l'attraper par le col pour le plaquer au mur.

— Qu'est-ce que tu lui as fait ? grognai-je.

— Aïe. Je suis blessé, bon sang. Lâche-moi, dit-il dans un gémissement agité.

Je vis immédiatement que sa souffrance était réelle, et même si j'avais envie de le tuer, je décidai de le lâcher.

— Tu ferais mieux de t'expliquer tout de suite, le menaçai-je. Je veux savoir ce qui est arrivé, pourquoi c'est arrivé, pourquoi tu étais avec ma compagne et comment elle va. Commence d'abord par répondre à la dernière question. Est-ce qu'elle va bien ? Le personnel médical refuse de me répondre.

Hudson s'éloigna du mur.

— Elle a été touchée. La balle est passée entre ses côtes et a perforé un de ses poumons. Elle a dû subir une intervention chirurgicale d'urgence, mais sa vie n'est plus en danger. Cependant, elle n'a vraiment pas besoin de tes sautes d'humeur actuellement.

Alors ressaisis-toi avant d'entrer dans sa chambre. Elle a vécu une expérience vraiment traumatisante qui aurait bien pu lui coûter la vie. Laura a besoin de calme.

Merde ! Je mourrais d'envie de lui botter le cul, mais je ne voulais pas me faire virer de l'hôpital. De surcroît, dans une petite partie de mon esprit rationnel, je savais qu'il avait raison.

Je sortis mon téléphone portable de ma poche.

— Voilà ce qui est partout sur Internet en ce moment même, l'informai-je en orientant l'écran vers lui afin qu'il puisse voir la photo de lui et Laura.

— Merde ! s'exclama-t-il avec colère. Oui, nous étions ensemble, parce que j'ai demandé à avoir un rendez-vous professionnel avec elle pendant son séjour à San Diego. Du moins, je lui ai fait croire qu'il s'agissait d'un rendez-vous professionnel. Et contrairement à ce que cette photo suggère, nous n'étions pas en train de flirter. Si nos mains se touchent, c'est parce que je lui tendais ma carte de visite, afin qu'elle puisse *te* la donner. Je savais que vous étiez proches et j'espérais qu'elle m'explique pourquoi le sale enfoiré orgueilleux que tu es ne répondait jamais à mes appels. Alors inutile de lui en vouloir. C'est entièrement de ma faute. Et je m'en veux terriblement de l'avoir mise dans cette situation. Si je n'avais pas demandé à la rencontrer, alors elle ne serait pas en soins intensifs actuellement. Si tu veux être en colère contre quelqu'un, alors sois le contre moi.

La culpabilité qui l'accablait était écrite sur son visage, et même si je ne ressentais pas la moindre empathie pour ce salaud, je commençais à me calmer.

— Je ne suis pas en colère contre Laura. Elle n'y est pour rien. Quelle est la gravité de sa blessure ? Réponds-moi honnêtement, dis-je.

— Sa blessure est assez sérieuse. Mais sa vie n'est plus en danger. Sa convalescence sera longue. Elle est en souffrance pour l'instant, physiquement et psychologiquement. Contente-toi de la soutenir, Mason. C'est tout ce dont elle a besoin actuellement.

— Bien sûr que je vais la soutenir, lui répondis-je entre mes dents serrées.

— Tu es probablement déjà au courant, mais c'est une femme extraordinaire. Elle ferait n'importe quoi pour toi, cousin. Elle t'est incroyablement loyale. Et elle tient à toi, mon pote. Énormément.

Mon animosité envers Hudson commençait à s'étioler.

— Et toi alors, comment vas-tu ? Tu as dit que tu étais blessé.

— Mon égratignure à l'épaule fait pâle figure comparée à ce que vit Laura. Je vais m'en remettre beaucoup plus vite qu'elle, dit-il.

— Pourquoi cette attaque a-t-elle eu lieu ? demandai-je.

— Le *pourquoi* n'a pas beaucoup d'importance. Le coupable était un ancien employé en colère qui s'est fait virer parce qu'il ne se présentait pas au travail la plupart du temps. Cette ordure a tué les propriétaires du restaurant, puis il a ouvert le feu sur les clients. C'était un fou, expliqua Hudson d'un ton brusque qui manifestait une grande amertume.

— Je vais tuer ce salaud, grognai-je.

— J'aimerais beaucoup te laisser ce privilège, mais j'ai dû m'occuper de son cas avant qu'il ne tue plus d'innocents, déclara-t-il solennellement. Je l'ai tué d'une seule balle.

Quoi ?

— Ai-je vraiment envie de savoir pourquoi tu portais une arme au cours d'un déjeuner dans un restaurant du centre-ville de San Diego ? grommelai-je.

Même si je ne connaissais pas du tout Hudson, nous étions liés par le sang. Il n'était manifestement pas la cible de cette fusillade, mais avait-il des ennemis suffisamment déterminés pour justifier le port d'une arme chargée ?

— J'ai un permis de port d'arme, précisa Hudson. Je ne suis pas dans la mafia ou dans le trafic de drogue. Tout ce qui concerne Montgomery Mining est parfaitement légal.

— Ce n'est pas facile d'obtenir un permis de port d'arme ici, lui rappelai-je. Il faut avoir une sacrée bonne raison d'être armé. Alors dis-moi ce qui se passe vraiment.

— Gardons cette discussion pour une autre fois, suggéra Hudson. C'est une longue histoire. Et je dois me rendre au commissariat pour donner mon témoignage.

— J'ai besoin de voir Laura, dis-je avec colère maintenant que je savais qu'une seule personne était responsable de cette horreur.

— Elle sait que tu es là. Vas-y. Il n'y a personne dans sa chambre maintenant et je pense qu'elle se sentira mieux après t'avoir vu. Elle a besoin de se reposer. Elle commence à prendre conscience de ce qui lui est arrivé, dit-il en s'écartant pour me laisser passer. Si tu as besoin d'un logement, je peux t'héberger, ajouta-t-il.

Je secouai la tête.

— Je veux rester avec Laura.

— S'ils ne veulent pas que tu restes avec elle, appelle-moi, dit-il avant de sortir de la salle d'attente.

Je sortis à mon tour de la salle d'attente, après quoi l'infirmière me guida jusqu'à la chambre de Laura. Devant sa porte, je m'arrêtai un instant en la voyant allongée dans un lit d'hôpital. Connectée à tous ces tubes et ces machines, elle paraissait plus fragile et frêle qu'elle ne l'était vraiment.

En entrant dans la chambre, je m'efforçai de mettre ma colère de côté. Hudson avait raison.

Je devais oublier ma peur de la perdre.

Laura avait besoin de moi.

J'eus l'impression de recevoir un coup de poing dans le ventre lorsqu'elle me regarda et m'adressa un faible sourire.

— J'aimerais me jeter dans tes bras, mais je suis connectée à tous ces trucs, marmonna-t-elle d'une voix à peine audible.

C'était une blague, mais j'étais incapable de sourire.

Je m'approchai d'elle pour caresser ses beaux cheveux qui semblaient emmêlés et sans vie.

— J'étais terrifié à l'idée que tu sois morte, dis-je d'une voix serrée que je reconnus à peine comme étant la mienne.

Une larme se mit à couler du coin de son œil.

— Je sais. Je suis désolée.

— Ce n'est absolument pas de ta faute, dis-je d'un ton catégorique. Tu étais juste en train de déjeuner, bon sang.

— Je suis tout de même désolée de t'avoir inquiété. Je vais m'en sortir, Mason.

Comment pourrais-je ne pas m'inquiéter pour elle ?

Bon Dieu ! Après cet incident, j'allais avoir du mal à la quitter des yeux.

Tout était de ma faute. J'aurais dû répondre aux appels de mon cousin pour lui dire d'aller se faire voir. Ou peut-être que nous aurions pu entretenir une relation amicale afin qu'il ne cherche pas à contacter mes proches.

Mais je ne voulais pas lui parler.

J'avais déjà une famille.

Je n'avais pas besoin d'en avoir une autre.

La première fois qu'il m'avait contacté, j'avais été surpris d'apprendre que j'avais un lien de parenté avec la famille Montgomery. Ma mère ne m'a jamais vraiment dit qui l'avait violé.

Après cela, j'ai décidé de l'ignorer et de me concentrer sur la seule famille dont j'avais besoin. Ma *véritable* famille, celle qui me connaissait et tenait à moi. Je ne voulais pas avoir des cousins qui n'étaient pas les cousins de mes frères et sœurs.

Cela m'aurait obligé à leur dire la vérité, et je ne voulais pas me sentir *différent.*

Cependant, mon entêtement a fini par affecter Laura d'une manière dévastatrice.

Actuellement, je me sentais coupable d'avoir causé cela.

Laura n'aurait jamais dû se trouver dans ce restaurant. Si je n'avais pas fait partie de sa vie, alors cela ne serait jamais arrivé.

Hudson ne l'aurait jamais contactée.

Et elle ne serait pas ici, dans ce lit d'hôpital, après avoir frôlé la mort dans une fusillade meurtrière.

Je me penchai vers elle pour déposer un baiser sur son front, puis j'essuyai la larme solitaire de son visage.

— Je suis si heureuse que tu sois là maintenant, murmura-t-elle.

— Je ne bougerai pas d'ici, lui promis-je. Endors-toi, Laura. N'essaie pas de parler. Hudson m'a tout raconté. Contente-toi de te reposer. Je serai là quand tu te réveilleras.

J'avais la ferme intention de rester dans cette chambre jusqu'à ce qu'elle soit entièrement rétablie.

Après cela, je ferai tout ce qui est en mon pouvoir pour qu'elle n'ait plus jamais à subir une chose pareille.

— Je dois d'abord te dire une chose, répondit-elle tandis qu'elle luttait pour garder les yeux ouverts. Quand j'ai pris cette balle et que je n'étais pas sûre de survivre à la fusillade, j'ai regretté de ne pas te l'avoir dit avant.

— Quoi donc ? demandai-je d'une voix tremblante.

— Je t'aime, Mason. Je veux que tu le saches et je ne veux plus jamais regretter de ne pas te l'avoir dit plus tôt, murmura-t-elle avant de s'endormir pour de bon.

Chapitre 22

Laura

Il me fallut un mois de convalescence après ma blessure pour me sentir à nouveau moi-même.

Malheureusement, plutôt que de nous rapprocher, cette période semblait avoir rendu Mason plus distant que jamais.

Jusqu'à tout récemment, il était pourtant toujours là pour m'aider et répondre à tous mes besoins. Tout au long de ma convalescence, il s'est montré d'un soutien incroyable et il m'a aidée à garder le moral dans l'adversité. Mais il a fait tout cela avec une certaine distance émotionnelle.

Jusqu'à ce que je sois complètement guérie.

Or, cela faisait maintenant plusieurs jours que je n'avais plus eu de ses nouvelles. Il trouvait toutes les excuses du monde pour m'éviter.

Si je l'appelais ou si je lui envoyais un message, alors il ne me répondait tout simplement pas.

Si je contactais son bureau, alors sa secrétaire – à qui je parlais bien plus souvent qu'à Mason – s'occupait de trouver des excuses à sa place

Il travaille.

Il est en réunion.

Il est parti déjeuner.

Il est…indisponible. Sa secrétaire utilisait probablement cette dernière excuse quand elle était à court d'idées.

Je sentais bien que quelque chose n'allait pas.

J'étais plutôt en forme physiquement après les deux premières semaines de ma convalescence. Pourtant, il n'y a eu aucun moment d'intimité entre Mason et moi.

Il savait trouver tous les bons mots, mais ces derniers sonnaient totalement creux.

Mason ne m'embrassait plus, sauf pour un rapide bisou sur les lèvres, ou pire, sur la joue ou sur le front, comme si j'étais une enfant et non une femme.

Il me traitait davantage comme une amie proche que comme sa compagne.

— Peut-être qu'il te croit encore affaiblie physiquement, suggéra Brynn alors que nous prenions un café.

Avant d'arriver chez moi, Brynn s'était également arrêtée dans ma pâtisserie préférée pour nous prendre quelques parts de gâteau.

Nous étions actuellement assises à la petite table de ma cuisine. Nous faisions en sorte de nous voir tous les jours pour rattraper le temps perdu pendant ma guérison.

Brynn s'était elle aussi montrée très présente pour moi, chaque fois que j'ai eu besoin d'elle. Les premières semaines, nos conversations concernaient principalement ma santé.

Je secouai la tête.

— Il sait que mon dernier bilan de santé était bon. Il m'a accompagnée chez le docteur la semaine dernière. Je n'ai plus besoin d'y retourner, sauf en cas de complications, ce qui est peu probable.

— Tu as repris ta routine sportive habituelle, observa Brynn. Tu as l'air vraiment en forme.

— À vrai dire, je fais encore plus de sport qu'avant, dis-je. Comme je ne suis plus aussi stricte sur mon régime alimentaire, je fais beaucoup de marche pour rester en bonne santé.

— Bon, d'accord, concéda Brynn. Le comportement de Mason est... étrange. Il n'y a pas de sexe du tout ?

— Nada, confirmai-je après avoir avalé une bouchée de mon gâteau. Il ne m'embrasse même plus. Je ne comprends vraiment pas ce qui se passe, Brynn. Il m'a pourtant soutenue tout au long de ma convalescence. Mais c'est comme si une partie de lui avait...disparu. Il me traite comme son amie, et non comme sa compagne. Peut-être que je ne l'intéresse plus.

Voilà la première fois que je formulais cette pensée à voix haute, et cette conclusion était sacrément douloureuse. Malheureusement, face à l'absence émotionnelle de Mason, j'étais bien obligée d'être honnête avec moi-même.

Mason ne veut plus de moi.

— Certainement pas, contesta Brynn. Il est fou de toi.

— Je lui ai dit que je l'aimais juste après la fusillade. Il ne m'a jamais répondu. C'est comme si je n'avais rien dit. Peut-être que c'était trop tôt. Mais je ne pouvais pas garder ça pour moi. J'ai failli mourir et je voulais qu'il sache la vérité concernant mes sentiments pour lui.

Le fait qu'il ne réponde pas à cette déclaration m'a pratiquement tuée. Mason n'a jamais rien dit. Il n'y a jamais fait allusion.

De toute évidence, il ne voulait pas m'entendre le lui dire une seconde fois.

— En as-tu parlé avec ta psychologue ? demanda Brynn.

— Pas vraiment. Sa spécialité concerne le syndrome de stress post-traumatique, dis-je. Mason avait insisté pour que je consulte une psychologue après lui avoir parlé de mes cauchemars.

C'était une bonne idée puisque ma psychologue m'était d'une aide précieuse.

— Peut-être que Mason a encore peur de te faire mal, songea Brynn.

— J'en doute, répondis-je. Il sait que je suis guérie. Je me suis entraînée avec lui dans sa salle de sport presque tous les jours jusqu'à ce qu'il arrête de m'y inviter, il y a quelques jours. Mais j'ai beaucoup de cicatrices. Et il a vu des choses pas très agréables qu'un petit ami n'est pas censé voir au début d'une relation. Il a assisté au retrait de mon drain thoracique, et je devais faire peur à voir jusqu'à tout récemment. J'étais très affaiblie. Il a assisté à *tout* cela. Peut-être qu'il me regarde différemment maintenant.

— Si c'est le cas, ce dont je doute, alors je me suis trompée à son sujet, commenta Brynn avec déception. Un homme qui t'aime et qui partage ta vie finit forcément par te voir en position de faiblesse. Par te voir malade. Ne serait-ce que pour un accouchement. Je ne pense pas que Mason puisse être aussi superficiel.

— Ma convalescence a été très longue, lui rappelai-je. Ce n'est pas comme si j'avais eu une grippe pendant quatre ou cinq jours.

— Une grossesse dure *neuf mois*, puis il y a l'accouchement, argumenta-t-elle. C'est toi qui souffrais vraiment, pas lui.

— Il n'a jamais prétendu m'aimer, lui dis-je.

— Mais il t'aime, dit Brynn d'un ton catégorique. Selon Carter, Mason a failli devenir fou quand il a appris que tu étais dans ce restaurant.

— Pourtant, il m'évite en ce moment. Il a même manqué notre appel du dimanche. Ça fait trois jours qu'il ne m'a pas appelée ni envoyé de message. Et tout au long de ma guérison, il m'a traitée comme sa sœur ou comme son amie. Il s'éloigne manifestement de moi maintenant que je suis guérie.

Je luttai pour ne pas laisser mon chagrin et ma frustration faire surface, mais mes yeux s'emplirent de larmes.

— N'abandonne pas, Laura. Je ne sais pas ce qui se passe dans la tête de Mason en ce moment, mais je ne pense pas qu'il te considère comme une sœur ou une amie.

— Nous n'avons pas dormi dans le même lit depuis que j'ai été blessée, avouai-je. Il passait les nuits chez lui. Il partait de chez moi tous les soirs. Même quand j'étais trop faible pour être intime avec lui, il aurait pu rester.

Brynn resta muette un instant avant de répondre :

— Je dois avouer que je n'arrive pas à expliquer son comportement. Tu m'as dit qu'il était là pour ton anniversaire, n'est-ce pas ?

Je roulai des yeux.

— Oui, il était là. Il a commandé à manger ainsi qu'un gâteau. Nous avons regardé des films toute la soirée. Dans des fauteuils séparés. Et il m'a offert une carte-cadeau. Ce n'était pas une soirée très romantique.

— D'accord, répondit Brynn d'un air abattu. Je ne sais pas ce qui lui prend.

— C'est pourtant évident. Il veut que notre relation s'arrête, dis-je sans parvenir à dissimuler la tristesse qui me submergeait. Ce que je ne comprends pas, c'est pourquoi il ne me le dit pas directement plutôt que d'éviter mes appels. Quoi qu'il en soit, le message est clair. Je vais donc arrêter de chercher à le contacter.

— Et Hudson ? demanda Brynn. Il vient te voir régulièrement depuis San Diego.

— Il n'est rien d'autre qu'un ami, dis-je avec un haussement d'épaules. Je m'entends bien avec lui, mais il ne m'attire pas du tout, et il ne semble pas avoir un quelconque intérêt romantique pour moi non plus. Nous ne faisons que...parler. Il est un peu comme le frère que je n'ai jamais eu.

Brynn se mit à rire.

— Je ne pensais pas entendre un jour une femme dire cela à propos de l'un des frères Montgomery. Mais je dois dire qu'après avoir rencontré Hudson, il semble plutôt sympa. Et c'est une bonne chose qu'il s'intéresse à ton entreprise.

Je grimaçai intérieurement. Je m'en voulais de ne pas avoir dit à Brynn comment j'avais fait la connaissance de Hudson. Et je n'avais pas l'intention de le lui révéler, quoi qu'il advienne de ma relation avec Mason. Tant qu'il ne souhaitait pas dire la vérité à ses frères et sœurs à propos de son adoption, je m'en tiendrais à mon histoire selon laquelle j'avais rencontré Hudson pour parler de *Perfect Harmony*.

Hudson racontait la même chose de son côté, et il en serait ainsi tant que son lien de parenté avec Mason n'aura pas été révélé.

Pour l'instant, Hudson semblait parfaitement satisfait de garder le secret.

Ces dernières semaines, j'en étais venu à apprécier son amitié. Il n'a pas hésité à se déplacer jusqu'à Seattle pour me rendre visite.

Même maintenant que j'étais complètement rétablie, il continuait à m'appeler au moins deux fois par semaine pour prendre de mes nouvelles.

— Hudson n'a pas prévu d'investir dans Perfect Harmony, mais il est là chaque fois que j'ai besoin de ses conseils, dis-je. Il constitue un allier commercial puissant, mais j'apprécie surtout son amitié.

Hudson et moi parlions parfois de la fusillade, mais nous étions aussi capables de parler d'autre chose.

Comme de mon passé en famille d'accueil.

Ou de sa propre histoire familiale.

Notre enfance dysfonctionnelle constituait notre point commun.

Hudson était un homme bien plus complexe et intéressant qu'il n'y paraissait.

Le seul sujet sensible concernait l'arme à feu qu'il portait sur lui. Quand je l'avais questionné à ce sujet, il s'est contenté de me répondre qu'il avait ses raisons et cela n'avait rien d'illégal ou de malveillant.

Il ne voulait clairement pas en parler, et je n'ai pas cherché à insister. Après tout, cela ne me regardait pas et je lui faisais confiance. Je n'avais aucune raison de ne pas lui faire confiance. Hudson m'a très certainement sauvé la vie.

— Alors que vas-tu faire à propos de Mason ? demanda doucement Brynn.

— Que puis-je bien faire ? Je ne peux pas le forcer à m'aimer. Je ne l'ai pas appelé dernièrement car il ne me répond plus. C'est terminé, Brynn. Je ne peux pas continuer à me faire du mal.

J'essayais de ne pas être trop pesante avec Brynn étant donné que le frère de Mason était son mari. Je ne voulais certainement pas être à l'origine de frictions familiales. Néanmoins, j'avais l'impression que mon cœur était fracturé en un million de petits morceaux.

— Je pense que tu devrais au moins lui demander des explications.

— Ses explications n'ont pas vraiment d'importance, dis-je avec le cœur serré. Et je pense que l'explication est parfaitement évidente. Je ne l'intéresse plus. Si c'était le cas, alors rien n'aurait changé entre nous.

L'intimité que Mason et moi partagions me manquait terriblement. Je ressentais un besoin dévorant d'être près de lui, bien qu'il ne ressente manifestement pas la même chose.

Je me levai pour me servir un autre café. Brynn prit sa tasse pour faire de même.

Je veillai à lui tourner le dos afin qu'elle ne voie pas les larmes couler sur mes joues.

— Hé, il va revenir. Mason est peut-être têtu, mais il n'est pas stupide, dit Brynn avec bienveillance.

— Je m'en remettrai, dis-je en plaçant ma tasse sous la buse de la cafetière.

J'insérai ensuite une dosette dans la machine avant de refermer le couvercle.

— J'ai survécu à une balle, je pense donc pouvoir survivre au rejet d'un homme.

J'appuyai sur le bouton pour actionner la cafetière.

— Laura, Mason n'est pas comme les hommes que tu as connus avant lui. Tu es *vraiment* amoureuse de lui. Je sais que tu souffres, même si je vois bien que tu essaies de le cacher. Tu es ma meilleure amie, dit-elle avec empathie.

Elle saisit délicatement mon bras pour m'inciter à me tourner vers elle.

Enfin, je lui fis face en sanglotant.

— Je suis dévastée, Brynn. Je ne sais pas quoi faire. Le Mason que j'ai connu a disparu et il me manque terriblement.

Je pensais pouvoir me comporter comme une grande fille et faire face à ce qui se passait entre moi et Mason, comme une femme forte devrait le faire.

J'avais tort.

Je me jetai dans les bras de Brynn en pleurant.

Mason

Blog de Laura Hastings, aujourd'hui, 9h30.

Je tiens à vous remercier pour tout le soutien que vous m'avez apporté pendant ma convalescence. Je sais que je n'ai rien publié sur ce blog depuis longtemps, même si je suis complètement guérie depuis maintenant plus d'une semaine.

Malheureusement, je traverse actuellement une nouvelle épreuve, et je crois aussi que je n'avais tout simplement pas grand-chose à raconter.

Mais pas aujourd'hui.

Nous avons toutes connu une relation amoureuse à laquelle nous avions du mal à renoncer. Eh bien, je suis moi-même confrontée à cela dernièrement, et je crois qu'il est temps de tourner la page.

Voyez-vous, je pense que les épreuves de la vie peuvent faire ou défaire un couple. Soit il en ressort un lien encore plus fort, soit l'adversité vous déchire parce que ce lien n'était pas assez fort en premier lieu.

Dans mon cas, la relation n'a pas résisté à l'épreuve du feu. Je ne peux pas forcer quelqu'un à m'aimer.

Au début, je pensais que le problème venait de moi, de mes cicatrices, de ma faiblesse pendant une longue période vraiment difficile de ma vie. Mais devinez quoi...dans la vraie vie, les moments difficiles sont nombreux. Et si votre amour n'est pas assez fort des deux côtés, alors la relation s'effondrera sous le poids de la difficulté.

Ce sera douloureux.

Il y aura des larmes et du chagrin.

Vous vous sentirez seule pendant quelque temps.

Mon conseil ? Prenez du recul et laissez cette relation s'étioler. N'essayez pas de vous accrocher à quelque chose qui ne mérite pas d'être sauvé. Je ne dis pas que c'est facile, mais c'est encore plus douloureux de s'accrocher à quelque chose qui n'est pas réel.

Mesdames, nous méritons mieux.

Nous devons trouver ce partenaire qui restera à nos côtés, même quand tout notre univers semble s'effondrer.

Est-ce que ce sera douloureux ? Oh que oui ! À vrai dire, il y aura même des moments où vous n'aurez même plus envie d'essayer, et ces blessures émotionnelles sont si atroces que vous aurez l'impression de vous effondrer pour de bon.

Faites votre deuil. Faites face. Mais il faut parfois accepter qu'il est temps de passer à autre chose, et admettre que la relation n'a pas évolué comme vous l'auriez voulu.

Ensuite, trouvez quelqu'un qui saura vous aimer...quoi qu'il arrive dans votre vie, avec toutes les cicatrices physiques et émotionnelles que cela implique.

Ces gens existent.

Il est parfois nécessaire d'embrasser de nombreux crapauds avant de trouver son prince charmant. :).

Finalement, j'embrasserai moi-même quelques crapauds supplémentaires en continuant de rester optimiste.

N'oubliez pas de sourire face à votre reflet dans un miroir aujourd'hui. Vous êtes magnifique, que vous le sachiez déjà ou non.

Xoxoxo ~ Laura

— Qu'est-ce que t'as foutu ? demanda un Hudson Montgomery vraisemblablement en colère en entrant dans mon bureau.

— Mais je t'en prie, entre donc, dis-je d'un ton sarcastique, agacé qu'il ait réussi à entrer dans les locaux de mon entreprise au beau milieu d'un week-end.

Je n'avais même pas envie de savoir comment il s'y était pris.

Connaissant désormais un peu mieux Hudson, je le savais capable de franchir n'importe quel type de sécurité.

— Est-ce que tu as lu son foutu blog ? gronda-t-il furieusement en s'asseyant dans une chaise face à mon bureau. Je peux sentir son chagrin à travers mon écran d'ordinateur et ça ne me plaît pas du tout. Laura est comme une sœur pour moi, et tu es un imbécile. Elle est probablement la meilleure chose qui te soit jamais arrivée. Est-ce que tu l'as repoussée ?

— J'ai évité ses appels pendant quelques jours. Mais je lui ai parlé au téléphone hier. Je l'ai appelée parce que je savais que nous avions besoin de tourner la page, avouai-je. Je lui ai dit que nous ne pouvions pas rester ensemble. Elle ne s'y est pas opposée.

Certes, je ne m'étais pas vraiment expliqué non plus, alors j'ai probablement mérité son au revoir glacial avant qu'elle ne me raccroche au nez.

— Est-ce que tu t'attendais vraiment à ce qu'elle cherche à discuter ? Tu la traites comme une moins que rien depuis qu'elle est guérie. Elle m'a dit que tu ignorais ses appels et que tu avais pratiquement disparu de sa vie, dit Hudson d'un air vraiment furieux. J'ai préféré me taire à ce moment-là. Je me suis dit que tu finirais par revenir à la raison. Mais j'avais le cœur brisé ce matin après avoir lu son blog. Qu'est-ce que tu fous, Mason ? Je sais très bien que tu l'aimes.

La dernière publication sur son blog m'avait brisé le cœur à moi aussi, mais je ne voulais pas l'avouer à Hudson. Il ne comprendrait jamais les raisons de mon comportement étrange.

Mon cousin et moi avions enfin décidé de faire la paix, alors nous nous parlions occasionnellement, principalement par téléphone. Je ne pouvais pas dire que nous étions amis. Plutôt des adversaires amicaux.

Il s'était ouvertement confié sur chaque aspect de sa vie, et je devais admettre que j'avais un certain respect pour lui et sa fratrie. Nos conversations m'ont permis d'apprendre des choses qui n'étaient pas de notoriété publique.

Quant à moi, je ne lui avais presque rien dit me concernant, et comme je n'avais toujours rien dit à mes frères et sœurs, les siens ignoraient encore tout de mon existence.

Ce qui me convenait.

La plupart du temps.

— Ma relation avec Laura est terminée, dis-je stoïquement. Ma relation avec elle est terminée depuis qu'elle a failli mourir à cause de moi.

— À cause de *moi*, corrigea-t-il. C'est moi qui l'ai invitée dans ce restaurant.

Je le regardai en haussant un sourcil.

— Et si tu as voulu la rencontrer, c'était pour essayer d'entrer en contact avec *moi*.

— Cette conversation est ridicule, explosa-t-il. Es-tu vraiment prêt à laisser filer une femme qui t'aime autant ? Les Montgomery sont peut-être parfois désagréables, mais aucun de nous n'est aussi *stupide*.

— Je suis un Lawson, grognai-je.

— Tu es les deux, répliqua-t-il. Et je t'ai demandé si tu as lu sa dernière publication sur son blog.

— Je l'ai lu, répondis-je sèchement.

— Tu l'as blessée, et j'aimerais bien te botter le cul jusqu'à ce que tu souffres autant qu'elle. Elle ne mérite pas ça de ta part, Mason. Surtout si l'on considère que tu es tout autant amoureux de Laura qu'elle ne l'est de toi.

Je perdis alors mon sang froid et frappai le bureau du poing.

— Oui, bon sang ! Je suis prêt à renoncer à ma relation avec elle si cela peut lui permettre d'être heureuse et en sécurité pour le reste de sa vie. L'amour doit parfois être plus fort que le désir d'être avec quelqu'un. Il est parfois nécessaire de lâcher prise pour protéger la personne qu'on aime. Crois-tu honnêtement que c'était facile pour moi de voir Laura traverser cette épreuve ? De la voir souffrir physiquement et émotionnellement ? Ça a bien failli me tuer, et je l'aime tellement que je ne veux plus jamais que cela se reproduise. Si elle reste avec moi, alors elle sera toujours une cible de choix. Et elle tient à son indépendance et à sa liberté. Je serais probablement incapable de la laisser sortir seule, sans moi. Je ne peux pas la mettre en prison de cette façon. Je ne peux pas, dis-je d'une voix qui trahissait des émotions que je ne pouvais plus contenir.

Hudson écarquilla les yeux.

— Alors tout cela n'est qu'une histoire ridicule d'autosacrifice ? Tu cherches à la protéger ?

— Pour quelle autre raison le ferais-je ? haletai-je. Tant qu'il y aura un lien entre nous, alors elle sera la cible de tous ceux que j'ai ruinés par le passé. Je reçois régulièrement des menaces de mort. Je préfère la laisser filer plutôt que de lui faire courir un danger.

Quand Laura m'a dit qu'elle m'aimait, ce fut à la fois le pire et le plus beau jour de ma vie.

À la seconde où ces mots sont sortis de sa bouche, j'ai su ce que j'allais devoir faire pour la protéger.

— As-tu déjà songé à la laisser prendre cette décision elle-même ? Lui as-tu proposé un compromis ? Je comprends que tu veuilles la protéger. Il se trouve que moi aussi je veux la protéger. Mais cela ne vous oblige pas à errer comme des âmes en peine pour le restant de vos jours parce que vos cœurs sont brisés. C'est de la folie, Mason. Tu l'aimes, n'est-ce pas ?

— Je viens de te dire que oui, dis-je en lui lançant un regard assassin. Je l'aime beaucoup trop. Je ne suis plus moi-même depuis la fusillade. Et non, nous n'avons pas discuté du fait qu'elle n'est pas en sécurité avec moi. Il n'y a aucun compromis possible. Soit nous restons ensemble et elle devient une cible, soit elle est en sécurité loin de moi.

— D'accord, mais tu n'auras jamais ce genre de garantie dans la vie. Un accident peut arriver, même en prenant toutes les précautions du monde. N'importe lequel d'entre nous peut être tué dans un accident d'avion, ou même en traversant la rue. Tu ne peux pas la protéger des tous les risques de la vie.

— Et c'est précisément ce qui me rend dingue, grognai-je. Je *devrais* être capable de la protéger. Mais j'ai déjà échoué une fois. Je voulais la laisser tranquille, alors j'ai accepté de la laisser partir à San Diego sans gardes du corps.

— Les gardes du corps n'auraient rien pu faire, déclara Hudson d'un ton solennel. C'est arrivé trop vite. Nous étions assis à la même table, et pourtant je n'ai pas pu la protéger. Alors inutile de t'en vouloir.

— Je ne peux pas m'en empêcher.

— Oublie cette fusillade. C'est fini. Maintenant, c'est *toi* qui lui fais du mal. Beaucoup de mal, dit-il d'un ton accusateur.

— Dans ce cas, que veux-tu que je fasse ?

— Négocie, répondit-il d'un ton hésitant. Ou dis-lui simplement que, pour ta tranquillité d'esprit, tu aimerais qu'elle soit entourée de gardes du corps jusqu'à ce que tu sois un peu plus détendu. Ce qui s'est passé dans ce restaurant n'arrive pas tous les jours, Mason. Les chances que cela se reproduise sont quasiment nulles. Sincèrement, ce n'était ni de ta faute ni de la mienne. La responsabilité revient entièrement à ce fou qui a décidé d'ouvrir le feu dans un restaurant. Tu renonces à toute ta vie par peur que Laura ne subisse à nouveau la même chose. As-tu pensé que Laura est peut-être encore moins en sécurité *sans* toi ? Tu sais bien que tu feras tout ce qui est en ton pouvoir pour veiller sur elle. Et passer du temps avec elle sans qu'un autre incident se produise t'aiderait à surmonter cette peur paralysante. Mais pour l'instant, elle est seule. Peut-être qu'elle ne sera plus la cible de tes ennemis, mais il y a d'autres dangers dans ce monde.

— Je pense que je ne parviendrai jamais à surmonter cette peur. Elle va se retrouver sous protection rapprochée pour le reste de sa vie, dis-je d'un ton bourru. Et sache qu'elle est actuellement protégée. Je la fais suivre par mes équipes. Je leur ai juste demandé de garder leurs distances et de se faire discret.

— Et jusqu'à quand cela va-t-il durer ?

— Jusqu'à ce que tout le monde comprenne que nous ne sommes plus ensemble. Du tout. Ou peut-être jusqu'à ce que je la crois en sécurité.

— Et que feras-tu si elle se fait harceler par un de ses fans ? Ou si elle se met en couple avec un salaud qui la maltraite ? Que se passera-t-il quand elle choisira de fréquenter quelqu'un qui ne la protégera pas ou qui ne la traitera pas aussi bien que toi ?

J'hésitai un instant avant de répondre.

— Alors je le tuerai.

Hudson haussa les épaules.

— Tu ne seras même pas en mesure de savoir ce qui se passe dans sa vie privée. Ce genre d'information peut mettre des mois voire des années à sortir. Et pour l'instant, elle est totalement amoureuse de toi, bien que tu sois un idiot. Elle dit sur son blog qu'elle est prête à embrasser quelques crapauds. Elle finira par rencontrer quelqu'un d'autre, Mason.

Doux Jésus ! Je n'avais pas vraiment pensé à ce qui pourrait arriver si Laura commençait à fréquenter d'autres hommes. Probablement parce que l'idée qu'un autre mec la touche m'était insupportable.

Elle. Est. À. Moi.

Laura a toujours été faite pour moi.

— Alors, est-ce que tu commences enfin à réexaminer ce scénario consistant à sortir de sa vie ? demanda doucement Hudson.

— Non, dis-je sans conviction.

Hudson avait pourtant raison. Je *pouvais* être là pour Laura, ce qui ne sera peut-être pas le cas d'un autre homme.

Hudson croisa les bras sur son torse.

— Dans ce cas, quelle serait ta réaction si je décidais d'aller plus loin dans ma relation avec Laura ? Elle est belle, intelligente, sensible, aimante. Je tiens déjà à elle.

Je le foudroyai du regard. *Hudson est-il en train de se foutre de moi ? Ou est-il sérieux ?*

— Je te tuerais, conclus-je.

Un petit sourire satisfait se dessina sur ses lèvres.

— L'idée que quelqu'un d'autre la touche ne te plaît pas ? Eh bien, tu ferais mieux de t'y habituer, parce que ça finira par arriver. Elle a beaucoup trop de choses à offrir à un homme pour rester célibataire.

Hudson se foutait bel et bien de moi, ce qui ne me plaisait pas du tout.

— Enfoiré, grondai-je.

— J'essaie juste de t'ouvrir les yeux, mon pote. Tu as un choix à faire, en espérant qu'il ne soit pas déjà trop tard. Soit tu la jettes aux loups, soit tu prends le risque de continuer avec elle en veillant à ce qu'elle soit heureuse et en sécurité.

— Crois-tu vraiment que je n'ai pas *envie* d'être avec elle ? demandai-je avec désarroi.

— Je n'en doute pas, répondit-il calmement. Tu fais peur à voir. On dirait que tu as traversé l'enfer ces derniers jours. Tu es resté près d'elle pour veiller à ce qu'elle retrouve la santé avant de la larguer…

— Je ne l'ai pas larguée, l'interrompis-je avec protestation.

— Lis son blog, suggéra-t-il. C'est pourtant l'impression qu'elle a.

— Je l'ai déjà lu. Et ça m'a dévasté. Si tu n'avais pas pointé le bout de ton nez aujourd'hui, j'aurais probablement foncé chez elle.

— Tu l'as rendue heureuse, Mason. Elle était folle de toi. Et voilà que tu saccages tout à cause de tes propres peurs. Rien de tout cela n'est rationnel.

— Elle me rend fou, dis-je. Je ne me *sens* donc pas du tout rationnel.

Pour la première fois depuis la fusillade, je me demandai si Laura serait vraiment plus en sécurité avec moi.

Est-elle mieux avec moi, même si je suis parfois exécrable ?

Est-ce qu'un autre homme serait aussi obsédé par sa sécurité que moi ?

Chercherait-il à la rendre heureuse, comme elle le mérite ?

Est-ce qu'un autre homme l'aimerait avec le même degré d'obsession que moi et pour toujours ?

Bon, d'accord, ce n'était peut-être pas une bonne chose d'être aussi obsessionnel que moi, mais…

— Aucun homme ne l'aimera aussi intensément que moi, confessai-je à mon cousin. Je ne pense pas que cela soit possible. Je pense qu'elle serait vraiment plus en sécurité avec moi que sans moi. J'aurais bien volontiers pris cette balle à sa place si j'avais pu.

— Alors tu ferais bien de trouver un moyen de te faire pardonner pour la façon dont tu l'as blessée. Je comprends la logique tordue derrière ta volonté de la protéger, mais ce genre d'approche ne vous rendra certainement pas heureux. Et Laura a le droit de décider si oui ou non elle est prête à être dans une relation avec toi. Quelle que soit sa réponse, tu aurais dû lui laisser cette liberté de choisir plutôt que de décider à sa place ce qui est le mieux pour elle.

— À propos, qu'est-ce que tu fous ici ? demandai-je avec irritation.

— Je suis ici parce que, que cela te plaise ou pas, nous formons une famille. Et je tiens à Laura. J'aimerais donc vous voir tous les deux heureux, répondit Hudson. Je suis étonné que tes frères et sœurs n'aient pas encore eu cette discussion avec toi.

— Pour le moment, ils ne me parlent plus, lui dis-je gravement. Selon eux, je suis un salaud.

Hudson éclata de rire.

— Je ne peux pas leur en vouloir.

Je lui adressai un regard noir.

— J'ai besoin de réfléchir. Alors dégage de mon bureau.

— Si j'étais toi, je ne réfléchirais pas trop longtemps.

— Si tu la touches, je te tue, lui dis-je.

Hudson se leva de sa chaise, les mains en l'air.

— Je ne suis que son ami, et je ne suis pas du genre à toucher à la femelle d'un autre homme. D'autant plus que je n'ai encore jamais rencontré une femme qui voulait bien de moi.

— Je croyais pourtant que toi et tes frères étiez les célibataires les plus désirables du monde, ou quelque chose comme ça, dis-je. La presse est constamment à vos trousses.

Hudson sourit.

— Toi et tes frères figurez également sur la liste des célibataires les plus désirables.

— Oui, reconnus-je. Mais nous sommes tous pris.

En tant que porte-parole de notre entreprise, Carter était particulièrement habitué à l'attention médiatique. Mais après son mariage, les chiffons à potins avaient cessé de s'intéresser à lui.

— Alors qu'est-ce que tu vas faire ? demanda Hudson d'un ton plus sérieux. Tu as lu son blog ce matin. Peu importe ce qu'elle dit. Elle t'aime encore. Mais elle a raison. Si l'effort n'est pas réciproque, alors l'amour ne suffit pas à entretenir une relation. Même si je n'étais pas venu te voir aujourd'hui, je suis sûr que tu serais revenu à la raison. Le temps est compté. Dans son blog, Laura dit clairement qu'elle a fini de se lamenter concernant ce qu'elle a fait de mal.

— Elle n'a rien fait de mal, grondai-je.

— Alors ses cicatrices ne te dérangent pas ?

Je lui adressai un regard renfrogné.

— Bien sûr que non. Ces cicatrices sont juste difficiles à regarder parce qu'elles me rappellent ce que Laura a subi. Ces cicatrices me rappellent aussi à quel point elle est forte et courageuse. Laura ne se plaint jamais, même quand elle souffre physiquement.

Hudson se dirigea vers la porte.

— Je pense que tes excuses sont de mise.

— Je m'excuse rarement, l'informai-je avec raideur.

À vrai dire, je ne me souvenais même pas avoir un jour formulé des excuses à qui que ce soit, mais pour Laura, j'étais prêt à tout pour qu'elle me donne une seconde chance.

— Si tu as l'intention de la voir aujourd'hui, alors je n'irai pas lui rendre visite avant mon départ, dit Hudson en saisissant la poignée de porte pour partir.

C'était un dimanche.

Et je ne voulais pas laisser passer davantage de temps avant de la voir. J'en étais incapable.

— Rentre chez toi, ordonnai-je.

— J'y vais, dit Hudson avec un sourire au coin des lèvres, après quoi il quitta mon bureau.

Je le suivis quelques minutes plus tard.

Chapitre 24

Laura

C'était dimanche.

Il était bientôt dix-huit heures.

Et oui, j'étais dans mon bureau.

Mais je n'attendais certainement pas l'appel de Mason.

Cela faisait maintenant plus d'une semaine que je n'avais pas eu de ses nouvelles.

La dernière fois que je l'avais vu, c'était le jour de mon anniversaire. Nous avions passé la soirée ensemble, comme je l'ai expliqué à Brynn. Et puis...plus rien.

Je tapotai la surface de mon bureau du bout des ongles, agacée de constater qu'une lueur d'espoir m'animait encore à l'idée que Mason m'appelle pour s'expliquer.

Je me demandais bien quand cette attente du dimanche finirait par disparaître.

Je pensais sincèrement ce que j'avais écrit dans mon blog. Il était temps que je tourne la page. Il n'est pas toujours possible d'obtenir toutes les réponses à nos interrogations.

Je ne saurai manifestement jamais pourquoi Mason a cessé de me parler.

Je devais donc...accepter la situation.

Une larme coula de mon œil, mais je m'empressai de l'essuyer avec colère.

Mason Lawson ne méritait pas un seul instant de mon chagrin.

J'avais passé bien assez de temps à faire le deuil de notre relation.

Mes canaux lacrymaux devraient être aussi secs qu'un désert après avoir passé des jours à pleurer.

À partir d'aujourd'hui, je devais cesser de vivre comme un zombie en souffrance. J'allais devoir trouver quelque chose pour combler le vide qui je ressentais.

Je tressaillis lorsque la sonnerie de mon téléphone se mit à retentir.

Je m'emparai de mon téléphone et je restai bouche bée en découvrant qui m'appelait.

Mason ?

Plutôt que de ressentir du soulagement, je fus submergée de colère.

Pourquoi diable m'appelle-t-il maintenant ?

La curiosité eut raison de moi.

— Allo ?

— Est-ce que tu peux m'ouvrir la porte de ton immeuble ? demanda-t-il brusquement, sans rien dire de plus.

J'hésitai un instant.

— Tu es en bas ?

— Oui. J'ai oublié quelque chose chez toi. Est-ce que tu peux me laisser entrer ?

Ma colère éclata pour de bon.

— Alors tu pointes le bout de ton nez, un dimanche, à dix-huit heures, pour me dire que tu veux monter chez moi, le tout après avoir ignoré mes appels ainsi que mes messages pendant plus d'une semaine ? Est-ce que tu as perdu la tête ?

— À vrai dire, oui, dit-il calmement. Laisse-moi juste monter une petite minute.

— Non, dis-je fermement et sans finesse.

— Si.

— Non.

— S'il te plaît.

Oh mon Dieu. Je n'ai encore jamais entendu Mason dire « s'il te plaît ».

Cette formule de politesse pourtant simple me fit fondre.

Ma détermination était affaiblie.

— Dis-moi ce que tu as oublié chez moi et je te l'enverrai, proposai-je rapidement.

Mason ne laissait jamais rien chez moi quand il me rendait visite, et je n'avais rien trouvé lui appartenant.

— Tu ne peux pas me l'envoyer, dit-il obstinément. Je dois le récupérer moi-même. C'est important.

Très bien. Je veux des réponses, n'est-ce pas ? Je veux tourner la page. Voici ma chance. S'il souhaite récupérer cet objet inconnu, alors il devra d'abord répondre à mes questions.

Je me levai pour appuyer sur le bouton de l'interphone permettant d'ouvrir la porte d'entrée de l'immeuble.

Je m'appuyai ensuite contre le mur situé près de ma porte d'entrée en attendant qu'il monte à mon étage.

— Je peux le faire. Je vais exiger des réponses, et il pourra récupérer ce qu'il a oublié chez moi. Je peux le faire. Je peux le faire.

Je répétai ce mantra en chuchotant, même si cela ne m'aidait pas vraiment.

J'avais peut-être besoin de voir le Mason nonchalant et désintéressé pour clore ce chapitre.

Peut-être que j'avais besoin de voir et d'accepter sa véritable personnalité.

Quoi qu'il en soit, j'avais besoin de *quelque chose*, car j'étais en réalité loin d'avoir tourné la page, contrairement à ce que j'avais écrit sur mon blog.

Ce que j'avais écrit correspondait plutôt à une description de ce que je souhaitais.

Cependant, mon cœur n'arrêtait pas de lutter contre mon bon sens.

À vrai dire, mon cœur battait actuellement si vite que je commençais à avoir des vertiges.

Je me redressai vivement lorsque la sonnette de ma porte se fit entendre.

Je peux le faire ! Je peux le faire !

J'ouvris la porte et, en posant mes yeux sur lui, je faillis succomber au désir irrépressible de me jeter dans ses bras.

C'était un dimanche, il était donc habillé de façon décontractée avec un jean et un polo bleu.

Il avait l'air épuisé.

Il avait l'air amaigri.

Son regard n'avait rien de froid et d'insaisissable, contrairement à ce que j'attendais.

Son regard était en réalité sombre et tourmenté.

Sans rien dire, j'ouvris la porte en grand pour le laisser entrer, puis je la refermai derrière lui.

Je peux le faire ! Je peux le faire !

— Avant de te donner ce que tu es venu chercher, j'aimerais avoir quelques réponses à mes questions, dis-je froidement. Il est hors de question que tu te contentes de récupérer tes affaires et que tu partes d'ici sans rien dire.

Mason se dirigea vers le salon où je le suivis.

— Est-ce que nous pouvons nous asseoir ? demanda-t-il. S'il te plaît. Je répondrai à toutes tes questions, et j'ai quelque chose à te dire, si tu me le permets. Je ne peux pas simplement prendre ce que j'ai laissé ici et partir. Pas pour l'instant.

Si je m'attendais à ce que Mason se montre défensif, alors j'avais tout faux.

Il s'assit dans un fauteuil. Quant à moi, j'étais si anxieuse que je me contentai de me percher sur l'accoudoir de mon canapé.

— Qu'as-tu oublié ici ? demandai-je sèchement.

Il leva ses yeux gris et enfiévré vers moi et dit simplement :

— Mon cœur.

Mes yeux s'écarquillèrent et je le regardai avec méfiance.

— Quoi ?

— J'ai oublié mon cœur ici. Avec toi, Laura. Mon cœur t'appartient depuis notre première rencontre.

Oh bon sang. Tout compte fait, je n'étais peut-être pas capable d'avoir cette conversation.

Le ton grave et solennel de sa voix me fit frémir.

— *Tu* m'as larguée, lui rappelai-je avec véhémence.

Je ne pouvais pas m'effondrer à cause de quelques mots doux. Après tout, Mason avait cessé de me parler pendant plus d'une semaine.

— Je ne t'ai pas *larguée*, Laura. J'étais terrifié, dit-il.

Mason se leva et commença à faire les cent pas dans mon salon, comme un tigre en cage.

— Quand tu as été blessée, j'ai complètement perdu la tête. Je pensais que le seul moyen d'assurer ta sécurité était de te repousser. Tu n'aurais jamais dû te trouver dans ce restaurant. Cela ne serait jamais arrivé si mon cousin ne t'avait pas donné rendez-vous. Que se passera-t-il la prochaine fois qu'il t'arrivera quelque chose à cause de moi ? Et si un de mes ennemis tentait de te blesser ou de te tuer pour se venger ? Et si tu te faisais enlever ? *Bon Dieu !* Maintenant que je formule toutes ces craintes, je ne sais toujours pas si je fais la bonne chose en venant ici pour te supplier de me donner une deuxième chance. Mais je sais très bien qu'aucun autre homme ne t'aimera jamais autant que moi.

Mon cœur se mit à palpiter tandis que je le regardais arpenter nerveusement la pièce.

Après avoir repris mon souffle, je lui demandai :

— Alors tu ne répondais plus à mes appels pour que je ne sois plus associée à toi ?

— Oui. Je me disais que tu serais plus en sécurité loin de moi. Même si tu n'as jamais vraiment été seule. Mes équipes gardaient un œil sur toi.

— Ah oui ? dis-je avec étonnement.

— Bien sûr, répondit-il comme si j'aurais dû me douter qu'il continuerait à veiller à ma sécurité.

Je n'avais pourtant rien remarqué, ses gardes du corps pouvaient donc se montrer discrets.

— Est-ce que tu m'aimes ? demandai-je doucement. Je t'ai dit que je t'aimais, mais tu ne m'as jamais rien répondu.

— J'en mourrais d'envie, dit-il d'un ton catégorique. Tu n'imagines pas à quel point j'avais moi aussi envie de te le dire. Mais si je l'avais fait, alors je n'aurais jamais réussi à te laisser filer. Et même comme cela, j'en suis incapable.

— Est-ce que tu pourrais arrêter de bouger une minute ? Tu me donnes le vertige, Mason, dis-je en me levant pour me positionner devant lui.

Il entra en collision avec moi, mais il enroula rapidement ses bras autour de mon corps pour m'empêcher de perdre l'équilibre.

— Laura ! Ne fais pas ça, dit-il d'une voix rauque. J'aurais pu te faire mal.

— Je veux juste que tu me parles, dis-je calmement.

Il posa ses mains sur mes épaules et me regarda comme un homme tourmenté.

— Je t'aime beaucoup trop, Laura. L'amour que j'éprouve pour toi relève de la folie. Je ne supporte pas l'idée qu'il puisse t'arriver quelque chose. Tu as failli mourir à cause de moi.

J'inspirai profondément, puis j'expirai lentement, le tout en essayant d'assimiler ce qu'il me disait.

Mason m'avait donc repoussé par crainte que ma vie soit en danger à cause de lui.

Le sujet de ma sécurité l'obsédait complètement.

Il se sentait responsable de ce qui m'est arrivé. Voilà ce qui me dérangeait le plus.

— Ce qui s'est passé n'est pas de ta faute, Mason. Oui, j'ai accepté le rendez-vous avec Hudson, mais rien ne te dit que je n'aurais pas été manger dans ce restaurant de toute façon. J'étais au mauvais endroit au mauvais moment, tout simplement.

Face au sentiment de culpabilité qui tirait les traits de son visage, ma colère se dissipa. Vraisemblablement, il se torturait l'esprit à ce sujet depuis bien assez longtemps.

Mason secoua la tête.

— Bien essayé, mais tu étais bel et bien dans ce restaurant à cause de moi.

Dieu qu'il est têtu.

— Une chose pareille ne se reproduira plus.

— Comment puis-je en être sûr ? demanda-t-il d'une voix serrée.

— Tu ne peux pas en être sûr. Pas complètement. Personne ne peut prédire l'avenir. Si tu m'avais laissé le choix, j'aurais choisi d'être avec toi, quoi qu'il arrive.

— J'avais le sentiment de le faire dans ton intérêt. Aimerais-tu être avec un homme qui est obsédé par ta sécurité ?

Je dus réprimer un sourire.

— Tu l'as toujours été. Il aurait fallu des compromis, de la patience et du temps, surtout après ce qui est arrivé. Mais au lieu de cela, tu as choisi de me repousser. Tu m'as blessée, Mason. Tu m'as repoussée sans me donner aucune explication. Tu as décidé à ma place que je serais mieux sans toi.

— Mon intention n'était pas de décider à ta place, jura-t-il d'une voix rauque.

Je laissai échapper un soupir tremblant.

— Je crois que je comprends cela maintenant. Mais je pense que tu ne réalises pas que j'ai besoin de toi. J'ai besoin de savoir que je peux compter sur toi quand les choses deviennent difficiles.

— J'ai merdé, reconnut-il. Mais je ne t'abandonnerais jamais. Plus jamais. Tu dis vouloir tourner la page. J'en suis incapable. Je ne rencontrerai plus jamais quelqu'un comme toi, Laura. Tu es la femme de ma vie. Et c'est sacrément effrayant.

Maintenant que je comprenais mieux les motivations de Mason, je me sentais capable de l'accepter. Le souvenir de ce qui s'est passé était encore frais dans son esprit, mais le temps finirait par l'apaiser. Je n'aurais jamais su à quel point il craignait que quelque chose ne m'arrive à nouveau puisqu'il ne m'en avait pas parlé.

Pourtant, si nos rôles étaient inversés, j'aurais probablement les mêmes craintes que lui.

— Nous aurions pu surmonter nos peurs ensemble, Mason.

— Dis-moi que c'est encore possible, Laura, dit-il.

— Pour l'instant, je ne sais pas quoi dire, lui dis-je en allant me rasseoir sur l'accoudoir de mon canapé avant que mes jambes ne cèdent.

— Il y a quelques minutes, je pensais que tu me repoussais parce que je ne t'intéressais plus. Tu m'as vue au plus bas, faible et laide. J'ai supposé que ce n'était pas ce dont tu avais envie, ajoutai-je.

Mason s'approcha de moi et glissa tendrement sa main sur mes cheveux.

— Tu ne pourras jamais être faible et laide à mes yeux. Tu es la femme la plus forte que je connaisse. J'ai lu ton blog. Croyais-tu vraiment que tes cicatrices pouvaient être autre chose que la preuve de cette force pour moi ?

Une rivière de larmes se mit à couler de mes yeux, et je les laissai faire.

— Je n'en savais rien. Tu ne me parlais plus. Tu ne m'embrassais même plus.

— Si je l'avais fait, alors je n'aurais jamais réussi à prendre de la distance, ma chérie, gronda-t-il. Je t'aime beaucoup trop.

— Arrête de dire ça, dis-je avec colère en lui donnant un coup de poing à l'épaule. Tu ne pourras jamais trop m'aimer. Bon sang, Mason. Ne comprends-tu pas que je t'aime tout autant ? Je t'aime tellement que…

Avant que je n'ai le temps de finir ma phrase, Mason me souleva dans ses bras et me fit taire en posant ses lèvres sur les miennes.

Je frémis en sentant les bras de Mason se resserrer autour de mon corps. Il m'embrassa comme si sa vie en dépendait.

Lorsque je passai mes bras à son cou, Mason émit un grognement dont je sentis les vibrations contre mes lèvres – une sensation grisante.

Voilà précisément ce dont j'avais envie.

Ce dont j'avais besoin.

Ce dont j'étais assoiffée.

Je t'aime beaucoup trop.

Il ne semblait pas comprendre que ce genre de passion effrénée de sa part était ce à quoi j'aspirais avec lui.

J'étais parfaitement prête à accueillir la folie de son amour puisque je l'aimais avec tout autant d'intensité.

Ce que je *ne pouvais pas* accepter, c'était sa fuite émotionnelle. J'étais dévastée qu'il soit distant et cesse de me parler.

Nous avions tous deux besoin de reprendre notre souffle lorsqu'il releva enfin la tête.

— Je suis désolé, souffla-t-il en posant son front contre le mien. Je ne voulais pas te faire souffrir.

Je le regardai dans les yeux.

— Tu m'as manqué. Ceci m'a manqué, dis-je d'une voix tremblante d'émotion. Il y a tellement longtemps que tu ne m'as pas embrassée comme ça.

— Je t'aime, Laura, dit-il d'une voix profonde. J'aurais dû te le dire bien plus tôt, et je n'aurais jamais dû te laisser penser le contraire. Mais parfois, je ne sais pas gérer l'intensité de ce que je ressens.

— Tu vas devoir apprendre à le faire si tu veux donner une chance à notre relation. Je ne peux pas recommencer si nous ne partageons pas tout, le prévins-je.

— Nous partagerons absolument tout, me promit-il. Est-ce que tu vas me donner une seconde chance ?

— Je n'ai pas trop le choix. Je t'aime beaucoup trop pour faire autrement, dis-je en acquiesçant d'un hochement de tête.

— Dieu merci ! répondit-il d'un air immensément soulagé.

— Tâche simplement de ne plus jouer avec mes insécurités, le taquinai-je.

— Comme je te l'ai déjà dit, tu n'as rien à craindre, grogna-t-il. Croyais-tu vraiment que tes cicatrices me posaient problème ?

— Quand tu ne me parles pas, mon esprit imagine toujours le pire scénario possible, lui dis-je avec honnêteté. Que pouvais-je bien penser d'autre ? Comment aurais-je pu deviner que tu essayais de me protéger ?

— Alors je te dirai tout. Je te parlerai jusqu'à ce que tu sois fatiguée de m'écouter.

— Ce serait un sacré changement, ris-je.

J'avais du mal à imaginer Mason tout à coup me parler de chacune de ses émotions. Je savais que ce n'était pas possible, mais je savais aussi qu'il ferait de son mieux.

— Je t'aime, lui dis-je avec fermeté. Je place ma stabilité émotionnelle entre tes mains parce que je ne veux pas te perdre.

— Tu ne le regretteras jamais, répondit-il comme s'il m'en faisait le serment. Maintenant, laisse-moi examiner ces cicatrices.

— Quoi ? Tu penses vraiment que tu peux venir ici, me déshabiller et m'emmener au lit ?

En réalité, j'en mourrais d'envie, mais je ne voulais certainement pas le laisser s'en tirer si facilement.

— Ce n'est pas possible ? dit-il d'un air déçu. Pas de problème. Je suis prêt à attendre. Je suis prêt à attendre pour toujours. Il te suffira de me faire signe quand tu seras prête. En attendant, nous pouvons nous contenter de discuter. D'être amis. À partir de maintenant, tes conditions seront les miennes, bébé.

Je fondis intérieurement en regardant droit dans ses beaux yeux gris. Mason n'avait manifestement pas l'intention d'insister. Il redoutait que je ne change d'avis.

Il fera tout ce que je veux. Même si cela l'oblige à vivre avec une érection permanente jusqu'à ce que je lui donne le feu vert.

J'approchai mes lèvres de son oreille et murmurai :

— Il est hors de question que je me déshabille parce que je préfère te déshabiller.

— Oh, doux Jésus. Tu vas me tuer, grogna-t-il.

Je saisis le bas de son polo.

— Je ne vais peut-être pas te tuer, mais je vais certainement m'occuper de ton cas, dis-je en ayant le sentiment d'être la femme la plus sexy du monde. D'abord, je veux te mettre à poil.

Mason leva docilement les bras.

Je retirai alors son polo avant de le jeter par terre. Il resta parfaitement immobile lorsque je posai mes mains sur son torse pour toucher chaque centimètre carré de sa peau nue.

Mason était si merveilleux.

Chacun de ses muscles était tendu. Il était actuellement comme un baril de poudre prêt à exploser. Avec émerveillement, je continuai à glisser mes doigts plus bas sur son buste, savourant désormais le relief et la dureté de ses abdominaux jusqu'à ce que je suive enfin la spirale de pilosité qui disparaissait sous la ceinture de son pantalon.

— Est-ce que tu essaies de me punir ? demanda-t-il d'une voix rauque.

J'ouvris le bouton de son pantalon.

— Peut-être un peu, avouai-je.

— Bien. Je le mérite, répondit-il.

Je posai ensuite ma main sur son énorme érection.

— Tu es si dur, Mason, fredonnai-je.

Mon Dieu, j'adorais sentir une preuve si tangible de son désir pour moi. Cela m'avait tellement manqué.

J'avais envie de sa folie.

De sa frénésie.

De cet abandon total dont nous faisions l'expérience ensemble.

Il s'agissait d'un amour fou, mais je ne voudrais pas qu'il en soit autrement.

J'eus du mal à ouvrir la braguette autour de son énorme sexe, mais après y être enfin parvenu, je fis glisser le pantalon le long de ses jambes tout en emportant son boxer dans le mouvement. Une fois les vêtements autour de ses chevilles, il s'en débarrassa d'un coup de pied avec une joie manifeste.

Je pris ensuite le temps d'inhaler son parfum masculin et unique. Mason sentait...Mason.

Sauvage.

Décomplexé.

Charnel.

Intense.

Sexy.

Et complètement délicieux.

— Tu dois être le plus bel homme que j'ai jamais vu, lui dis-je avec honnêteté.

Je le vis déglutir, comme s'il était réellement nerveux.

— Je suis massif, grommela-t-il.

— Et je crois bien que ça m'excite. Tu es sacrément sexy, souris-je en enroulant mes doigts autour de sa verge.

— Attention, me prévint-il. Il ne faudra pas grand-chose pour me faire jouir.

Je répondis à cela en glissant délicatement mon pouce sur l'extrémité soyeuse de son érection.

— Et c'est un problème ? Pourquoi ?

Le baril de poudre explosa enfin. Mason glissa ses doigts dans mes cheveux et prit le contrôle.

Je poussai un soupir satisfait contre ses lèvres tandis qu'il m'embrassait comme s'il ne pouvait pas attendre une seconde de plus pour unir nos corps. Je le sentis alors ouvrir les boutons du chemisier que je portais avant de le faire glisser le long de mes bras.

— J'ai besoin de te toucher, dit-il lorsque sa bouche quitta la mienne.

— J'étais pourtant bien contente de profiter de la vue, dis-je d'un ton passionné.

— À mon tour, dit-il en dégrafant mon soutien-gorge, libérant ainsi mes seins directement dans ses mains.

— Mon Dieu ! J'ai l'impression d'avoir attendu cela une éternité.

Je laissai le soutien-gorge tomber par terre pendant que Mason s'amusait avec mes mamelons dressés. Il s'empressa ensuite d'y goûter avec sa bouche.

— Mason, gémis-je en fermant les yeux, perdue dans les sensations que me procurait cet homme que j'adorais. Prends-moi, ajoutai-je machinalement.

— Pas encore, grogna-t-il avant de glisser sa langue sur la cicatrice laissée par mon intervention chirurgicale.

J'ouvris les yeux et les larmes se mirent à couler librement. Sans le verbaliser, je compris ce que Mason cherchait à me dire : il aime absolument tout ce qui me caractérise.

— Je t'aime tellement. Je t'aime beaucoup trop, gémis-je.

— Ce n'est jamais trop, gronda-t-il avant de se mettre à genoux. Il baissa alors ma jupe ainsi que ma culotte.

Je poussai littéralement un cri lorsqu'il enfouit son visage entre mes cuisses pour dévorer ma vulve comme si sa survie en dépendait.

— Mason, s'il te plaît, geignis-je.

J'éprouvais un besoin dévorant de le sentir en moi.

— S'il te plaît quoi ? S'il te plaît fais ceci ? demanda-t-il d'un ton bourru juste avant de glisser sa langue sur le bourgeon enflé qui me servait de clitoris.

— Oh mon Dieu, soufflai-je avec abandon.

Je savais d'ores et déjà que, dans quelques secondes, je le supplierais de me faire jouir.

Cette fois, il ne me taquinait pas. Mason était en mission, et son objectif était de me faire crier son nom au beau milieu d'un orgasme.

Je glissai mes doigts dans ses cheveux noirs et j'écartai les cuisses en grand, l'encourageant ainsi à continuer.

Il émit un grognement approbateur comme un gros félin sauvage, ce qui me fit frémir de plus belle.

— Oui. Oh mon Dieu. Mason ! Je ne vais pas tenir ! criai-je sans pouvoir m'en empêcher.

Il glissa alors ses doigts en moi, et c'est tout ce qu'il fallut pour faire exploser mon corps comme un bâton de dynamite. Un orgasme s'empara subitement de mon corps. La langue de Mason continua son travail, prolongeant ainsi le plaisir jusqu'à ce je me sente à vif et vulnérable.

Mon corps couvert de transpiration, ma respiration haletante, je redescendis lentement sur terre.

Mes doigts étaient encore enfouis dans ses cheveux lorsqu'il se redressa.

— Pénètre-moi. Maintenant, exigeai-je.

Je voulais sentir cet homme si profondément en moi que notre union me semblerait définitive.

Il m'embrassa longuement avant de dire :

— Je suis obligé. Je ne peux plus attendre.

Je frémis alors d'anticipation lorsqu'il plaça mes mains sur le dossier du canapé et dit :

— Accroche-toi.

Mason ne m'avait encore jamais prise par-derrière. Il craignait que cette position ne cause une pénétration trop profonde.

— Oui, gémis-je avec impatience.

Un grognement de satisfaction quitta nos bouches à l'unisson lorsqu'il s'enfouit intégralement en moi, ses mains agrippant fermement mes hanches pour me stabiliser.

Je baissai la tête. Le plaisir ressenti était presque excessif.

— C'est trop ? dit-il dans un bref instant d'hésitation.

— Non ! Par pitié, ne t'arrête pas ! J'en ai besoin, m'empressai-je de le supplier.

Bestial et sexy.

Brut et vigoureux.

Chaque centimètre de lui, en moi.

J'avais besoin de Mason, et après avoir été séparés pendant si longtemps, j'avais besoin de notre satisfaction commune.

Il se retira, puis il me pénétra à nouveau.

— Je ne te donnerai plus jamais de raison de douter de moi, grogna-t-il avant de commencer à me pénétrer pour de bon dans un rythme rapide et profond qui me fit vibrer.

— Tu es à moi, Laura. Tu es à moi depuis que tu m'as laissé te prendre pour la première fois.

— Oui, gémis-je, mon corps embrasé par le retour de Mason.

J'aimais profondément sa personnalité dominante, exigeante et autoritaire.

Je pouvais le remettre à sa place lorsque cela s'avérait nécessaire, mais en ce moment même, je voulais être à sa merci.

— Plus fort, ordonnai-je.

Il s'exécuta. La collision de nos corps nus produisait le son le plus érotique que j'avais jamais entendu.

— Tu es si parfaite. Si merveilleuse, grogna-t-il. Je ne vais pas tenir bien longtemps.

— Ne te retiens pas, insistai-je.

Mais je devrais pourtant savoir qu'il ne s'autorisait jamais à jouir avant moi.

Mason passa son bras autour de mon corps et caressa mon clitoris avec vigueur et précision.

L'implosion ne se fit pas attendre. Mon corps se mit à trembler et je criai son nom au sommet de mon plaisir.

— Mason, je t'aime !

— Je t'aime aussi, chérie, grogna-t-il au moment de sa propre libération.

Un son d'animal quitta sa gorge. Sa prise se resserra sur mes hanches et il se laissa aller pour de bon.

Il s'agissait de Mason Lawson.

Il s'autorisait à perdre le contrôle.

Juste au moment où mes jambes étaient sur le point de se dérober sous mon poids, il enroula ses bras autour de moi pour me porter jusqu'au canapé. Mason se laissa tomber sur le cuir du canapé sans jamais me lâcher, mon corps rassasié s'affaissant sur lui.

Nous étions tous les deux à bout de souffle, en sueur et complètement satisfaits.

— Tu ne pourras jamais trop m'aimer, marmonna-t-il contre mes cheveux, ses bras protecteurs autour de moi.

— Aime-moi, Laura. Aime-moi autant que possible, ajouta-t-il.

J'enfouis mon visage dans son cou.

— C'est déjà le cas, lui dis-je tendrement. Et ne t'inquiète pas de trop m'aimer. J'ai besoin de toi, Mason. Je suis prête à tout pour toi.

— Je ne suis pas près d'oublier que tu m'as dit ça, grommela-t-il.

Je ne pus m'empêcher de sourire en sachant que, quoi qu'il arrive, nous réussirions toujours à faire front, ensemble.

Malgré nos différences, Mason et moi étions faits l'un pour l'autre.

Comme Mason me l'avait un jour dit : *tout le reste ira de soi*

Épilogue

Laura

—Abrège mes souffrances et épouse-moi, grommela Mason quelques mois plus tard en me présentant la plus belle bague que j'avais jamais vue.

Il m'avait emmenée à l'une de ces soirées caritatives pour riches qu'il détestait tant. Selon lui, ma présence rendait ce genre de soirée agréable.

Lors de notre retour à la maison, il avait dégainé un écrin en velours rouge de sa poche pendant que j'étais assise sur son canapé, occupée à enlever mes chaussures à talon.

Il était désormais devant moi, un genou à terre, l'anxiété clairement visible sur son visage.

Il n'y a pas si longtemps, j'avais accepté de vivre avec lui dans sa belle maison. J'avais vendu mon appartement, ce qui représentait un engagement considérable, et même si tout n'était pas toujours facile entre nous, je l'aimais comme au premier jour.

Lentement, nous avions trouvé un moyen de nous retrouver à mi-chemin. Mes sacrifices étaient peut-être plus grands au début, quand toutes les craintes de Mason étaient encore à vif. Mais il s'est apaisé au fil des semaines et nous avions enfin trouvé les bons compromis.

Je comprenais ses peurs.

Il comprenait mon besoin de liberté et d'intimité.

Et en échange de l'amour inconditionnel que Mason m'offrait au quotidien, je n'avais aucune difficulté à faire le nécessaire pour apaiser ses craintes.

Certes, nous aurions probablement toujours nos querelles.

Mason ne cesserait jamais d'être autoritaire.

Et je serais toujours obligée d'imposer mes limites.

Cependant, je savais désormais que nous le ferions toujours avec amour.

En le regardant dans les yeux, je vis qu'il était...nerveux.

Il se montrait vulnérable pour moi et cela me touchait droit au cœur.

Pas une seule fois Mason n'avait essayait de fuir un conflit.

Il était toujours bien présent, prêt à discuter. Chaque. Fois.

Lentement, je posai la pulpe de mes doigts sur le diamant qui ornait la bague. Celui-ci était énorme et absolument impeccable. La pierre centrale était entourée de minuscules diamants, conférant à l'ensemble la forme d'une fleur.

— C'est magnifique. Et si unique.

— Tout comme toi, commenta-t-il d'une voix traînante.

Mason était parvenu à faire disparaître toutes mes craintes à l'idée qu'il ne disparaisse à nouveau.

Il ne m'avait pas menti en disant que je n'aurais plus jamais de raison de douter de lui.

Il me parlait librement chaque fois qu'il avait quelque chose à me dire.

Lorsqu'il commençait à se sentir excessivement protecteur vis-à-vis de moi, alors nous en parlions. Généralement, le sexe suffisait à le distraire et à le calmer.

— Dis oui, dit-il avec impatience. Bon Dieu ! Je m'en veux pour toutes les fois où je me suis moqué de mes frères concernant leur obsession pour leur femme. Je suis tout aussi pathétique qu'eux.

— Tu sais déjà que je vais dire oui, ris-je.

— Je n'en sais rien, rétorqua-t-il. Voilà pourquoi je suis encore vêtu de mon smoking, un genou à terre.

Je posai délicatement la main sur sa joue.

— Oui. Je t'aime, Mason. Je veux être ta femme.

Il s'empressa de sortir la bague de son écrin.

— Dieu merci ! s'exclama-t-il avec soulagement en passant le bijou à mon doigt. Je t'aime, Laura. Et je t'aimerai pour l'éternité.

Je me penchai en avant pour embrasser ses lèvres. Mason accepta mon baiser avec une tendresse qui me fit monter les larmes aux yeux.

Enfin, il releva la tête et s'assit sur le canapé, à côté de moi.

— Ne pleure pas, dit-il. Je n'aime pas te voir pleurer.

En effet, je savais désormais que Mason ne redoutait rien de plus au monde que de me voir en larmes.

— Ce sont des larmes de joie, reniflai-je.

Mason ôta rapidement sa veste de smoking, puis il me souleva pour me prendre sur ses genoux.

Je posai alors ma tête contre son épaule. Il y a longtemps que j'avais cessé de lui dire que j'étais trop lourde pour m'asseoir sur lui.

En réalité, j'adorais me sentir physiquement si proche de lui.

Grâce à Mason, qui me traitait comme si j'étais la femme la plus sexy du monde, je m'étais débarrassée de tous les complexes dont je souffrais concernant ma taille, mon poids et mon corps en général.

Nous avions partagé de nombreuses nuits torrides qui m'ont permis d'aimer la façon dont nos corps s'unissaient si parfaitement.

— Je crois que je n'ai jamais vraiment compris comment il était possible de pleurer de joie, mais je te crois sur parole, dit-il sans parvenir à dissimuler son propre bonheur. Alors tu n'as aucune hésitation ? demanda-t-il.

— Absolument aucune hésitation. Tu es un homme de parole et tu es l'homme de ma vie, répondis-je.

— Pouvons-nous fixer une date ? demanda-t-il.

— C'est quand tu veux, offris-je simplement.

— Demain, répliqua-t-il avec le plus grand des sérieux.

— Peut-être pas *si* rapidement, objectai-je. Planifier un mariage prend du temps. Nous n'avons pas besoin d'une grande fête. Mais j'aimerais au moins que toute ta famille soit là.

— Moi aussi, avoua-t-il avec réticence.

— Est-ce que tu vas inviter tes cousins ? demandai-je.

Mason et Hudson s'étaient rapprochés. Mason n'avait pas vraiment eu le choix puisque son cousin s'était montré très persistant, et Hudson était toujours un très bon ami pour moi.

— Cela signifierait que je devrais dire la vérité à mes frères et sœurs, songea-t-il.

— Oui, confirmai-je.

— Je crois que je suis prêt à le faire, dit-il avec une certitude que je n'avais encore jamais entendue chez lui à ce sujet.

— Ne te mets pas la pression, lui rappelai-je. Tu dois faire comme bon te semble.

— Je dois leur dire. Tu avais raison. Cela ne fera aucune différence pour eux.

— Est-ce que tu en es sûr ? demandai-je en sentant mon cœur manquer un battement.

— J'en suis sûr. Il est temps. Ce sont mes frères et mes sœurs, et grâce à toi, je sais que je ne suis pas *différent*. Je suis un Lawson, de bout en bout. Et je serai toujours un Lawson.

Dieu merci !

Même si j'aurais soutenu Mason dans n'importe quelle décision, j'étais heureuse qu'il ait enfin le désir de se lancer.

— Oh, tu es bien un Lawson, souris-je. Tu es aussi têtu que tes frères et sœurs.

— Et tout aussi obsédé par ma femme que mes frères le sont avec la leur, ajouta-t-il.

En réalité, Mason avait fait des progrès sur ce point. Il était beaucoup plus détendu ces dernières semaines. Au fil du temps, son anxiété s'était dissipée. Il ne cesserait jamais de prendre mon bien-être au sérieux, mais je ne pouvais pas dire que cela me dérangeait. Je le comprenais. Si j'avais vu Mason dans un lit d'hôpital, grièvement blessé, sa sécurité serait devenue *mon* obsession.

Mason resta muet pendant quelques minutes avant de dire :

— Il n'y aura qu'un seul mariage dans notre vie. Je veux donc que tu aies le mariage de tes rêves.

— J'ai déjà le futur mari de mes rêves. Ça me suffit amplement.

Je me fichais du déroulement de ce mariage. Tout ce qui m'importait, c'était la présence de l'homme de ma vie.

Je ne pensais pas un jour former un couple avec quelqu'un comme Mason.

Il était inaccessible...jusqu'à ce qu'il ne le soit plus.

Il m'aimait exactement telle que j'étais, et son amour a changé ma vie pour toujours.

— Je ne suis certainement pas le prince charmant dont tu rêvais, dit-il.

— En effet, acquiesçai-je. Tu es bien mieux que cela.

Les lèvres de Mason se courbèrent en un grand sourire irrépressible.

— Alors tu serais prête à me laisser être le père de ton bébé ?

— J'espère bien. J'ai envie de porte notre enfant. Et si tu es d'accord, nous pourrions aussi adopter. Mon entreprise se porte bien, alors j'ai envie de lever le pied et de prendre le temps d'être une épouse et une mère pendant un certain temps.

Je retins mon souffle en voyant Mason déglutir nerveusement.
— Cela signifie que tu devras passer par une grossesse. Et par un accouchement.

Je repris enfin mon souffle. Mason n'était donc pas réticent à l'idée d'avoir un enfant. Il ne voulait tout simplement pas me voir traverser une grossesse ainsi que la souffrance d'un accouchement.

— Tu seras là, avec moi. Je devrais survivre.

— Mais ça ne sera peut-être pas mon cas, répliqua-t-il d'un ton sinistre. Je dois dire que je serais particulièrement heureux de te voir mettre au monde l'enfant que tu as toujours voulu.

— J'en ai envie. Mais je n'en ai plus *besoin*, précisai-je.

J'avais Mason rien que pour moi, ainsi que tous les enfants que nous pourrions adopter à l'avenir. C'était plus que suffisant.

— J'en ai envie aussi.

Je levai la tête pour le regarder dans les yeux. La sincérité visible sur son visage fit bondir mon cœur.

— Vraiment ?

Il hocha la tête.

— Vraiment.

— J'ai trente-cinq ans maintenant. Alors tu vas avoir du travail dans un avenir proche.

— Je pense être à la hauteur.

Je frémis en sentant la preuve de cette affirmation contre moi.

— Je sais que tu l'es, souris-je.

Mason prit délicatement ma tête entre ses mains pour m'inciter à le regarder dans les yeux :

— Je t'aime, Laura. Avec ou sans enfants. Cette décision te revient, ma chérie.

Mon cœur se serra si fort dans ma poitrine que j'eus du mal à respirer. Comment ai-je pu avoir la chance de rencontrer un homme comme Mason ?

— Même si j'arrête toute forme de contraception, il n'y a aucune garantie que ça marche.

Mason haussa les épaules, un sourire délicieusement diabolique sur les lèvres.

— Quoi qu'il arrive, nous prendrons beaucoup de plaisir dans ce processus.

J'enroulai mes bras autour de son cou.

— À ce stade, je serais parfaitement satisfaite de m'en remettre au destin. Je ne pense pas pouvoir être plus heureuse que je le suis actuellement. Avec toi.

Il y a deux ans, je pensais que mon seul désir était de devenir maman.

Mais aujourd'hui, ce n'était plus le cas.

La seule chose dont j'avais *besoin*, c'était de Mason.

— Rien ne nous empêche de commencer à nous entraîner dès maintenant, déclara Mason d'une voix malicieuse.

Je souris en baissant la tête pour embrasser l'homme que j'aimais plus que tout au monde.

Je n'avais aucunement l'intention de remettre en question notre capacité technique à concevoir un enfant, que cela fonctionne ou non.

Je pensais sincèrement ce que je lui avais dit.

Je voulais un enfant, mais je n'avais pas *besoin* d'un enfant.

Autrefois, je croyais qu'un enfant était tout ce dont j'avais besoin.

J'avais tort.

Ce dont j'avais vraiment besoin, c'était d'un homme capable de m'accepter telle que je suis, sans chercher à me changer.

Un homme capable de m'aimer sans condition.

Un homme avec qui je me sens spéciale, sexy et complètement aimée.

J'avais trouvé cela chez Mason.

— Serais-tu horriblement déçu si je ne pouvais pas avoir d'enfant ? lui demandai-je doucement.

Il secoua immédiatement la tête, puis il plaça ses mains derrière ma tête, ses yeux rivés aux miens.

— Absolument pas. Nous pourrons toujours adopter, et nous serons toujours ensemble, Laura. Le simple fait de savoir que tu seras à mes côtés me suffit amplement.

Je lui adressai un sourire tremblant. Chaque fois que Mason me disait ce genre de chose, je réalisais à quel point j'avais de la chance de l'avoir trouvé.

Je n'aurai jamais à embrasser un autre crapaud.

En fin de compte, Mason était bel et bien mon prince charmant.

~*Fin*~

Note de l'auteur

Il y a toujours de nombreuses personnes à remercier à la fin d'un livre, chacune d'elles contribuant à la publication de mon travail.

Un grand merci à mon équipe formée par Dani, Natalie, Isa et Annette pour l'énergie que fournissez toutes.

Je ne pourrais pas faire ce que je fais sans un époux extraordinaire qui finit toujours par s'occuper de la cuisine et des autres tâches ménagères pendant que j'écris.

Dernier point, et non des moindres, je ne remercierai jamais assez mes lectrices et mes lecteurs. C'est grâce à vous que je peux continuer à faire ce que j'aime. Merci pour votre soutien, votre enthousiasme ainsi que pour l'amour que vous portez à mes milliardaires.

Xoxoxoxoxo - Jan

À propos de l'auteur

J.S «Jan» Scott est une écrivaine à succès de romans torrides dans le domaine de la littérature sentimentale. Aux États-Unis, elle figure sur les listes des auteurs à bestsellers établies par le New York Times, le Wall Street Journal et USA Today. Elle est elle-même une grande lectrice de tous types d'ouvrages et de littérature variée. J.S écrit dans le genre de la romance contemporaine ainsi que de la romance paranormale. Ses histoires se caractérisent par la présence quasi systématique d'un mâle dominant et par une fin toujours heureuse, parce qu'elle refuse d'écrire ses livres autrement ! Elle vit dans la magnifique région des montagnes Rocheuses américaines aux côtés de son mari et de deux bergers allemands un peu trop gâtés.

Retrouvez-moi sur http://www.authorjsscott.com

http://www.facebook.com/authorjsscott
Vous pouvez également m'écrire à l'adresse suivante
jsscott_author@hotmail.com

Ou bien sur mon Tweeter @AuthorJSScott

Du même auteur

L'obsession du milliardaire :

L'obsession du milliardaire ~ Simon (L'obsession du milliardaire, tome 1)
Le cœur du milliardaire ~ Sam (L'obsession du milliardaire, tome 2)
Le salut du milliardaire ~ Max (L'obsession du milliardaire, tome 3)
Le jeu du milliardaire ~ Kade (L'obsession du milliardaire, tome 4)
L'éveil du milliardaire ~ Travis (L'obsession du milliardaire, tome 5)
Le milliardaire démasqué ~ Jason (L'obsession du milliardaire, tome 6)
Le milliardaire indomptable ~ Tate (L'obsession du milliardaire, tome 7)
La milliardaire libérée ~ Chloé (L'obsession du milliardaire, tome 8)
Le milliardaire intrépide ~ Zane (L'obsession du milliardaire, tome 9)
Le milliardaire inconnu ~ Blake (L'obsession du milliardaire tome 10)
Le milliardaire se révèle ~ Marcus (L'obsession du milliardaire tome 11)
Le milliardaire mal-aimé ~ Jett (L'obsession du milliardaire tome 12)
Le milliardaire célibataire ~ Zeke (L'obsession du milliardaire tome 13)
Le milliardaire inaccessible ~ Mason (L'obsession du milliardaire tome 14)

Les Sinclair :

Un milliardaire pas comme les autres (Les Sinclair t. 1)
Le milliardaire défendu (Les Sinclair t. 2)
La Caresse du milliardaire (Les Sinclair t. 3)
L'Appel du milliardaire (Les Sinclair t. 4)
Le milliardaire gagne toujours (Les Sinclair t. 5)
Les Secrets du milliardaire (Les Sinclair t. 6)